다향

www.bbulmedia.com

www.bbulmedia.com

완벽한 아내

The
perfect
wife

박은하
장편 소설

contents

1

"누구시라고요?"

조용한 아침, 공기를 가르고 전화벨이 신경질적으로 발작하듯 울렸다. 직감적으로 반갑지 않은 손님일 것 같았다. 전부터 남다른 감각을 소유한 그녀이기에 가능한 건지도 모른다.

핸드폰이 있음에도 구식 전화기가 거실에 떡하니 위치한 이유는 중요한 전화를 받지 못할 불상사를 미연에 방지하자는 성스러운 의미가 담겨 있었다.

한눈에 보아도 고급스러움이 철철 넘치고 콜라병처럼 자태가 쫙 빠진 늘씬한 다이얼 전화기는 골동품 가게에서나 볼 수 있을 것 같지만 실제 가격은 어마어마했다. 신혼 때 시어머니가 구식 전화기가 있어야 할 이유를 알게 될 거라 했는데, 역시나. 비싼 몸값만큼 구식 전화기는 핸드폰을 받지 못하는 비상시 그 가치를 증명했다.

— 세이렌 팔머라고 해요.

"그런데요."

— 만나고 싶은데요?

"누구신지?"

— 팔머라는 이름 들어 본 적 없으신가요?

"창세 팔머, 홍콩 팔머 그룹의 소유주라면 알고 있습니다."

— 그분이 제 아버지예요.

"그런데요?"

몇 초, 불편한 침묵이 흘렀다.

— 강민재 씨 일로 만나자는 거예요.

"용건을 말하세요. 들어 보고 판단하겠습니다."

— 이봐요. 내 신분과 이름은 밝혔고 남편 일로 만나고 싶다잖아요.

상대방의 언성이 높아졌지만 수화기를 든 그녀의 안색은 조금도 변하지 않았다.

"전화번호를 어떻게 알았는지 모르겠지만 남편과 관계된 일이라면 더더욱 그쪽 만날 이유 없는데요."

— 뭐예요?

"당사자끼리 해결하세요. 이만 끊습니다."

— 잠깐, 잠깐만요!

은향은 망설임 없이 전화기를 내려놓았다.

세이렌은 숨을 들이마시고 끓어오르는 화를 겨우 눌러 참고 있었다. 만만치 않을 거라 생각했지만 강적이었다.

그녀는 며칠 전 홍콩에서 만난 강민재에게 홀딱 반해 버렸다. 그가 결혼했고 다른 여자의 남자라는 건 중요하지 않았다. 공식석상에도 잘 안 나타난다 하지 않은가. 부부 사이가 냉하다는 소문도 돌고 있고.

홍콩 재벌 10위 안에 드는 팔머의 딸로 1년 전 이혼한 그녀는 매력적이고 젊고 섹시한 여자였다. 그녀가 가진 배경과 미모로 유혹하지 못할 남자도 없었다. 단 한 사람, 강민재만 제외하고.

이틀간 따라다니며 혼신의 힘을 다해 유혹했지만 알 듯 말 듯 한 묘한 미소만 머금은 못된 남자는 안달이 난 세이렌을 남겨 둔 채 귀국해 버렸다. 그가 조용히 떠난 건 부친과의 사업에 잡음이 생기길 원치 않기 때문이라는 걸 알고 있었다. 그래서 작정하고 한국으로 가 본격적으로 유혹할 요량이었다.

그리고 분명 그는 그녀에게 빌미를 제공했다.

'한국에 가면 안내를 부탁드려도 될까요? 미스터 강.'

'언제든지 환영입니다.'

'호호, 그럼 강 사장님만 믿을게요.'

간드러지는 그녀의 목소리와 교태 서린 몸짓에 시선을 고정한 채 글라스에 담긴 호박색 액체를 마시는 훤칠한 남자. 그런 남자를 눈앞에 둔 먹이처럼 바라보는 그녀는 가지지 못하는 것을 탐하는 교활한 암고양이 같았다.

하지만 그는 입국한 지 이틀이 지나도록 태도가 변하질 않았다. 항상 정중하고 친절하긴 한데 그 이상으로 넘어가지 않는 뜨뜻미지근한 태도 때문에 미칠 것만 같았다. 한국이라는 나라가 가지는 제약 때문인가 싶었지만 그것도 아닌 듯했다.

뭐가 문제인가. 당장 이혼하고 결혼하자는 것도 아니고 즐기자는 유혹에도 반응하지 않는다? 보아하니 아내를 열렬히 사랑해 사는 것도 아닌 듯 보이는데.

막무가내로 끊긴 전화에 세이렌이 오기가 치밀어 다시 전화를 걸었다.

"신문을 안 읽나 봐요?"

빈정거리며 교묘하게 사람 비위를 건드리는 말투였다.

— 가십란을 봐야 하는 줄 몰랐습니다.

"잠시면 돼요. 만나서……."

— 그런 이유라면 더욱 만날 이유가 없는 것 같아요. 이만 끊을게요. 할 일이 있어서.

"이봐요, 이……."

뚜우.

"하!"

세이렌은 기가 막혀 입이 딱 벌어졌다. 부부가 쌍으로 그녀를 가지고 놀고 있었다. 분해서 손톱을 잘근잘근 물어뜯었지만 과격한 행동으로 옮기진 못했다. 한국으로 여행 갔다 오겠다는 딸의 통보에 부친인 팔머 회장이 경거망동하거나 체면 구길 일을 만들면 이번엔 가만두지 않겠다고 엄포를 놓은 탓이었다. 그를 닮아 예뻐하는 딸이었지만 화려한 남성 편력과 여기저기 문제를 일으키는 그녀의 뒤처리에 질려 완전히 그로기 상태였다.

'한국은 이곳과 완전히 다른 곳이야. 그리고 현재 진행 중인 사업이 얼마나 중요한 건지는 말하지 않아도 알 거다. 만약 일이 틀어진다면 아무리 너라도 용서 못 한다. 알겠니?'

'네. 알겠어요.'

그녀와 강민재는 정략결혼으로 만난 사이였다. 재벌가의 딸이니 만나서 자존심 긁으면 알아서 제 무덤 파리라고 생각했는데, 생각 외로 고단수인지도. 이제껏 유혹하지 못한 남자도 없었고 가지지 못한 사내도 없어서인지 애가 타 미칠 지경이었다. 그녀로 인해 수많은 가정이 파탄 났고 그녀 때문에 이혼한 커플도 꽤 있었다. 불장난, 그녀에게는 그저 지나가는 불장난이었을 뿐.

또다시 울리리라 예상했지만 잠잠한 전화기를 바라보던 은향의 까만 눈동자가 잠시 흔들렸다. 남편의 여자일지도 모르는 불쾌한 전화였지만 그녀의 얼굴은 지나치리만큼 평온했다.

'벨 소리가 맘에 들지 않아. 클래식으로 바꾸면 좋을 텐데.'

누굴까, 왜 만나자고 하는 것일까에 대한 의문이 아니라 벨 소리가 시끄럽다는 데 초점을 맞춘 그녀는 분명 비정상이었다.

이런 전화가 집으로 걸려 오는 경우는 극히 드물었다. 보안 자체도 철저했지만 허튼 행동을 하고 다니지 않는 철두철미한 남편이었다.

'돈으로 안 되는 일 없는 세상이니 보안 탓만 할 건 아니겠지.'

그리고 깡그리 잊었다. 다시 짜인 일상 속으로 들어간 그녀는 모든 걸 잊고 제 할 일에 몰두하고 있었다.

소은향, 한서제지 외동딸, 미시건 음대 피아노과 졸업, 조용하고 단아한 이미지의 그녀.

강민재, 동영그룹 외아들, 경영학을 전공하고 철저히 후계자로 키워져 단단한 그.

두 사람이 만나 결혼한 건 1년 전. 말이 1년이지 해외 지사에 하루가 멀다 하고 나가 독수공방한 지 오래였다. 굳이 따지자면 함께 산 날은 3개월도 되지 않았다. 3개월마저도 아침에 나가 밤늦게 귀가하는 일상의 반복으로 얼굴을 못 보는 날이 더 많았다.

그런데 시아버지의 말을 빌리자면 이제 국내에서 입지를 다질 때가 되었단다. 그녀의 역할이 중요해졌다며 귀국하자마자 불러들여 한차례 연설을 했었다.

은향은 새삼 집 안을 빙 둘러보았다. 럭셔리 그 자체인 집. 그녀의 손때가 묻었다기보단 시어머니의 입김과 돈의 힘으로 완성된 넓은 집이 오늘따라 빛처럼 반짝거렸다.

일시 귀국이 아닌 영구 귀국이 결정되자 제일 먼저 사람을 불러 청소에 신경 썼다. 앞으로 지금처럼 살 수는 없을 테니까. 그녀가 평소 꿈꾸던 인테리어와는 상당히 격차가 있었다.

나무 장작이 타는 벽난로.

명화가 아닌 아기자기한 빈티지풍 액자들.

파란 하늘에 풍부하게 담긴 구름 모양 벽지.

아르장퇴유의 연못에 한가로이 여유로움을 담아내고 있는 그림.

키 큰 나무들과 늘어선 화초들, 귀여운 강아지…….

'편한 시간은 물 건너간 건가?'

편한 시간, 혼자일 수 있었던 시간이 그의 등장으로 뒤죽박죽 될 것 같다는 기우. 일상을 깨는 일편의 잡음은 불길한 징후를 여실히 드러내고 있었다.

2

"알겠습니다. 알겠다니까요. 어머니, 저 바쁩니다."

민재는 수화기에서 가느다란 목소리가 흘러나왔지만 과감히 내려놓고 호출 버튼을 누르려던 손가락을 허공에서 멈췄다.

바빠 죽을 시간도 없는데 어머니 황 여사가 뜬금없이 전화를 걸어 아내를 챙기라 하신다. 혹 아내라는 이름의 여자가 어머니를 사주한 건가 잠시 잠깐 의심도 했지만, 어머니가 어떤 분인가. 누구에게 명령을 내릴 분이지 시킨다고 그대로 따르실 호락호락한 분은 절대 아니었다.

'새아기가 맘고생 많았을 거다. 너도 그러는 거 아니지. 아무리 내 사람이라 하더라도 베풀 땐 베풀고 숨은 쉬게 해 줘야지. 가끔씩 불러내서 맛난 것도 사 주고 돈독하게 이야기도 나누면

좀 좋아? 꼭 내가 나서야겠니?'

'선물, 정기적으로 사서 해외 배송으로 보냈고 기념일 한 번 잊은 적 없었습니다.'

'그게 네가 한 거냐? 비서실에서 한 거지. 여자에게 물질이 다는 아냐. 고생했다는 다정한 말 한마디에 서운한 맘도 눈 녹듯 사라지는 거야. 더 말하면 입 아프니까 내가 시키는 대로 해라.'

'급한 일부터 처리를 해야…….'

'다 먹고살자고 일하는 거다. 안식구 챙기라는데 무슨 말이 그리 많아? 소식 들리지 않으면 나도 따로 생각이 있다. 너만 주위에 사람 둔 거 아니야.'

이건 숫제 협박에 가까운 통보였다. 그를 낳은 어머니는 그를 어떻게 해야 자극시키고 움직이게 하는지 훤히 꿰뚫고 계셨다.

톡톡.

검지로 단단한 책상을 두드리던 그는 김 비서를 불러 식사할 장소를 예약하라고 지시했다.

"두 분 예약 잡겠습니다. 사모님께서 특별히 좋아하시는 음식이라도 있나요?"

"……글쎄, 김 비서가 알아보도록."

"알겠습니다."

대충 얼버무렸지만 순간 멈칫했다는 걸 눈치채지 못한 김 비서가 등을 돌려 사라졌다. 두 명의 비서 중 한 명은 비서학과를 나온 행동 빠른 베테랑 김유나였고 다른 한 명은 비서실장으로 그의 수족이나 다름없는 박하율이었다.

'그나저나 가만 놔둬도 잘 먹고 잘 사는 여자를 왜 불러내 식사까지 챙기라고 하시는지. 젠장.'

식사를 함께 해 본 적이 있어야 취향을 알지 않겠는가.

일에 미쳐 여기저기 쏘다니느라 그의 레이더 반경 일 미터에 한 번도 들어오지 않았던 아내라는 이름의 여자, 소은향. 양반가 규수처럼 조용조용 묻는 말에만 답하고, 여자가 가져야 하는 덕목과 관련된 책을 얼마나 많이 섭렵한 건지 보채거나 짜증 한 번 낸 적 없었다. 내일 지구가 멸망한다 해도 그놈의 품위를 지키느라 비명 한 번 내지르지 않고 다소곳이 앉아 있을 그림이 절로 그려졌다. 부친 강 회장이 애지중지하는 하얀 백자 같은 여자였다.

'1년 전 맞선 자리에서 뭐라고 했더라?'

맞선 자리에 불려 나간 민재의 얼굴은 굳어 있었고 맞은편 여자는 내공이 강한지 고스란히 그의 짜증을 견뎌 내고 있었다.

"듣고 나왔을 테니 취미나 하는 일, 이런 질문은 생략하죠."

"네."

"나이도 물론 알고 나왔을 테고, 궁금한 거 없습니까?"

"네."

적어도 그가 싫어하는 유형의 여자는 아닌 게 틀림없었다. 했던 이야기를 지루하게 반복하는 스타일도 아니었고, 맹해서 말귀 못 알아듣는 스타일도 아니었다. 말하길 좋아하는 수다스러운 스타일도 아니었고, 미소로 사람 떠보는 요사스러운 여자도 아닌 것 같았다. 뭐 답답하긴 했지만 불필요한 질문은 하지 않아 편했다.

정략결혼은 말 그대로 집안끼리의 거래가 오가는 혼사였다. 동영그룹은 한서제지란 기업의 깨끗한 이미지와 기술력을 필요로 했다. 어느 쪽도 손해 보지 않을 장사였고 만남이었다.

외모는 뭐, 봐 줄 만하다랄까. 소지품은 명품으로 도배하고 얼굴 화장은 유명 숍에서 공을 들인 티가 역력했기 때문에 원래 피부가 하얀지 검은지 현미경으로 관찰하지 않는 이상 짐작조차 할 수 없었다.

"솔직하게 말하겠습니다. 난 24시간이 부족한 사람입니다. 좋은 남편, 그거 될 수 없을 겁니다. 그리고 사생활을 중요시하기 때문에 결혼하더라도 각자 개인 공간을 침범하지 않았으면 합니다. 아내라고 해서……."

"잠시만요."

말허리를 뚝 끊은 여자 때문에 짜증이 났지만 낭랑하면서 건조한 말투가 묘하게 사람을 집중하게 만들었다.

"개인 공간이라면 저에게도 해당되는 건가요?"

"……물론입니다."

예, 아니오만 앵무새처럼 반복하던 여자의 입에서 처음으로 질문이 흘러나왔다.

"그럼 저도 개인 공간 가지고 싶은데요. 민재 씨 말대로라면 개인 공간을 침범하지 말자는 건 양측 공평하다, 이거죠?"

"물론입니다."

이상하다는 느낌을 받은 민재가 자신도 모르게 눈살을 찌푸렸다. 말하면서도 상대방 입장에선 냉정하다 싶을 요구였는데 기분 나빠 하기는커녕 본인에게도 해당되냐니. 이 여자 뭐지?

"맘에 드네요. 물론 지켜진다는 전제하에."

"빈말은 하지 않습니다."

여자의 얼굴에 급 화색이 돌자 밀가루를 뒤집어쓴 것같이 떡칠한 하얀 분장 위로 엷은 분홍 물이 들었다.

"수십 년간 타인으로 지낸 성인 둘이 만나 결혼이라는 제도하에 묶이는 이상을 바라지 않았으면 합니다. 난 일과 결혼한 사람이고 결혼해도 아내라는 위치가 내가 우선으로 하는 순위 안에 들긴 힘들 겁니다. 감성보다 이성이 지배적인 내가 여자에게 미쳐 몰두할 일도 없을 거고."

"더 좋네요."

"네?"

"솔직하고 군더더기 없어 좋다고요."

"소은향 씨."

"네."

"지금 그 말, 나와 결혼해도 좋다는 말로 받아들여도 되는 겁니까?"

"네."

"신중하게 생각하고 대답하는 게 좋을 것 같은데요. 두 번째 만남을 가지기 전에 말입니다."

"제가 맘에 드시지 않나요?"

"그건 아닙니다만."

"그럼 됐네요."

또 단답형 대답이었다. 그가 아는 여자라곤 어머니와 사촌들, 여비서 그리고 사귀었던 몇 명의 여자들뿐이었지만 그녀들이 말 많고 수다스럽다는 게 아니라 적어도 이 여자보다 두 배는 종알거렸었다.

"참, 잠깐만요."

'그럼 그렇지, 본색을 드러내라고.'

"개인 공간을 허락한다는 말, 계약서에 명시하면 안 될까요?"

"뭐요?"

재산 분할도 아니고 이혼도 아니고 고작해야 방 하나 때문에 계약서를 작성하자고? 이 여자가 제정신인가? 미친 거 아냐?

민재의 입가가 한일자로 다물어지고 불쾌한 듯 미간을 찌푸렸다. 그러자 여자가 입술을 꾹 다물더니 눈을 아래로 내리깔았다. 순진하고 얌전한 척인가, 아니면 멍청한 척하는 건가? 여자를 만나 머리 굴리기 싫었다.

오늘로 세 번째 맞선 자리. 한 이야기 또 하고 맛도 느끼지 못하는 스테이크를 썰고 두 번째 맞선녀가 폭탄을 투하했을 땐 머리가 터질 지경이었다. 출장마다 따라가겠단다. 그가 세계 여행을 하며 노는 걸로 착각한 게 분명했다. 게다가 하트를 연발로 발사하는데 부담 백배였다. 가장 힘이 들었던 건 가느다란 미성. 언제

보았다고 오빠라고 하는 건지, 닭 털 날리는 빌어먹을 호칭이었다.

"정리하죠. 만약 우리가 결혼한다면 적어도 방이 여섯 개 이상인 집에서 살게 될 겁니다. 그중 하나가 침실, 다른 하나가 내 개인 서재가 될 테고 나머지 방은 확 트든지 전부 드레스 룸을 만들든지 맘대로 하시죠. 대답이 되었습니까?"

"……비밀번호 설정, 절대 허락 없이 들어오지 않기. 이것도 추가하고요."

순간 번쩍 민재의 머리로 이상한 생각이 스쳐 지나갔다. 설마 발가벗고 쏘다니는 취미가 있나? 야동을 보나? 것도 아님 괴상망측한 취미가 있는 거 아냐?

"확인차 물어보는 건데 이상한 사람들이 드나든다든지 뭐 이런 겁니까?"

"네? 절대 아니에요!"

"……."

놀란 토끼처럼 펄쩍 뛰는 모양새를 보니 그건 아닌가 보다. 뭐 그렇다면 어차피 집에 머무는 시간 자체가 짧을 텐데 상관없을 거라 생각했다. 한서제지 외동딸이 뭐가 아쉬워 방 하나에 저렇게 목을 매지? 의문도 잠깐 그의 머릿속엔 러시아 기업과의 합병 인수 건만이 온 머리를 차지하고 있었다.

어련히 어머니 황순복 여사께서 세밀하게 따지고 살피셨을까. 모르긴 몰라도 상대측 여자 십촌까지 낱낱이 해부하셨을 거다. 참판과 좌의정까지 지낸 뼈대 있는 양반가니 어쩌니 한참을 읊어

대셨었다.

"그럼 합의한 걸로 알고 이만 일어나죠."

"왜요?"

"제가 많이 바쁩니다."

"먼저 가세요."

"뭐요?"

"먼저 가셔도 된다고요. 전 남아서 먹고 갈게요."

민재가 주위를 휑 둘러보았다. 맞선 보는 커플들이 몇몇 눈에 띄었지만 혼자 먹는 사람은 없었다.

"괜찮겠습니까?"

"네. 편하게 먹을 수 있겠네요. 바쁘시다면서요? 얼른 가 보세요."

잠시 머뭇거렸지만 민재는 미련 없이 등을 돌려 자리를 빠져나왔다. 혼자 먹는 게 좋다고 하니 그대로 믿을 수밖에. 혼자 먹는 거에 익숙해져야 할 거다. 신혼이라도 눈 마주치고 식사할 여유 따윈 없을 테니.

결혼 후에도 아내라는 타이틀을 거머쥔 여자는 신경을 건드리지도 고유 영역을 침범하지도 않았다. 먼저 전화를 걸어온 적도 없었고 공항에 마중 나온 적도 없었다. 결혼 전과 후, 달라진 점이라곤 호적 아래 칸을 채운 소은향이라는 이름뿐이었다.

'뭐 식사 한 번 같이 한다고 착각할 여자는 아니니까.'

◇◆◇

또 좋지 않은 예감이 적중했다.

"네? 식사요?"

아침 댓바람부터 세이렌이라는 여자한테 전화가 오더니 이젠 비서실이다.

— 네. 사모님.

은향은 비서실에서 걸려 온 전화가 반갑지 않았다. 왜 갑자기 안 하던 짓을 하는 거지? 여자가 전화한 걸 알고 미안해서 그럴 인간은 절대 아니고, 혹 입조심하라는 당부를 하려는 건가? 그렇다면 굳이 함께 식사할 필요까진 없는데.

— 사모님?

"그 사람 바쁘지 않나요?"

— 사장님이 꼭 예약 잡아 놓으라고 하셨습니다.

결국 빨리 먹을 수 있는 음식이 뭘까 궁리하다 양이 적은 파스타를 선택했다. 하지만 눈치 없는 김 비서는 맛 좋고 분위기 좋은 이태리 레스토랑을 알고 있다면서 예약을 잡겠다고 나섰다.

'체할지 모르니 미리 소화제를 먹어 둬야겠어.'

불편한 자리가 될 게 분명했다. 그와 제대로 된 대화를 나눴던 건 맞선 때와 결혼식 때뿐. 신혼여행지 프랑스에서도 그는 룸을 두 개 잡고 틀어박혀 일만 주야장천 해 댔고, 소향은 옆방에 머물며 혼자 여행을 실컷 즐겼었다.

절로 한숨이 흘러나왔다. 노을빛 그림자가 거실 창에 드리워

붉음을 색칠하고 있었다. 아직은 공기가 차가운데 민소매를 입은 탓에 자잘한 소름이 돋았다.

일상이 깨어지려나 보다. 평화가 잠식당하려나 보다. 무시하기엔 거대한 존재가 귀환한다 하니 숨이 턱 막혀 왔다.

실감이 났다. 완전한 타인이 아니라 남편이라는 타이틀을 거머쥔 이상 장단을 어느 정도는 맞춰 주어야 했다. 아무리 침범당하지 않을 개인 공간이 있다고는 하지만 좁은 집 안에서 한두 번은 마주쳐야 할 테고, 눈치 봐야 할 테고, 원하지 않는 모임에 부부 동반으로 참석해야 할 것이다.

그녀에게 성적 매력은 눈을 뜨고 찾아보려야 찾아볼 수 없었지만 그는 한창때 성인 남자가 아닌가. 형식상 부부라는 이름으로 묶여 있기에 소유권을 주장하며 덤비면 할 말이 없었다. 피할 곳도 없다.

흘깃.

그녀의 시선이 아래로 떨어지며 네크라인 때문에 드러난 가슴골에 한참 머물렀다.

'노브라도 오늘로 물 건너갔군. 하아.'

3

'이만하면 완벽하지?'

이탈리아 전문 레스토랑. 점심도 저녁도 아닌 애매한 식사 일정이 다음 날로 잡혔다. 수석 셰프의 음식을 맛보려면 한 달 전에나 예약해야 한다고 들었는데, 김 비서는 모시는 상사를 닮아 재주도 참 용했다.

소화제도 미리 챙겨 먹었고 옷매무새도 흠잡을 데가 없었다. 아침부터 미용실에 들러 머리를 하느라 분주한 시간이었지만 거울에 살아 있는 바비인형이 강림한 완벽한 자태에 은향의 입가엔 흡족한 미소가 머금어졌다.

똑똑.

"들어와요."

노크 소리에 뒤도 돌아보지 않고 귀걸이를 꽂던 그녀에게 집안

일을 해 주는 한 씨가 조심스레 말을 전했다. 안 되는 건 규정짓고 중요한 일을 결정 내리는 건 안주인 몫이었다.

가사는 전적으로 한 씨에게 일임했다. 종일 사람을 쓰는 건 사생활을 온전히 보호하기 힘들기에 파트타임 계약직으로 고용하고 있었다. 물론 계약서에 명시된 조항을 어길 시 열 배의 위약금을 물게 되어 있었다.

"사모님, 삼십 분 후 차가 도착한다고 합니다."

"알았어요."

"저녁은 준비하지 말까요?"

"아뇨."

"그럼……."

"오래 걸리지 않을 거예요. 늘 하던 대로 준비하세요."

"알겠습니다."

몇 가닥 흘러내리는 앞머리가 자꾸만 신경 쓰였다. 디올 립스틱의 발색은 맘에 드는데 과하게 미끌거렸다.

'후우.'

기어이 한숨이 흘러나오는 이유는 긴장 때문이 아니라 불편함과 어색함 때문이었다. 결혼한 지 일 년이 지났는데 남남 아닌 남남 사이인 두 사람이 만나 파스타로 함께 식사를 하는 모습이 자연스러울 수는 없었다.

하지만 선택의 여지가 없었다. 한식을 먹었다간 16첩 반상이 펼쳐지는 한식당에서 한 시간 넘게 마주 앉아 누룽지와 수정과까지 챙겨 먹어야 할 것이고, 일식을 먹었다간……. 고개를 급히 내

저었다. 와사비를 싫어했다. 잘못 먹어서 고생한 경험이 있었던 탓이다.

'뭐 유명한 셰프라니 새 모이만큼 주겠지.'

음식 메뉴도 메뉴지만 가장 맘에 든 점이 바로 이 점이었다. 무슨 바람이 불어서 식사를 같이 하자는 건진 몰라도 세상에 공짜는 없다는 사실을 잘 알고 있는 은향으로선 단단히 준비를 하고 나가야 했다.

파리가 앉으면 미끄러져 낙상할 것 같은 반지르르한 세단을 타고 레스토랑에 도착하자 은향은 행여나 치마가 구겨질까 다리를 가지런히 포개 뒷좌석에서 내렸다. 역시나 예약되어 있는 창가 자리와 아직 도착 전인 남편, 강민재. 조만간 돈을 쓸어 담아 현금 보유 능력 재계 10위 안에 들고도 남을 것이다.

"늦었어."

"네. 괜찮아요. 바쁘시잖아요."

줄무늬 슈트를 멋들어지게 차려입고 등장한 잘나고 잘나신 강민재가 테이블로 다가오자 식전에 먹고 있던 빵 부스러기가 묻었을까 황급히 털어 낸 그녀는 자세를 바르게 고쳐 앉았다.

"잘 지냈나?"

"네. 주문할까요?"

"조금 이따."

우아한 동작으로 채워진 글라스의 물을 비워 내는 모습을 지켜보며 은향은 처음으로 앞에 앉은 남자가 참 재미없게 산다, 라는 발칙한 생각을 했다. 좌우 대칭이 완벽하게 균형 잡힌 넥타이와 손대면 베일 정도로 빳빳이 다려진 와이셔츠 깃. 피곤하고 재미없게 사는 사람이 그녀 말고 또 있었다. 아니지, 시킨 것도 아니고 본인이 원해서 하는 거니 행복한 건가?

"파스타 좋아하나?"

"네."

"김 비서가 이곳을 추천하더군. 입에 맞을지 모르겠는데."

"네. 좋아요."

빌어먹을. 네라는 말밖에 할 줄 모르는 여자인 건지 아내가 앵무새처럼 네라는 말만 무한 반복 하고 있었다. 항상 명령만 내리는 오너 입장으로서야 YES라는 단어는 듣기 좋은 말일 테지만 앞에 앉은 여자는 아내였다. 이왕이면 대화가 통하고 답답한 여자는 아니길 바랐건만…….

"설마 파스타를 먹고 싶다고 할 줄은 몰랐는데."

"네……. 아, 좋아해요."

그는 기분이 급속도로 나빠졌다. 무슨 죄 지은 사람처럼 고개 푹 숙이고 묻는 말엔 무조건 네라고 답하는 모습이 신경을 건드렸다. 그가 염라대왕이라도 되나, 왜 저 여자는…….

"고개 좀 들지. 벽과 식사하고 싶진 않으니까."

그가 생각해도 이유 없이 빈정거리는 날 선 어투였다. 하지만 고개를 든 여자의 얼굴은 표정 없는 인형 같았다. 화장을 도대체 얼마나 두껍게 한 건지 손톱을 세워 긁어 보고 싶었다. 그나마 향수는 뿌리지 않았나 보다. 비위가 약한 민재 때문에 김 비서도 사무실에서는 방향제를 쓰지 않았다.

"꼭 그렇게 두텁……. 아니야, 아무것도."

말을 뱉던 민재가 도중에 말허리를 자르며 얼버무리자 주문했던 음식이 나왔다. 그녀의 예상대로 두 젓가락만 흡입하면 형체가 보이지 않을 정도의 적은 양이었다.

"갑자기 식사하자고 해서 놀라진 않았나?"

"네. 놀랐어요. 이유가 있는 건가요?"

눈치가 없는 건지 알아도 모른 척하는 건지 알 수 없어 민재는 잠시 말없이 여자를 바라보았다. 어머니가 등 떠밀어 어쩔 수 없이 만든 자리라고 말해 괜히 기분 상하게 만들 필요까진 없었다. 막 입을 떼려는데 뭔가 결심한 듯 여자가 입술을 달싹거렸다.

"입 다물 테니 신경 쓰지 않아도 돼요."

"무슨 말이지?"

달그락.

우아하게 포크를 접시에 내려 둔 여자가 나지막한 목소리를 덤덤하게 내뱉었다.

"오늘 예기치 않은 이 식사, 세이렌 팔머 때문 아닌가요?"

"뭐?"

"……아니에요?"

"세이렌 팔머라니. 대체 무슨 말이지?"

"아니면 말고요."

"이봐."

골칫덩이 세이렌 팔머 그 여자 이름이 왜 이 자리에서 튀어나오는 것인지 모르겠다.

"집 전화번호를 바꿔야 할 것 같아요. 별일 아니지만 집 전화번호가 노출된 것 같아요."

"……그 말은 세이렌 팔미가 집으로 전화를 걸었단 건가?"

"네."

'제발 그놈의 네라는 대답 말고 요점을 간추려 알아들을 대답을 하라고!'

그는 버럭 노성을 지를 뻔했다.

"기분 나빴겠군."

"네. 기분 좋을 일은 아니지만 딱히 기분 상하지도 않았어요. 용건은 당신을 만나 직접 이야기하라고 했고요."

"그렇군."

"……."

표정 없이 식사를 계속하는 여자의 이마가 도드라졌다. 최소한 누구냐, 왜 집에 전화를 건 거냐 따질 법도 하건만 나와 상관없는 사람이니 당신이 알아서 하시오라는 태도는 산뜻하다 못해 그를 질리게 만들었다.

"정식으로 초대한 적 없어. 사업상 내치지 못하고 있을 뿐이야."

"네."

"그리고……."

"걱정 마세요. 입도 벙긋 안 할게요. 그걸 걱정하는 거라면 안심해도 좋아요."

그러니까 저 여자 말을 유추하자면 여자 문제로 동네방네 떠벌

릴까 봐 그가 입을 막기 위해 식사를 제안했다, 뭐 이런 건가? 아니 그건 그렇다 치고, 질투까지 바란 건 아니지만 저 반응은 대체 뭐지?

"신경 쓰였을 거야. 앞으론 이런 일이 없도록 조처해 두지."

"네."

달그락.

포크를 내려놓는 동작에 힘이 실려 있었다. 새 모이만 한 음식의 양이 많은지 남편이라는 사람은 냅킨으로 입을 닦고 있었다.

눈에 보이는 것과 보이지 않는 것의 차이는 확연했다. 무시해도 상관없던 사람은 커다란 존재감을 드러내며 그녀 생활 전반에 영향을 미치고 있었다.

당장 아침 일찍 일어나 아주머니가 만들어 둔 건강 주스를 쟁반에 받쳐 대령해야 하고 출근 시 배웅해야 했다. 귀에 못이 박히도록 들었던 시댁의 가풍, 다른 건 몰라도 아침은 절대 굶기지 않아야 남자가 일터에서 밥심으로 버틴다는 말이 그녀를 압박했다.

물론 식사를 준비하는 건 전적으로 도우미 아주머니일 테지만 넥타이를 매 준다든지 서류 가방을 들어 주고 차가 떠날 때까지 지켜보는 건 그녀가 실천해야 할 4대 의무였다.

"궁금한 거 더 없나?"

"네? 딱히……. 참, 임신한 건 아니죠?"

"뭐?"

"그렇잖아요. 다른 건 몰라도 임신한 거라면 이야기가 달라져요."

"날 어떻게 보고……. 아니 만약 그렇다고 한다면?"

"이혼해야죠."

"이 결혼을 너무 쉽게 생각했나 보군. 당신과 내가 끝나면 두 집안 인연이 쉽게 마무리될 것 같아?"

"쉽게 마무리 안 되면요? 아이를 밴 여자에게 모질게……."

"아냐!"

핏대가 올라 순간 민재가 언성을 높이자 두 사람의 테이블로 다른 사람들의 시선이 집중되었다.

"후우. 아냐, 아니라고. 나와 관계없는 사람이야."

"그럼 됐고요."

뒷골이 당겼다. 사업을 하면서도 어지간하면 화를 내지 않는 냉철한 사업가 이미지를 구축한 그였다. 그런데 아내라는 여자와 식사한 지 단 몇 분 만에 바닥을 드러내고 말았다.

"관대한 건가, 아님 교육을 잘 받은 건가?"

"둘 다요."

"위험한 발언이라는 거 알아? 내가 밖에 다른 여자를 둬도 상관없어?"

"맘대로 하세요."

"……이봐."

"하지 말란다고 안 하고, 하라고 하는 사람 아니잖아요. 바람피울 때마다 허락 맡고 피울 건가요?"

정말 밑도 끝도 없었다. 기가 찼다. 애인을 두든지 말든지 들키지만 않게 하라는 말이 아닌가. 여자의 얼굴에서 감정이 읽히지 않았다. 그를 향한 시선, 그를 이렇게 담백하게 바라보는 사람은 일찍이 없었다.

뭔가 갈구하는 눈빛, 원하고 바라고 질시하고 동경하고 경외하는 수많은 시선 속에 노출된 그는 텅 빈 그녀의 까만 눈동자가 낯설기만 했다. 무언가 그를 불편하게 만들고 있었다. 그는 급히 화제를 돌렸다.

"장인어른은 잘 지내시나?"

"네."

은향의 어머니는 그녀가 중학교 때 심부전증으로 돌아가셨다. 혼자가 된 소 회장은 이후 재혼을 하지 않고 그녀를 홀로 키웠다.

"시간이 나면 장인어른과 함께 자리 한번 마련하지."

"아뇨."

"뭐?"

아니요, 라는 부정적 말이 처음으로 튀어나오자 반가운 건 왜일까. 질리도록 같은 음식을 먹다 다른 메뉴가 나왔을 때 느끼는 희열 같은 게 느껴졌다.

"아버지 바쁘세요. 다음 달은 외국에 나가신다고 들었어요."

"……그래?"

보통 친정이 가까우면 하루가 멀다 하고 간다는데 아내는 일 년에 두세 번 정도만 발걸음을 하고 있었다. 독특했다.

장인이 된 소 회장은 한번 한 약속은 칼같이 지키는 인물로 정평이 나 있었다. 그분을 닮았으면 기본은 하겠지 싶어 긴 고민은 하지 않고 결혼을 결심했는데, 지나치게 완벽해서일까. 이상한 불안과 불길한 예감이 차곡차곡 쌓여만 갔다.

그가 남겨 둔 인생의 여백에서 주인은 항상 그가 되어야 하고, 세상 돌아가는 주인공도 그여야 직성이 풀렸다. 여백을 남기고 그 안에서 자유롭고 싶었다. 누군가에게 얽매이는 건 두렵기도 하고 귀찮을 게 뻔하니까.

결혼 생활에서 그가 바라는 건 많지 않았다. 서로 예의를 지키고 상대를 귀찮게 하지 않을 것. 바라 마지않는 것들을 아내라는 여자가 착실히 제공해 주는데 끝없이 의문이 들어차기 시작했다. 이 여자는 왜 이럴까. 왜 저럴까. 이성이 지배하는 좌뇌보다 감성이 지배하는 우뇌가 업그레이드되어 활성화되기 시작했다.

건조한 만남에서 부부라는 인연으로 매여 서로 선만 넘지 않으면 잘 지낼 수 있겠다 생각했다. 하지만 바비인형 같은 아내라는 여자가 형체를 잃은 설탕처럼 그의 삶 속에 파고들어 감성을 자극하고 감정이라는 파랑을 일게 했다.

조건 맞고, 집안 맞고, 말 잘 듣고, 허튼짓하지 않을 것 같은 이상적인 아내를 얻었다. 앞으로도 그의 생활에 큰 변화는 없다고 생각했다.

하지만 그건 그의 이기적인 착각이었다. 감정은 소용돌이치며 연일 상승과 하강을 오르내리며 급락을 거듭했고, 혼돈 속으로 이끌었다. 거기다 왜라는 질문은 그에게 해답 찾기를 요구했다.

4

상도동.

흰 원피스를 입고 조용히 움직이는 여자를 흐뭇한 표정으로 바라보는 황 여사였다. 퍼펙트. 둘도 셋도 아닌 오직 하나뿐인 아들 때문에 며느리를 하나만 둘 수 있다는 게 안타까울 정도였다.

들은풍월을 무시 못 한다고 친목회 회원인 박 여사와 구 여사가 며느리 때문에 가슴앓이하는 걸 톡톡히 지켜보았기에 신중에 신중을 기할 수밖에 없었다. 결국 이혼한 구 여사의 둘째 아들은 부친 한윤기 회장의 눈 밖에 나 미국 지사로 쫓겨났다. 박 여사는 허구한 날 가슴을 탕탕 치며 며느리 백여시 술수에 휘말려 날이 갈수록 심신이 피폐해져 갔다.

일이 이렇다 보니 대범하기로 유명한 그녀는 며느리를 들이기 전부터 주변을 샅샅이 훑기 시작했다. 왕이 될 아들의 여자, 황후감을 간택한 태후 황 여사였다. 며느리의 조건에 부합된 내로라하는 규수 중에 검토 작업을 면밀히 거친 결과 다섯을 걸러 냈다.

하지만 첫 번째 두 번째는 대실패. 민재가 선을 보지 않겠다고 선언하자 협박과 회유를 섞어 겨우 설득해 세 번째 맞선 자리에 내보냈다.

상대는 은향이였다. 집안, 미모, 학력, 그리고 성품 뭐 하나 빠질 것이 없었다. 요새 아이답지 않게 시키는 대로 순종했고 얼굴 붉힌 적 없으며 일 년 동안 독수공방하느라 힘들었을 텐데도 내색 한 번 하지 않았다. 오죽하면 일 잘하는 아들의 등을 떠밀어 며느리를 챙기라 했겠는가.

"그만하고 여기 와 앉아라."

"네, 어머님. 차 준비해서 가지고 나갈게요."

'예쁜 것.'

국화차를 좋아하는지 알고 준비해 오겠다는 말에 저도 모르게 얼굴에 미소가 떠올랐다. 강남 유명 찻집에 주문해서 가져왔다며 우롱차를 선물로 들고 왔다.

다도도 제대로 익혔는지 차 끓이는 솜씨가 보통이 넘었다. 커피도 그렇지만 차는 끓여 내는 사람의 손을 많이 타는데 며느리가 만들어 내는 차 맛은 최상이었다. 두통과 평소 높은 혈압 때문에 국화차를 즐겨 한다는 것도 알고 있는 게 분명했다.

"드세요, 어머님."

"음…… 좋구나."

황 여사는 차를 마시며 며느리의 다소곳한 모습을 바라보고 있었다.

"민재가 돌아왔으니 자주 들러라. 얼굴 자주 보고 부딪쳐야 정도 쌓이는 법이니까."

"네, 알겠습니다."

"다른 일은 없었고?"

"네? 아…… 어제 함께 식사를 했어요."

"그래? 오랜만에 오붓한 시간을 가졌겠구나."

"네."

주말이지만 일부러 두 사람을 불렀다. 살짝 반항하긴 했지만 일찍 본가로 들어오겠다는 다짐도 받아 두었다. 그대로 놓아두면 아들은 주말을 상납하고 일에 미쳐 밤늦게 들어갈 게 뻔했다.

건강도 걱정되었지만 여자 맘은 여자가 아는 법. 장식품 취급당하길 원하는 아내는 없었다. 흰색은 민재가 좋아하는 색으로 깔끔한 원피스가 잘 어울렸지만, 두터운 화장이 맘에 걸렸다.

"민재가 냄새에 민감한 편이다."

"네, 알고 있어요."

"화장이 두꺼운 것 같구나."

"주의하겠습니다."

"그래."

군말 없이 대답만 잘하니 더 이상 뭐라 지적할 수 없었다.

"참, 네 생일이 곧 다가오는구나. 바라는 거 있으면 미리 생각해 둬라. 이번 생일은 그냥 넘어가면 안 돼. 습관화된다."

"전 아무래도 괜찮습니다."

“피아노 어떠니? 거실 한가운데 두면 괜찮을 것 같은데. 스타인웨이 그랜드 피아노 말이다. 네가 원하면 예약해 두마.”

“지금 집에 있는 거로 만족합니다.”

처음으로 이상하단 생각이 들었다. 명문대 음대 졸업, 꿈의 피아노라고 불리는 악기를 사 준다는데도 감흥이 없다니. 나름 정보를 주워들은 탓에 가장 좋아할 만한 선물로 고른 건데.

‘완벽하다 못해 지나친 감이……. 내가 무슨 배부른 생각을.’

황 여사는 얼른 표정을 갈무리하고 자리에서 일어났다.

“곧 네 시아버지와 민재 들어올 시간이다. 저녁 준비 되었는지가 보자.”

“네.”

꽃게탕, 산적, 나물. 평소보다 과한 상차림 탓에 주방은 분주해지고 있었다.

2층 방, 민재가 결혼하기 전부터 지금까지 먼지 한 톨 없이 청소가 된 방이다. 그녀는 시어머니의 뜻에 따라 화장을 엷게 고치고 있었다.

‘입술은 이만하면 됐고.’

엷은 화장에 붉은 자줏빛 립스틱은 지나치게 도드라져 보이고 새침한 여자처럼 보이게 했다. 붉음을 지우고 립글로스를 다시 발랐다. 거울 속엔 흰 원피스를 입은 완벽하게 정갈한 모습의 사모님이 자리하고 있었다.

민재의 방은 온통 흑백 톤이었고, 세련이 철철 넘칠지는 몰라도 인간미가 느껴지지 않는 직선의 향연들이 그녀를 숨 막히게 했다.

철저히 혼자일 수 있었던 시간들은 어느새 어그러져 명치 끝 답답함과 뒷머리 부분에 묵직함을 불러일으켰다. 앞으로 그녀의 수명에 지대한 영향을 미칠 남편의 존재, 도망치고 싶었지만 막다른 골목이었다. 발 달린 짐승, 다 큰 어른이 맘먹으면 무엇인들 못 할까, 어디든 가지 못할까 싶지만 결국 새장 안을 고집하는 건 그녀 자신이었다.

식사 후, 강 회장과 민재는 두 시간째 마주 앉아 바둑만 두고 있었다. 곁에서 사과를 깎는 은향은 시키지 않은 말은 일절 하지 않은 채 그림처럼 앉아 침묵하고 있었다. 무게 중심이 부자에게 기운 듯 보였지만 존재감 강한 시어머니 황 여사의 눈썹이 꿈틀대기 시작했다.

"언제까지 바둑만 둘 거니?"

"……."

"민재야."

"……."

"여보."

"……어허, 중요한 순간인데 잡음 넣지 말아요."

속이 터질 것 같았다. 눈치 없는 남편은 아들을 붙들고 놓아주지 않고 과묵한 며느리는 여우같이 남편을 꾀어 나자가 조르지도 않는다.

"이번 판으로 끝내요."

"……응?"

건성건성 대답하다 강 회장이 고개를 들자 형형한 황 여사의 눈동자가 파고들듯 그를 마주했다.

움찔.

어찌 된 게 밖에선 나는 새도 떨어뜨린다느니 카리스마가 장난이 아니라느니 정평이 난 그였지만 마누라의 눈빛이 위험한 빛을 내며 반짝일 때면 몸을 사리게 된다.

"흠, 이 판만……."

"약속했어요. 분. 명. 히."

이심전심. 아내가 무엇을 생각하고 있는지 알고는 있었다. 서먹서먹한 부부 사이를 가깝게 해 주려는 생각일 것이다. 그건 그렇지만 오랜만에 아들과 두는 바둑의 재미를 양보하긴 꽤 힘이 들었다.

"여기 있습니다."

좌우로 정렬, 가지런히 놓인 사과에 눈을 두자 눈치 빠르게 포크로 찍어 대령하는 며느리가 그제야 눈에 들어왔다. 선남선녀 앉혀 놓고 보니 그림같이 어울리는 한 쌍의 부부인데 이상한 부조화를 이루고 있었다. 물론 일 년 동안 떨어져 있다시피 한 탓도 있겠지만 훈훈한 기운이라곤 눈을 씻고 찾아봐도 없었다.

"민재야 너도 먹으면서 해라."

"……."

눈치껏 제 서방에게 주라는 말을 못 알아들은 건지 며느리는 행동의 변화가 없었다.

"됐습니다."

칼로 무 자르듯 거절의 멘트를 냉기 폴폴 날리며 내뱉는 모습엔 그조차도 오만 정이 떨어질 지경이었다. 상대를 무안하게 만드는 데 최고 능력자가 아마 아들일 것이다.

"새아가 너도 먹고."

"네."

한 판이 끝나고 바둑돌을 나누는 사이 황 여사가 은향의 생일을 거론했다.

"곧 새아기 생일이라네요. 서운하지 않게 챙겨 줘요. 휴가를 주든지."

"흠, 그럴까?"

민재의 무심한 얼굴에 동요가 일었다. 은향은 그의 변화를 바로 알아챘다.

"원하는 거라도 있니?"

"네."

"말해 봐라."

"휴가를 주시면 감사하겠습니다."

"휴가라. 회사 상황이 어렵지만……."

"아닙니다. 제가 휴가가 필요하단 말이었습니다."

"음?"

"민재 씨는 바쁠 테고 바쁜 사람 붙잡고 여행 가자 할 만큼 생각 없진 않습니다. 혼자 다녀오고 싶어요."

"혼자 말이냐?"

"네."

그녀는 그룹의 며느리가 된 후 어딜 가나 따라붙는 경호원들과 따가운 시선에서 벗어나고 싶었다.

"그래도 그건……."

"아버지, 이 사람과 상의하도록 하겠습니다."

"그래, 그래라 그럼."

언제나 치고 들어올 때를 잘 파악하고 명쾌한 해답을 제시하는 잘난 남편 강민재다. 그가 함께 여행을 가지 않는다에 그녀는 한 표 던진다.

은향은 예상대로 붙잡는 시부모와 자고 가겠다는 남편의 결정을 순순히 받아들였다. 2층 부부 침실에 들어온 그녀는 자연스레 샤워 후 준비된 가운을 입고 미끄러지듯 침대에 앉아 기댔다. 수건을 허리에 두르고 머리를 터는 그와 눈이 마주쳤지만 당황은커녕 얼굴도 붉히지 않았다.

"드라이어는 옆 빈 공간에 있어요. 위치 바꾸는 거 싫겠지만 제 화장품을 놓아두느라 좁아서."

그녀는 침대에서 미리 준비한 책을 펼쳐 놓고 스탠드 불빛에 의지해 읽어 내려갔다.

"생일 선물로 여행을 가고 싶다고?"

"네."

"함께 가는 게 좋지 않을까?"

"시간 낼 수 있어요? 무리하지 마세요. 여행 가서도 일해야 할 거고, 난 바쁜 당신을 보게 될 게 분명하잖아요. 그럴 바엔 그냥 혼자 가는 게 낫다고 생각해요."

"……다른 건?"

"없어요. 그거면 충분해요."

"경호원 없이?"

"네."

"대신 경호 팀에 자주자주 상황을 알려 줘."

"그럴게요."

일을 하다 잘 것이라 생각한 민재가 자연스러운 포즈로 침대에 미끄러지듯 들어왔다. 신행 때를 제외하고 두 번째로 한 침대에서 잠을 자게 된 역사적인 날이지만 부부의 얼굴엔 아무런 감흥도 없었고 설렘도 자리하지 않았다. 침대 본연의 목적, 오직 깊은 잠을 자겠다란 의지만이 충만했다.

"일 안 하세요?"

"피곤해."

"불 꺼 드려요?"

"책 볼 건가?"

"조금만요."

"그럼 나 먼저 잘게."

"네."

스탠드가 있는 반대편에 곰 한 마리가 옆으로 누워 시트를 잡아당기자 속절없이 끌려가는 작은 몸뚱이의 그녀. 베갯머리송사는 아니더라도 부부가 가장 친밀할 수 있는 밤, 피곤하다며 등 돌리는 남편이나 책을 읽고 잔다며 스탠드를 켜 둔 그녀나 부창부수. 그들의 모습은 거울을 보는 것처럼 닮아 있었다.

하지만.

잠이 들고 시간이 지나 온기를 찾아 합체된 두 몸뚱어리의 높은 체온으로 숨이 막혀 먼저 잠이 깬 은향은 허리에 둘러진 굵은 팔을 조심스레 떼어 냈다. 한기가 드는지 몸을 움츠리는 커다란 남자의 몸 위로 두툼한 시트가 올려졌다.

은향은 가만히 눈 감고 누워 자는 남편의 모습을 관찰했다. 항상 긴장하고 굳어 있어 쌀쌀맞은 남편이지만 잠을 잘 때만큼은 빈틈 있는 평범한 남자처럼 보였다.

꿈을 꾸는 동안은 나를 가둬 둔 그곳에서 자유로울 수 있을까. 바로 걷지 않으면 무너져 내릴까 전전긍긍하는 조바심이 들었다. 답답한 가슴 가득 시원한 공기를 마셨다 내쉬어도 외로움과 목마른 가슴은 그 무엇으로도 묽게 희석되지 않는다.

함께해도 외롭고 힘든 존재가 곁에 있었다. 남편이라는 이름으로. 가족이라는 이름으로.

새벽의 어스름, 어둠이 붉은 태양 빛에 조금씩 자리를 양보해 주고 있었다. 사그라지는 어둠을 헤치고 하늘은 푸른빛으로 물들어 가고 있다. 아침형인간이 분명한 그녀는 일어나 카디건을 걸치고 아래층으로 내려갔다.

"제가 할게요."

"괜찮으시겠어요?"

"요새 까칠하다면서요. 주세요."

"그럼 부탁드려요."

양손에 묵직한 무게의 사료가 들렸다. 집 앞 정원에서 키우는 커다란 개 램버트의 먹이였다. 품종 도베르만 핀셔는 경호견답게 용맹하고 날렵했지만 충직함이 지나쳐 쉽게 사람을 따르지 않았다. 이곳에서 일한 지 삼 년이나 된 아주머니에게도 귀 쫑긋 세우며 경계하는 괘씸한 놈이었다.

소유물은 소유한 사람을 따라간다 했던가. 주인이 잘나고 잘나셨으니 저도 그런 줄 착각하고 있나 보다.

남편이 어릴 적 선물로 사 주었다고 했었나? 결혼한다고 인사를 드리러 왔을 때 개를 향한 민재의 환한 웃음을 목도하고 그 자리에서 얼어붙었다.

한낱 개에게 지독한 살의를 느꼈다. 질투가 났다. 아니, 그녀가 개만도 못하다는 깨달음에 입맛이 썼다. 그런데 발칙하게도 후각, 촉각, 시각이 인간보다 뛰어난 빌어먹을 품종이 그녀를 향해 으르렁거렸다.

'조용, 램버트. 손님이야. 조용해.'

컹컹.

'미안, 낯을 가리는 편이라.'

'네.'

무서워하는 척이라도 할까 고민하다 고개만 푹 숙인 채 음전한 양갓집 규수처럼 정원 돌계단을 오르며 그녀는 뒤를 한 번 돌아보았다.

움찔.

도베르만이 그녀의 형형한 눈빛에 질려 얼른 고개를 돌려 버렸다. 『개 다루는 법』이라는 책을 섭렵해 둔 게 이럴 때 효과가 있었다. 이곳에 입성하면 서열 다툼이 있을 테고 적어도 사람 아닌 동물 다음인 순위로 밀려날 순 없었다. 초장에 잡아 두어야 했다. 그나마 눈치 빠른 영리한 놈이라 여러 수고를 덜어 주었다.

'영리한 놈 같으니.'

끄르릉.

"먹어."

스르르.

"한 번만 더 으르렁거려라."

끙끙.

"왜 그래? 생리하니? 참 수컷이랬지. 그럼 발정기인가?"

끄응.

"운동 부족인가 보네. 맞아?"

…….

"앞발."

…….

"어허!"

앞발을 마지못해 내미는 발칙한 개를 바라보다 한숨을 내쉰 은향이 목줄을 풀어 손에 감았다.

"네 주인이 바빠서 그동안 산책을 못 시켜 준 죄, 나라도 갚아야지 별수 있겠니. 어찌됐든 불쌍한 건 사실이니까. 가자!"

멍멍!

오랜만의 산책이 반가웠는지 껑충대는 램버트의 엉덩이가 씰룩거렸다. 앞으로 달리다 뒤를 쫓다 앞서거니 뒤서거니 한바탕 달리고 나니 땀에 흠뻑 젖은 은향은 새벽 댓바람부터 헉헉거리며 그녀와 개를 쫓는 경호원들의 숨찬 모습을 멀리서 바라보며 회심의 미소를 지었다. 운동이 부족했던 건 램버트만이 아니었나 보다.

멍!

민재는 램버트가 짖는 소리에 눈을 번쩍 뜨고 급히 창가로 다가섰다. 그가 아끼는 충직한 생물. 분명 들뜬 소리였다. 시선이 머무는 곳에 램버트와 아내 은향이 함께 있었다. 그가 없는 사이 친해졌는지 작은 움직임을 보이던 개는 아내와 발걸음을 맞춰 밖으로 나갔다. 램버트는 자신 외에 다른 사람에겐 곁을 내주지 않았는데…….

멍멍!

일어난 김에 샤워를 마치고 옷을 갈아입자 램버트가 흥분해 짖는 목소리가 들렸다. 민재는 소리가 나는 쪽으로 나가 보았다.

"산책 다녀왔으니 입맛이 돌아왔지? 식사해."

……

"좋은 말로 할 때 먹어. 안 먹어? 휴. 알았어. 기회 닿을 때마다 산책하러 나가자. 됐어?"

멍!

꼬리까지 살랑거리며 그제야 밥그릇에 코를 박는 개를 내려다보며 은향은 웃음 짓지 않을 수 없었다. 말귀를 알아들을 리 없는데 말하는 어조로 넘겨짚는 건지 그 눈치 빠름에 경탄할 따름이었다.

순간 어릴 적 딱 한 번 키웠던 테리가 떠올랐다. 요크셔테리어, 까만 눈동자에 연약했던……. 벌떡 일어난 은향이 돌아서자마자 딱딱한 무언가에 얼굴을 부딪쳐 휘청거렸다.

"어……."

"조심해."

담벼락처럼 딱딱했던 그것은 남편 민재의 가슴팍이었다.

민재는 도란도란 나름 다정해 보이는 램버트와 은향에게 다가가고 있었다. 스펀지 슬리퍼를 신어서인지 둔한 건지 아무것도 눈치채지 못한 아내는 나름 램버트에게 열심히 말을 건네고 있었다.

그가 알기론 지금까지 그와 나누었던 대화보다 훨씬 많은 말을 하고 있는 것 같았다. 산책을 가 주겠다는 말에 꼬리를 있는 대로 흔들며 식사를 하는 램버트도 램버트지만 개를 바라보며 침묵하는 그녀의 얼굴에 순간 스치는 표정이 낯설었다.

"아, 코야."

키 차이로 인해 그녀의 얼굴이 그의 돌덩이 가슴 정중앙에 그대로 박혀 코가 찌그러지는 줄 알았다.

"괜찮아?"

"네."

말은 공손한데 얼굴에 확연히 드러난 불쾌감은 감출 수 없나 보다. 속으로 욕하는 게 뻔히 보였다. 평소의 진한 화장을 오늘 아침엔 어쩐 일로 하지 않았는지 모르겠지만 신선했다. 그는 여자를 자극해 반응을 이끌어 내고 싶다는 이상한 심리가 발동했다.

"코에 뭔가를 삽입한 거라면 병원 가는 게 좋지 않겠어?"

"네?"

"성형 말이야. 코 한 거 아닌가?"

"무슨…… 아니거든요!"

"아님 말고."

"전 정말 성형하지 않았어요. 한 군데도요."

"뭐, 그런 거 같군."

뉘앙스가 이상했다. 그런 거 같다니, 뭐가? 은향은 그가 말하는 중의적인 뜻을 뒤늦게 파악했다. 외모 비하 발언이 분명했다. 핏대가 오를 대로 올라 뭐라 반박할 말을 찾다 이상한 낌새를 눈치챘다. 반응을 보기 위한 자극, 상대방을 화나게 해서 실수를 유발시키려는 고단수적인 술책에 하마터면 말려들 뻔했다.

"네. 정말이에요."

순식간에 딴사람처럼 표정을 감춰 버린 은향이 못마땅했는지 눈살을 찌푸리는 민재였다.

탐색하는 눈빛과 난 아무것도 모른다는 무심한 눈빛이 사선 방향으로 교차하며 서로를 살피고 있을 때 두 사람을 부르는 소리가 긴장을 깨뜨렸다.

"식사하세요."

이상한 여자, 장식품이길 스스로 원하는 여자, 관심 밖으로 밀려나길 자처하는 여자, 바람을 피우려면 조용히 피우라고 친절하게 권장까지 하는 여자. 분명 정상은 아니었다.

강민재, 그는 소은향이라는 존재에 호기심이 일기 시작했다.

5

살랑살랑.

눈 감은 채 바람 소리를 듣고 싶은 날, 어제보다 일찍 떠오른 햇살에 마음은 어느새 산 정상이다. 때늦은 한파에 짐승들이 느린 발걸음을 하고 있지만 호수 한가운데 둥둥 떠다닐 오리 가족을 보고 싶었다. 흔들리는 바람 한 점에 그대에게 전하고 싶은 가슴을 열어 보여 당신을 찾아가는 즐거운 발걸…….

똑똑.

"저…… 사모님."

은향은 혼자만의 세계를 깨뜨리는 한 씨의 조심스러운 목소리에 현실로 되돌아왔다. 심호흡을 한 번, 방문을 열자 어쩔 줄 몰라 고개를 떨군 그녀가 보였다.

"뭐죠?"

"죄송합니다. 사장님이 연락이 되지 않는다고 하셔서……."

한 씨는 십 분 전 사장의 전화를 받고 난감한 처지에 놓여 있었다. 어쩜 부부가 그리 똑같은지 '전화는 용건만 간단히'라는 표어를 몸소 실천하는 두 사람이다.

한 씨가 파출부로 일한 지도 어언 십오 년이 넘었다. 매년 용역 업체가 선정한 스카우트 대상 상위권에 랭크되는 산전수전 다 겪은 베테랑이다. 어차피 일찍 죽을 거였다면 그냥 갈 것이지, 번식력만 왕성한 남편이 지르고 간 자식 하나 달고 험한 세상, 모진 풍파 겪으며 살아왔고 더 이상 놀랄 일도 기함할 일도 없다고 생각했다. 그렇게 믿어 왔는데…….

재벌가에 계약직으로 출근한 지도 일 년. 계약서에 명시된 조항을 어길 시 열 배의 위약금을 물어야 했다. 조항 자체는 나쁘지 않았다. 사적인 공간을 침범하지 말 것, 이곳에서 일어나는 일을 외부로 유출하지 말 것, 즉 입조심이었다. 면접 때 특이하다는 생각은 들었지만 한 달 급여 동그라미 개수에 눈이 뒤집혔다. 물론 돈만큼 일이 많을 거라 예상했었지만 그게 육체적인 노동이 아닌 정신적 피곤일 줄 그때는 몰랐었다.

파트타임 계약직은 나름 장점이 많다. 정규직이거나 집에 상주하면 월급은 많을지라도 사생활이 없는 것이나 마찬가지다. 하나뿐인 아들이 직장을 잡아 제 몫을 하고 있었기에 취미 생활과 운동 등 휴식 시간을 가지고 싶어 제의를 수락한 것이었다.

'그럼 서재 청소는요?'

'남편 서재는 청소하세요. 하지만 물건 위치를 바꿔서도 안 되고 쓰레기를 함부로 버려서도 안 돼요.'

'네, 알겠습니다.'

'그리고 내 서재는 일체 들어오지 말아요.'

'네?'

'내가 청소하고 관리한다는 뜻이에요. 참, 그리고 내가 그 방에 있는 동안에는 웬만한 일 아니면 방해하지 말고요.'

'웬만한 일이라면 어떤…….'

'불이 났다든지, 목숨이 위험하다든지, 갑자기 죽을 정도로 아프다든지, 세 가지 경우예요.'

'……네.'

그렇게 일 년이 지났고 지금 하는 일에는 꽤 만족스러웠다. 그리고 사장님이 귀국했다. 변화의 조짐이 이곳저곳에서 느껴졌지만 눈 가리고 입 닫을 줄 아는 현명함과 눈치를 발휘 중이었다.

사모님은 한 번 개인 서재에 들어가시면 적어도 두 시간 이상 꼼짝하지 않기에 사장이 오 분 내라는 시간제한을 두자 아드레날린이 증가했다. 안절부절못하다 눈치 빠른 그녀는 목소리에 담긴 엄중한 경고를 파악했다. 오 분 내로 전화가 걸려 오지 않을 시네 직장을 보장 못 한다는 환청도 함께 들려왔다.

그녀의 목줄을 쥐고 있는 사모님이냐, 결정적인 한 방의 권리를 행사하는 사장님이냐의 갈림길에서 결국 사장님 쪽 손을 번쩍 들었다.

문을 열고 나오는 은향의 얼굴에 가득한 불만과 짜증에 주눅이 든 한 씨는 눈을 내리깔고 버벅거렸다.

"바로 연락하라고 했다고요?"

"네, 방해해서 죄송해요."

핸드폰을 침실에 두었었나 보다. 기능을 상실한 지 이미 오래였기에 내팽개쳐 두었는데.

"알았어요. 가서 일 보세요."

"네."

얌전히 침대 위에서 헤엄치며 돌아다니는 핸드폰에 부재중 전화가 세 통, 남편 강민재였다. 오전 열한 시, 이 시간에 왜 전화를 걸었을까. 무언가를 잊고 갈 만큼 건망증이 심한 사람도 아니고 급한 일이었다면 전화보다 장소를 말했을 것이다. 그렇다고 별일 없냐고 안부를 물어볼 사람은 더더욱 아닌데.

따르르릉.

"여보세요."

— 음.

"저예요. 전화하셨다면서요. 무슨 일이죠?"

— 집에 가서 말할까 했는데 새벽에 들어갈 것 같아서. 미리 당신에게 양해를 구할 일이 있어.

"뭐죠?"

— 팔머 그룹과 IT 사업이 진행 중인데 막바지 단계야. 가벼운 칵테일파티를 열까 하는데.

"그런데요."

— 응?

"비서실과 홍보실에서 준비하면 되는 거잖아요. 전 참석만 하면 되고."

— 내 말은 세이렌 팔머가 참석하는데 당신이 불편할까 봐.

그닥지 않게 뱅뱅 도는 화법에 슬슬 짜증이 솟구쳤지만 꾹 눌러 참은 은향이 핵심만 간추려 질문하기로 결정했다.

"그녀와 잤어요?"

— 뭐? 아니라니까!

"그럼, 약점 같은 거 잡혔어요?"

— 아니라고 몇 번을 말해야……. 후우.

수화기를 막고 말하는 건지 소리가 나지막하게 들렸다.

"아닌데 왜 죄지은 사람처럼 굴어요?"

— 잊어버려. 없었던 일로 하지.

뭐라 대답도 하기 전에 통화가 끝이 났다. 아니 일방적으로 끊어 버렸다.

"이런 사람으론 안 봤는데, 전화 예절 진짜 별로네."

그녀는 서재로 향하던 발걸음을 되돌렸다. 맛이 떨어졌달까. 음식을 맛나게 먹다가 갑자기 포만감을 느끼고 더 이상 먹히지 않는 그런 상황.

요가로 심신을 이완하고 피곤에 지친 몸을 거품과 뜨거운 물에 양보하기로 했다.

◇◆◇

민재는 박 부장이 내민 결재 서류에 사인을 휘갈긴 후 혼자가 되자 숨을 들이마셨다. 통화 중 급한 결재라며 들어온 그를 손짓으로 기다리라 지시한 그는 짧게 용건만 간단히 끝내려 했었다.

그런데.

칵테일파티를 제안한 건 영악한 세이렌 팔머, 그녀였다. 굳이 그녀 때문이 아니더라도 두 그룹의 합작이 성사되기 전, 적당히 쇼 타임을 가질 필요가 있었다. 평소 같으면 날짜와 장소를 정해 비서실에서 알아서 통보해 줬겠지만 이번은 사정이 달랐다.

그 여자 때문이었다. 미리 언질을 해 두어야 했다. 팔머는 가만있어도 불나방처럼 덤비는 할 일 없는 여자 중 한 명이었다. 그녀를 일일이 상대하기엔 시간이 아까워 방치해 두었더니 깜찍한 만행을 저질렀다. 방심한 탓이다.

그래서 혹시나 하는 마음에 은향에게 그답지 않은 친절함을 베푼 건데 지껄이면 전부 말인지, 잠을 잤냐고? 약점을 잡혔냐고? 하! 천하의 강민재를 뭘로 보는 건지. 아내라는 타인 아닌 타인이 그를 여자에 환장한 시정잡배로 보고 있었다.

"은근 신경을 건드리는 스타일이란 말이지."

민재는 오만상을 찌푸리다 결국 수화기를 들어 어머니 황 여사를 찾았다.

— 무슨 소리니? 그런 자리에 새아기를 동반해야지.

"압니다. 하지만 아직 익숙하지 않은 자리라서 실수할 수도 있고……."

— 처음부터 잘하는 사람이 어디 있니? 네가 옆에서 신경 써 주고 그래야지.

"네."

산 넘어 산이었다. 어머니 외에 아는 여자라곤 사촌 누이밖에 없는데, 결혼한 그가 아내를 동반하지 않고 나간다면 구설수에 휘말릴 게 분명했다. 눈만 마주쳐도 좋아 어쩔 줄 모르는 신혼 콘셉트는 아니더라도 적당히 저희들 조건 잘 맞춰 잘 살고 있어요, 를 만방에 보여 주어야 했다.

동영그룹 외아들로 태어난 그를 금수저니 뭐니 씨부렁대는 사람들은 그가 얼마나 많은 노력을 하는지엔 관심이 없었다. 일이나 사생활이 완전무결하기가 얼마나 어려운 일인지, 참고 감정을 드러내지 않는 일이 얼마나 힘이 드는 일인지도.

뭐, 천성 자체가 다정다감과는 거리가 멀었고 친절하지도 않았으니 힘이 덜 들기는 했지만 말이다. 친구 관계에서는 삐거덕대는 일이 종종 있었지만 여자들은 그런 그에게 더 호감을 느끼며 접근했다. 차도남이라나 뭐라나.

그런데 그런 그에게 인내심을 요구하고 짜증을 유발시키는 존재가 바로 소은향이었다. 딱히 잘못한 걸 꼽자면 없었다. 적절한 대응, 적당한 거리를 유지하며 묻는 말에 꼬박꼬박 정답을 내놓는 그녀에게 짜증 날 이유가 없는데도 짜증이 났다.

세상의 중심인 그를 무시해서인 건지, 치열하고 바쁘게 살고 있는 그와는 달리 재벌가 아내라는 자리를 꿰차고 안방에 들어앉아 고요히 질서 정연한 삶을 사는 모습을 흩뜨리고 싶은 파괴 본능인 건지, 도통 모르겠다. 스멀스멀 덩치를 키우는 불만이란 놈의 그림자가 그의 몸뚱이를 야금야금 잠식해 가고 있었다.

◇◆◇

"어머 일찍 오셨네요."

다섯 시 정각, 갑자기 귀가한 집주인 때문에 소스라치게 놀란 한 씨였다.

민재는 갑자기 부친의 지시로 참석하게 된 경제 포럼에 가기 위해 서재에 둔 서류도 챙기고 옷도 갈아입을 겸 귀가했다. 전화를 하지 않은 건 일종의 심술 때문이었다.

"퇴근하세요."

"네? 네……."

'괜찮겠지? 사모님 목욕 중이신데…….'

벙긋거리려 했지만 벌써 2층 계단을 오르는 민재를 올려다보며 그를 부를 용기는 없었다.

매트를 깔고 요가를 열심히 한 덕분에 땀에 젖은 은향은 거품 목욕을 하며 눈을 감고 있었다.

달칵.

"아주머니?"

"……."

다섯 시 정각이 되면 보고하지 말고 귀가하라고 했는데 인사를 하러 온 건가 싶었다. 하지만 갑자기 나타난 시커먼 그림자는 남편 민재였다.

"이 시간에 당신이 왜……."

민재는 그녀의 민얼굴을 처음 보았다. 서재로 향하다 호기심이 생겼다. 민얼굴이 어떻게 생겼는지 궁금했다. 잠잘 때도 엷은 화장을 했기에 민낯은 보지 못했다는 게 맞는 말일 것이다. 화장술의 천국인 대한민국이 아닌가. 여자를 볼 때 조명발, 화장발, 성형발, 말발을 조심하라는 말이 그저 하는 말이 아님을 알고 있었다.

하지만 욕실이라는 밀폐된 공간, 벌거벗은 여자, 열 오른 붉은 얼굴, 당황한 몸짓에 야한 성적 대상이 절대 아니었던 아내라는 이름의 존재가 여자로 또렷이 인식되고 말았다. 흰 피부, 가느다란 목, 그리고 물 위로 살짝 보이는 둥글게 파인 곡선이 시릴 듯 눈에 박혀 왔다.

"뭐죠? 지금?"

"뭘?"

"부부 사이에도 지켜야 할 예의가 있어요."

"문을 잠그지 않았다는 건 들어와도 좋다, 이런 뜻 아닌가?"

"……그건 제 잘못도 있어요. 하지만 이 시간에 당신이 귀가할 거라곤 생각 못 했어요."

"그럼 피차 잘못한 거니 퉁치면 되겠네."

민재는 만족스러웠다. 앓던 이가 빠진 기분이 이럴까. 그동안 알게 모르게 존재감을 무시당한 그는 이번 기회에 확실하게 서로의 위치를 가르쳐 줄 필요가 있다고 판단했다.

스륵.

"뭐, 뭐예요?"

욕조에 다가와 얼굴을 바싹 들이대는 그의 행동에 질겁하며 물속으로 몸을 감추는 그녀였다. 하지만 끝끝내 그의 눈빛을 피하지 않는 발칙한 여자 때문에 그는 묘한 흥분을 느꼈다. 절대적인 우위를 차지하는 건 항상 큰 만족감을 선사한다.

"아주머니는 퇴근했고 지금은 우리 둘뿐인데."

"……."

주도권을 잡은 민재에게 희롱당하던 그녀는 정신이 번쩍 들었다. 알몸인 것과 욕실이라는 공간 때문에 주눅이 들었나 보다. 어차피 맞을 매라면 일찍 맞는 게 좋을지도 몰랐다.

"잠시만요. 약부터 먹고요."

"뭐?"

"지금 날 안으려는 거 아니에요? 급하지 않다면 약부터 챙겨 먹고 싶어요."

"……이봐."

"갑자기 이런 상황이 올 줄 몰랐어요. 불만은 없는데 다만 계획한 임신을 하고 싶어요."

그저 곤란한 얼굴을 보고 싶어서였다. 하지만 여자가 거부하려는 몸짓은 고사하고 약이니 임신이니 민감한 문제를 건드리자 나갔던 정신이 제자리로 돌아왔다.

"미안한데 기대에 부응해 주지 못하겠어. 옷 갈아입고 바로 나가야 해서."

"저도 나갈까요?"

"아니, 됐어."

그가 몸을 일으켜 나가자 그제야 참았던 숨이 터졌다. 무시 못 할 존재의 그는 목욕하는 사적인 공간에 무단으로 침입해 위협을 가하더니 언제 그랬느냐며 제 갈 길로 가 버렸다. 천만다행이라는 생각이 먼저 들었지만 살짝 의심도 들었다.

'던져진 먹이도 못 먹나? 바본가?'

분명 찰나였지만 그는 그녀에게 욕정이 일었다. 정상적인 남자라면 당연한 반응이었다. 그가 눈치채기 전에 기대하는 일이 일어나야 하는데 조짐이 보이지 않았다.

그룹 간의 이해가 얽힌 정략혼. 완벽한 아내로 지내는 걸 언제쯤 그만둘 수 있을지 모르겠지만 열쇠는 강민재 그가 쥐고 있었다. 각오한 일이었다. 성인 남녀가 한집에서 지내는데 아무 일 없이 쿨하게? 말도 안 되는 이야기였다. 원하면 줄 것이고 원하지 않는다면 그녀로선 성은이 망극할 따름이었다.

도어록의 소리가 들리자 샤워 가운 매듭을 여민 그녀가 그제야 아래층으로 내려갔다.

화려하고 거대한 집, 몸에 맞지 않는 옷을 입고 나를 연기한다. 멋진 차와 별장 그리고 부를 가졌지만 마음은 여기에 머물지 않은 채 공중을 부유한다. 나인데 내가 아닌 것 같은 불편한 삶, 불안하고 초조하다.

제법 매서운 찬바람이 가 보자 재촉해도 열린 새장을 탈출할 엄두도 내지 못한 채 붉은 빛이 퍼지는 창가에서 애꿎은 하늘만 바라보고 있다.

겁쟁이 소은향.

이중인격자 소은향.

6

이상적인 결혼이란 대체 뭘까. 이십 년 넘게 다른 삶을 살았던 남녀가 한 공간에 합쳐져 할 수 있는 일은 유전자 생산과 부의 축적 그리고 공식적인 내 편을 하나 만든다는 것, 그 정도일까?

결혼은 당장은 눈앞에 이익이 많아 보여도 결국 여자 쪽이 훨씬 손해다. 성인이 되어 겨우 쟁취한 자유를 포기하는 것을 시작으로 원치 않든 원하든.

그렇게 그녀는 지금 이 자리에 있었다.

쌩하니 찬바람 휭 도는 남편이라는 존재가 아프게 의식되면서도 생각보다 깔끔하고 점잖은 사람이라 안심이다. 무관심과 훤히 보이는 자만심 가득 찬 얼굴이 오히려 안도감을 부여해 준다. 같잖게 남편으로서 누릴 권리를 행사하려 하지 않는 점도, 이래라저래라 간섭하거나 이리저리 끌고 다니려 하지 않는 점도 맘에 든다.

굳이 마음을 나누고 이야기를 하는 시간을 가질 필요가 어디 있는가. 정략혼으로 결혼한 만큼 그녀는 지킬 선은 정확히 지키고 있었고 의무도 착실히 이행하고 있었다. 이 상태로라면 십 년, 아니 이십 년도 잘 살 수 있을 것 같았다.

물론 그에게 죽고 못 사는 여자가 나타나기 전까지겠지만. 바늘로 찔러도 피 한 방울 나올 것 같지 않은 남자지만 그도 사지 멀쩡한 육신을 가진 남자니 언제까지 그녀를 손대지 않고 바라보지만은 않을 테고 그녀에게 질리면 여자도 생기리라.

문득 그가 욕실에 들이닥친 그날 밤이 떠올랐다. 각오한 일이었지만 당황했었기에 내 몸은 내가 지키자, 라는 유비무환 정신을 십분 발휘해 약을 챙겨 먹기 시작했다. 준비되지 않은 부부 사이에 태어난 아이가 행복할 확률이 얼마나 될까. 아무것도 확실치 않다는 건 불안을 조장한다. 불투명한 미래는 덤이다.

은향은 개인 서재에 틀어박혔어도 도무지 집중이 되질 않았다. 머리가 복잡하고 멍해지기까지 했다.

'아, 정말 내가 왜 이러는 거지?'

결국 스피커를 끄고 방을 나서는데 핸드폰이 울렸다.

"여보세요."

— 나야.

묵직한 저음은 그녀에게 혼란을 야기한 주인공이었다.

"무슨 일이죠?"

— 잠시 나오지.

"……."

— 여보세요?

재촉하는 목소리에 짜증이 밀려들었다. 나오라면 나가야 하는 항상 대기 중인, 직책은 사모님인 건가?

"나도 개인 사정이라는 게 있어요. 다른 스케줄도 있는 거고요. 묻지도 않고 무작정 나오라 하는 건 실례 아닌가요?"

— ……약속이 있나?

"아뇨."

— 그럼 뭐가 문제지?

씁쓸한 기분이 들었다. 그가 판단하기에 그녀는 집에서 생산적이지도 효율적이고 돈이 되지도 않는 일을 하니 나오라면 나오라는 이 말이었다. 배려라는 것 자체가 결여된 남자였다.

"내가……. 아니에요. 만나서 이야기하는 게 맞겠네요. 무슨 일이죠?"

— 칵테일파티 전 준비할 게 있어. 차 보낼 테니 타고 나와. 한 시간 후 만나지.

갈수록 가관이었다. 약속 장소도 말하지 않은 채 전화가 끊어졌다. 도대체 파티를 준비하는데 뭘 해야 한다는 건지, 어딜 간다는 건지, 왜 굳이 만나야 하는 건지 알 수가 없었다.

차를 타고 달리는 동안 치밀었던 짜증이 점차 누그러졌다. 익숙해진 거리에 들어서자 목적지가 짐작되었다.

쥬얼리 전문 숍이었다. 결혼 예물을 준비했을 때 왔었던 곳, 플로렌스. 예물로 받은 것만으로도 충분하건만 돈이 남아도는 건지

새것을 사 주려는 통 큰 남편에게 경의를 표하는 바였다.

"이쪽입니다, 사모님. 사장님께서 먼저 보여 드리라 하셨습니다. 칵테일파티에 어울리는 세트로는……."

관심 있는 척하며 기웃거리는데 인기척이 느껴졌다. 대단한 존재감을 드러내는 그의 등장이었다.

"늦었어."

돈 냄새를 기가 막히게 맡은 쥬얼리 숍 실장은 두 손을 모아 비비며 최고인 물건부터 내놓기 시작했다. 보석을 싫어하는 여자는 없지만 최소한으로 걸치길 좋아하는 그녀였다.

"맘에 드는 게 있나?"

"글쎄요."

"흠, 저거. 그리고 저거 보여 줘요."

"네, 사장님."

관찰만 할 뿐 열의도 보이지 않자 그가 나서기로 작정한 모양이었다. 보석을 관찰하는 예리한 눈빛은 흙 속에 진주를 발견하기 위해 탐색하는 사람의 그것과 같아 보였다.

"잠시 자리를 비워 주면 좋겠는데."

"네, 사장님. 편히 구경하십시오."

눈치 빠른 실장이 사라지자 민재는 몸을 돌려 그녀를 정면으로 응시했다.

"파티에서 이왕이면 세트로 맞추면 어떻겠냐고 하시더군."

"누가요? 어머님이요?"

"그래."

그도 바쁜 사람이었다. 하지만 중요한 계약이 성립되기 전 치르는 일종의 통과의례를 잔뜩 신경 쓰는 어머니 황 여사의 전화를 받고 보니 홍보실에만 맡겨 두고 나 몰라라 할 순 없었다. 게다가 김칫국 마시는 세이렌 팔머 그녀에게도 확실하게 보여 줄 필요가 있었다.

"미리 묻지 않은 건 내 잘못이지만 당신이 집에 있는 걸 알고 있어서 전화한 거야."

커다란 몸집으로 앞을 가로막고 서서 전후 사정을 간단명료하게 정리하는 남편이란 사람의 입에선 미안하다는 말은 흘러나오지 않았다.

"그럼 세트가 비쌀수록 좋겠죠?"

"뭐?"

굳이 어머님 핑계를 대지 않더라도 그만한 눈치는 있었다. 왜 이렇게까지 그가 나서는지 자신의 생각이 맞는다면 그는 자신에게 달라붙는 여자, 세이렌을 떨어뜨리고 싶은 것이다. 그녀를 이용해서.

이용당해 주기로 했으니 그만한 대가를 지불한다고 생각하는 지독하게 계산적인 남편에게 죄의식 갖지 말고 맘껏 호사를 누리기로 결정한 그녀였다.

여자의 휘황찬란하고 요란한 세트에 비해 남자 쪽은 덜렁 넥타이핀 하나였다.

"어머 사모님 안목이 좋으세요. 하나밖에 없는 제품이랍니다."

"그래요? 맘에 쏙 드네요."

눈빛을 반짝거리며 실장과 주거니 받거니 하는 여자를 내려다보는 민재의 눈살이 찌푸려졌다. 지킬과 하이드인가? 심드렁해 숍을 둘러보던 그녀 눈에 이채가 떠오르자 상황은 급변했다. 열성적으로 나서 이것저것 질문을 해 대더니 과하다는 생각이 설핏 들 정도로 고가인 다이아 세트를 낙점했다.

"어때요?"

"……좋군."

"이 정도는 되어야 당신 체면이 살죠."

순간 두 사람의 눈동자가 마주쳤다. 민재는 그녀가 그의 의도를 완벽하게 간파했음을 눈치챘고 그녀는 짐작이 적중했음을 알아챘다.

"옷도 맞춰야 하나요?"

"아니."

"그래요? 맞춤은 아니더라도 새로 장만할게요."

"그렇게 해."

곧바로 회사로 돌아간 민재를 배웅한 은향은 유명 부티크로 차를 돌렸다. 차창 밖으로 스쳐 가는 풍경을 바라보다 문득 이상한 생각이 들었다.

'왜 굳이 그가 직접 숍으로 왔을까? 뭐, 어머님 때문이겠지. 나도 별걸 다 궁금해하네.'

시작이었다. 수면에 동그란 파문이 잔잔하게 일렁거렸다.

피식.

회사로 돌아가는 차 안에서 헛웃음을 흘리는 민재였다. 결국 여자들이란 보석에 열광하고 눈을 뗄 줄 모른다. 특이하다 생각해 눈길이 향했던 아내도 별수 없는 속물임이 증명되었다.

어머니의 부추김이 아니더라도 쥬얼리 숍에 들어간 지 삼십 분 만에 결혼 예물을 결정해 버린 통 큰 신부로 인해 당황스러웠던 기억이 떠올랐다. 그래서 이번엔 어떨까 상상한 그가 웃기는 놈이 되어 버렸다. 오해한 게 미안할 지경이었다.

그의 눈길을 끌려고 행동하는 게 아닌가 싶었지만 오늘 보니 그것도 아니었다. 숍에서 마주쳤던 동그란 눈동자를 떠올리며 민재는 나지막이 중얼거렸다.

'눈치 빠른 여우라, 곰보다 낫군.'

부티크의 실장은 난감한 표정으로 몇 번이나 그녀에게 확인 작업을 하고 있었다.

"사모님?"

"좋네요. 진행해 주세요."

"하지만 너무……."

세련미가 밥 먹여 주나? 뱁새가 황새 따라가다 가랑이가 찢어진다는 속담도 있다. 은향은 애초부터 상대되지 않는 세이렌에게 대항하려면 철저히 반대여야 한다고 판단했다. 인터넷에 떠다니는 그녀의 화려한 남성 편력과 뇌쇄적인 옷차림, 철철 흘러넘치는 매력. 그런 여자에게 여성스러움으로 대항한다? 씨알도 먹히지 않을 이야기였다.

태어나면서 재벌가에서 나고 자란 그녀였다. 나서서 누굴 짓이기는 성격은 아니었지만 밟고 속이려는 자들에게 스스로를 내어주는 순둥이는 아니었다. 그건 바보 같은 짓이니까. 멍청하고 멍청한 짓일 테니까. 뼈저린 경험으로 배웠으니까.

순수했던 의도는 자신이 갖고 있는 배경에 변질되고 퇴색되었다. 절반도 살지 않은 인생, 앞만 보고 착하게 살면 복을 받고 세상은 사랑으로 가득 찼다고 믿었던 때도 있었지만 그건 그녀만의 착각이었다.

아무리 예뻐도 젊은 여자를 당할 수 없고, 최고의 미인이라 칭송받아도 시간이 지나면 식상해지기 마련.

향기 없는 꽃은 없지만 빨리 지는 꽃은 있다.

7

이유를 알 수 없는 불면의 밤이 계속되었다. 꿈을 하루에 몇 번이나 꾸는 건지. 눈을 뜨고 있을 땐 통제할 수 있는 것들이 무의식에선 제멋대로인 게 불만이었다.

추억의 그림자가 짙게 드리울 때도 있었고, 찬란한 시절이지만 허기졌던 젊은 청춘의 조각을 공유하며 함께했던 그들도 등장했다. 어머니가 나타나면 그리움에 가슴이 내려앉았고, 친구라 믿었던 이들을 만나면 어둠을 적시는 밤, 잠에서 깨어 창가를 서성였다. 가슴을 뒤흔들며 그리움에 허우적대게 할 무언가가 필요할 때마다 그녀는 서재로 향했다.

따스한 봄볕이 나가기를 부추긴다. 자유 의지가 충만한 은향은 기지개를 펴고 산뜻한 얼굴로 일어났다. 여행 가는 걸 허락받았기에 어제밤 가고 싶은 곳을 검색하느라 늦게 잠이 들었다. 남편 민재는 마지못해 수긍했지만 2박 3일은 진정한 자유 부인이 되는 셈이었다.

대나무의 푸르른 잎이 울창한 대숲, 나뭇가지를 태워 가마솥을 데우는 산골 풍경, 징검다리가 놓인 냇가, 둥그렇고 커다란 달과 초롱초롱한 아기별. 그녀는 봄을 제대로 누려 보고 싶었다.

얼굴을 삐죽 내민 한 조각 햇살이 뜬눈으로 지새운 눈동자를 비추자 거세게 이는 파랑처럼 눈동자가 춤을 추었다. 숨길 수 없는 기대와 설렘이 여실히 드러난 민낯은 홍조를 띠며 그녀를 소녀처럼 보이게 했다. 서늘함과 무심함이 공존하는 하얀 얼굴 뒤 숨겨진 또 다른 얼굴을 가진 은향은 시계를 흘깃 바라보다 분주해졌다.

그녀가 화장할 때 가장 신경 쓰는 파운데이션으로 두텁고 꼼꼼하게 바르자 완전무결한 사모님 모습으로 변신한다. 거울 속에 그녀가 우아하게 미소 지었다.

"사모님 일어나셨어요?"

"네. 녹즙은요?"

"여기 준비했습니다."

"내가 지시한 대로 정량을 맞춰 갈았죠?"

"네."

한 씨는 쟁반에 받친 녹즙을 들고 그녀가 사라지자 그제야 참았던 숨을 내쉰다.

'어휴, 파출부 경력 십오 년이지만 긴장돼. 어찌나 꼼꼼하신지.'

그랬다. 녹즙이야 눈 감고도 만들어 낼 베테랑이지만 그녀가 지시한 녹즙은 정량을 정확히 지켜 만들어 낸 것이었다. 태양인인이 집 사장님의 사상 체질까지 고려해 만들었다나? 부부가 어쩜 저리 닮아 있는지. 웃음 한 번 흘리지 않고, 빈말하지 않고, 흐트러진 모습도 보이지 않는다.

"드세요."

"음."

넥타이를 매던 민재는 컵을 들어 한입에 털어 넣었다.

"매 드려요?"

그녀의 손길을 받은 넥타이는 좌우 균형 완벽하게 각이 잡혀 마치 백화점의 진열품처럼 보였다.

"깔끔하군. 솜씨 좋은데."

"고마워요."

"어머님은 실력이 늘지 않으시던데."

무심코 중얼거리는 민재의 말에 고개를 끄덕이는 은향이였다. 모든 일을 잘할 수는 없는지 황 여사는 넥타이를 잘 매지 못했다. 우연히 시댁에 방문했을 때 그녀가 외출하려던 강 회장의 넥타이를 대신 매 준 적이 있었다.

"단순하게 보이지만 돌리는 길이를 생각하며 묶어야 해요."

"그건 그렇고."

남편이 오늘따라 말이 많았다. 바쁜 일이 마무리돼 가는 단계이긴 한가 보다. 여유를 보이는 걸 보면.

"……할 말 있어요?"

"녹즙 맛이 평소와 다르던데."

"아, 제가 태양인 체질에 좋다는 야채를 첨가했어요. 이상해요?"

"아니. 뭐 몸에 좋다는데 마셔야지. 그런데 조금 비리더군."

"그럴 리가 없을 텐데요. 정량대로 만들었다면……. 알겠어요. 주의할게요."

은향의 얼굴이 살짝 찌푸려졌다. 아침 일곱 시. 출근하자마자 냉장고 안에 있는 것을 씻어 그대로 갈기만 하면 된다고 누누이 일렀건만 뭔가를 빼고 갈았거나 정량을 지키지 않은 것이 틀림없었다.

민재는 아내의 미간이 살짝 찌푸려지자 그제야 사람 같아 보인다는 희한한 생각을 하던 참이었다. 도대체 못하는 게 뭔지. 넥타이 매는 법을 가르치는 학원이라도 있는 건가. 수십 년간 해 온 어머니보다 완벽했다. 얼굴을 보아하니 그가 출근한 후 한 씨가 한 소리 들을 게 틀림없었다.

"화장 말인데, 꼭 그렇게 해야 하나?"

"네? 왜요?"

"두터우면 답답할 것 같아서 하는 말이야."

"미안해요. 제가 화장을 먹는 피부 타입이라 연하게 하면 자주 덧칠해야 해서 번거로워요. 하지만 당신이 냄새에 민감하다고 들어서 향수도 뿌리지 않고 모든 제품은 무향인 것으로 사용하고 있어요."

"……."

결국 경극 분장 같은 저 화장을 지울 생각이 없다, 이 말이다. 그가 가장 싫어하는 냄새가 화장품과 향수 냄새였다. 그런데 저 여자가 무향이니 무독성이니 어쩌고저쩌고하니 반박할 명분도 없었다.

"그리고 저 내일 여행 가려고요."

"내일?"

"네. 칵테일파티 때문에라도 미리 갔다 오고 싶어요."

강 회장이 허락한 일이었다. 하지만 경호원을 떼어 놓고 혼자 여행을 간단다. 간이 부은 건지 생각이 없는 건지.

"당신 혼자만의 몸이 아냐. 알고 있겠지만."

"네. 잘 알고 있어요. 동영그룹 이름에 누가 되는 일은 하지 않을게요."

"내 말뜻은 그게 아니라……."

"늦지 않았어요?"

교묘하게 말을 돌렸지만 듣기 싫으니 출근하란 재촉이었다. 정중한 말이었지만 묘하게 신경에 거슬렸다. 저 여자도 당황할 때가 있을까. 문득 심술이 돋아났다. 중요한 계약이 성사되어 심적 여유가 생긴 탓인지도 모르겠다.

"어디로 가는지 모르겠지만 나도 합류할까?"

"네? 당신이……. 무슨 말이에요?"

"그렇잖아. 신혼부부나 마찬가지인데 혼자 다니게 둔다면 구설수에 오르기도 쉬울 것 같고. 안 그래?"

"……호텔이나 유명지를 가는 게 아니에요."

"그럼?"

"목적지는 정하지 않았어요."

거짓말, 여자는 눈 하나 깜박하지 않고 거짓말을 했다. 그 증거로 눈을 내리깐 표정이 어두워졌다. 더구나 완벽주의에 철두철미함이라면 저와 쌍벽을 이루는 여자가 계획 없이 여행을 한다? 개가 웃을 일이다.

"목적지가 어디인지 수시로 알려야 할 거야."

"알겠어요."

이 보 전진을 위한 일 보 후퇴. 민재는 표정을 감추었지만 움찔 몸을 굳힌 그녀를 바라보았다. 여행이라……. 캐묻고 나니 더 수상쩍었다. 유명지마다 널려 있는 럭셔리한 콘도와 호텔을 두고 대체 어딜? 그리고 왜? 누구와? 혼자 가는 이유라도 따로 있나? 한 번 고개를 든 의문이 꼬리를 물고 머릿속을 배회하며 돌아다녔다.

"다녀오세요."

시야에서 멀어지는 그의 차를 확인한 그녀는 주방으로 오자마자 녹즙 정량을 확인하고 주의를 주었다. 아니나 다를까 양배추 잎이 남아 있었다.

"주의할게요. 사모님."

"그리고 미나리 내일부터 올리지 마세요."

"네? 네……."

어제와 다른 반찬은 미나리뿐이었다. 뭘 잘못 먹은 게 분명했다. 갑자기 질문이 많아지고 호기심이 왕성해질 리 없지 않은가. 여행에 합류하겠다니, 미치지 않고서야. 그에게 완벽히 적응하기란 애초부터 불가능하겠지만 어설프게 밀당하는 건 사절이었다. 지금이 완벽했다. 서로의 공간을 침범하지 않고 예의를 차리고 감정을 느끼지 않는 지금이.

◇◆◇

탁.

차에서 서류를 살피던 민재가 등받이에 몸을 기대고 눈을 감았다. 그동안 압박하던 계약이 최종 마무리 단계에 접어들자 여유가 생겼다. 열린 차창으로 봄바람이 밀려들자 새삼 계절이 바뀌었음을 실감했다.

봄, 여행…….

자신만큼이나 괴짜인 아내 소은향의 존재가 떠올랐다. 부친인 강 회장이 허락한 일이니 이의를 달 수 없었지만 경호원까지 두고 대체 어딜 가려는 걸까. 차라리 해외여행을 다녀오겠다고 하면 대응이 쉽기라도 할 것이다. 충동적으로 여행에 합류하겠다는 말이 튀어나오긴 했지만 극구 말리는 모습에 은근 비위가 상했다.

그도 남자라 아내라는 여자에게 시선이 쏠렸다. 손만 내밀면 취할 수 있는 여자가 바로 눈앞에 있는데 망설이는 행동 자체가 우스웠다. 언제부터 여자를 배려했다고. 하지만 싫다는 여자 강제로 어쩔 만큼 개자식도 아니었고, 하얀 밀가루 포대를 뒤집어쓰고 인형처럼 서 있는 여자에게 욕정이 일 만큼 굶주리지도 않았다.

그와 그녀의 문제점은 긴장감이 절대적으로 부족하다는 것이었다. 이게 그녀의 의도라면 절반은 성공한 셈이다.

보이지 않는 모습을 보려면 상대방을 자극해야 한다. 일정한 반응을 이끌어 내려면 툭툭 던지는 말로, 그리고 행동으로 치고 들어

가야 한다. 아주 오래 두드려야 할지도 모르지만 따스한 말 한마디와 다정한 눈길 한 번에 두터운 마음의 두께가 얇아지기도 한다.

타고난 성격 자체가 무심하고 차가운 민재였다. 그가 곁에 두기로 낙점한 왕비 소은향은 바라 마지않는 이상적인 아내상이었다. 마치 거울을 보는 것처럼 그와 닮아 있었다. 아니, 닮아 보였다.

하지만 그건 그의 큰 착각이었다.

그랜드 호텔.

하루가 멀다 하고 쇼핑만 잔뜩 해 대는 그녀 때문에 뒤치다꺼리 담당인 비서 헬로트는 죽을 맛이었다.

'욕 나오네. 백화점을 싹쓸이하려는 거야, 뭐야.'

변덕이 죽 끓듯, 돈을 물 쓰듯 하는 세이렌 팔머, 그녀의 비서로 일하는 것이 죽을 만큼 힘들지만 목구멍이 포도청이라 참고 있었다. 하지만 정말 오늘 같은 날엔 특히나 더 힘이 들었다. 몸이 좋지 않아 꼼짝하기 싫은데도 그녀는 남의 사정은 눈곱만큼도 봐주지 않았다. 게다가 보수가 많고 팔머 회장의 전적인 신임을 얻은 탓에 그만둘 용기도 배짱도 없었다.

"여기 놓아둬."

"알겠습니다. 다른 지시 사항은 없으신가요?"

"응. 참, 내가 지시한 거 언제쯤 도착하지?"

"모레쯤 도착할 예정입니다."

"착오 생기면 가만 안 둬. 내 말 무슨 뜻인 줄 알지?"

이젠 대놓고 협박이었다. 홍콩에서도 옷과 보석을 충분히 공수해 오는데도 불구하고 왜 여기서도 이만큼 사야 하는지 의문이다.

"내가 최고여야 해. 누구보다 빛나야 한다고. 난 지고는 못 살아. 알잖아?"

네네 어련하시겠어요. 낭비벽과 허파에 바람 든 거 하면 그녀였고, 온 세상 남자가 자신이 유혹하면 발치에 엎드린다고 착각하는 그녀였다. 뭘 어쩌겠는가. 저대로 살다 죽게 놔두어야지. 후우.

"가서 쉬어. 부르면 재깍 달려오고."

"알겠습니다."

뿌듯한 얼굴로 사 온 물건을 휘익 둘러보더니 어딘가로 전화를 건 그녀였다.

"나 누군지 알죠? 사장 바꿔요."

— ……회의 중이신데요.

"그래요? 언제 끝나죠?"

— 잘 모르겠습니다.

"비서가 그런 것도 모른다는 게 말이 돼요?"

목소리가 높아지고 핏대가 절로 올랐다. 미꾸라지처럼 요리조리 빠져나가는 강민재를 언젠가 솜털 하나까지 한입에 삼켜 버리고 말 것이다.

"나한테서 전화 왔었다고 해요. 중요한 일로 통화했으면 한다고. 꼭 전해요. 알았어요?"

— ……네.

◇◆◇

따라라라라 따라라라라.

그랜드 피아노를 미친 듯 연주하는 사람은 은향이였다. 월광 소나타 3악장. 빠른 속도로 휘몰아치듯 손가락이 건반 위를 날아다녔다. 단조의 우울함과 절망의 감정을 토해 내듯 즉흥적으로 연주하고 있었다.

평소 그녀답지 않은 격한 분위기가 연출되고 있었다. 정열적이고 격정적인 연주는 그녀의 평소 모습과 상당한 괴리감이 존재했다.

한 씨가 돌아가자 은향은 답답한 속내를 풀어내듯 그렇게 흰 건반과 검은 건반을 넘나들고 온몸으로 곡을 느끼며 연주했다.

쾅.

콰아앙.

"실력이 녹슬진 않았네. 다행이라고 해야 하나?"

은향의 시선이 가늘고 앙상한 나뭇가지같이 버석한 손가락에 머물렀다. 피아니스트의 손은 예쁘지 않다. 곱게 가꾸기는커녕 혹사시킨다고 해야 맞는 말일 테니까.

손등 한가운데, 희미하게 자리한 흉터를 내려다보던 그녀가 갑자기 피아노 덮개를 거칠게 덮었다.

8

살다 보면 혼자이고 싶을 때가 있다. 철저히 혼자여야만 할 때도 있다. 아무리 친한 사람일지라도 간과 쓸개를 빼 주는 친구 사이일지라도 사랑하는 연인일지라도 생생한 육체적 아픔을 함께 나눌 순 없다.

철저한 외로움 속에 내던져졌을 때 살아남아야 하기에 혼자여도 견뎌 낼 수 있는 힘을 키워 두어야 했다.

그녀가 삶을 사는 방식은 건조하고 우유부단하고 어쩌면 비겁할지도 모르겠지만 덜 상처받고 덜 아프기 위한 그녀 나름의 보호 장치였다.

어디론가 무작정 떠나고 싶었다.

그리고 은향은 2박 3일 여행으로 소기의 목적을 달성했다. 내 몸에 활기를 불어넣고 다시 살아갈 힘을 부여해 주는 데 꼭 필요한 과정이었다. 뇌에 봄바람이 더해지니 두뇌가 활성화되는 게 느껴졌다.

경주로의 시간 여행, 역시나 조심히 따라붙는 경호원들을 눈치 챈 그녀는 느긋하게 버스와 기차 그리고 택시를 이용하며 그들을 교란시키는 데 성공했다.

경주 시내권에 진입해 자전거를 탔고 고속버스로 서남산 일대를 돌아보았다. 목적지인 지마왕릉과 포석정을 돌아보고 집으로 무사 귀환 했다.

여행 기간 동안 위치를 알려 주라던 예의상 한 말에 그러겠다고 약속한 그녀는 두루뭉술하게 경주라고 알렸다.

남편 민재는 돈을 쓸어 담느라 여념이 없으신지 연락 한 번 닿지 않았다.

— 전화 왔었다고 전하면 될 거예요.

"네. 사모님 한 시간 후면 통화 가능한데 전화드리라고 할까요?"

— 그럴 필요 없어요. 생존 신고 했을 뿐이니까.

"……네?"

— 이틀 뒤 칵테일파티 전에 내가 요청한 자료 빠뜨리지 말고 집으로 보내세요.

"알겠습니다."

— 수고해요.

비서실 유나는 통화를 끝내고 길게 숨을 내쉬었다. 그 모습을 본 비서실장 하율이 의아한 눈빛을 보내자 김 비서는 멋쩍은지 머리를 쓸어내렸다.

"이상한 일이지만 사모님은 좀 어려워요."

"뭐가? 모시는 분이라서?"

"아뇨. 뭐랄까, 언제 폭발할지 모르는 시한폭탄을 안고 있는 기분이랄까요? 예의 바르시고 할 말 안 할 말 가려 하시는데 그게 더 어렵고……. 말도 안 되는 말이지만 차라리 세이렌 팔머 양을 상대하는 게 쉽네요."

"하하, 그 말인즉 속을 알 수 없는 분이라 조마조마하다?"

"……네."

박 실장은 이해가 되는 듯 고개를 끄덕였다. 그도 강민재 사장의 오른팔이 되기까지 우여곡절이 많았다.

그중 가장 힘들었던 건 속을 알 수 없다는 점이었다. 미리 알아서 움직이고 눈치껏 한발 앞서 행동하는 일이 얼마나 힘든 일인지 모른다.

"시간이 해결해 줄 거야. 그렇게 믿자고."

"그렇죠? 근데 사모님 정말 꼼꼼하신 것 같아요. 첫 행사여서 신경 쓰일 일이 많으실 텐데 보안 업체까지 챙기시는 걸 보면요."

"그래?"

치밀함으로 친다면 그의 상사를 따라갈 자가 없다 자부했지만 사모님도 만만치 않은 것 같았다. 그 생각을 끝으로 두 사람은 바쁜 일상 속으로 빠르게 빠져들고 있었다.

◇◆◇

“참석 명단과 장소, 그리고 요청하신 자료들입니다.”

홍보실 곽남현 부장은 식은땀을 흘리고 있었다. 첫 번째 대규모 행사이니 신경 쓰일 거라고 어설프게 넘겨짚었지만 웬걸. 날아드는 질문은 날카로웠고 지적은 송곳 같았다.

“칵테일파티가 아닌 전쟁터 같군요.”

“…….”

“참석자 명단 외 그랜드 호텔 로열 룸은 외부인들 출입 확실하게 통제되죠?”

“네, 사모님.”

“동의서도 모두 받으셨다니 안심이네요. 처음 참석하게 되는 자리라 무척 조심스럽지만 잘해 내고 싶은 욕심도 생겨요. 부장님이 많이 도와주세요.”

“네, 사모님.”

“바쁘실 텐데 가 보세요. 자료는 제가 검토해 볼게요. 참.”

“네?”

이젠 실세가 사모님으로 바뀌는 것인가. 내명부 소관은 황후의 일이니 그가 줄을 서야 하는 쪽이 이쪽 줄인가 가늠하며 나름 머릴 굴리던 곽 부장은 어느새 옆으로 바싹 다가온 그녀의 존재에 소스라치게 놀라 돌아보았다.

“궁금한 점 있으면 전화드려도 될까요?”

“네? 네. 언제든지 연락 주십시오.”

"고마워요."

입꼬리를 살짝 올리는 것만으로도 은향의 인상이 확 달라 보였다. 무채색 같던 얼굴이 입체화되고 평범하다 생각했던 인상이 다르게 보였다.

꿀꺽.

저도 모르게 침을 삼켜 목울대가 일렁거렸다.

은향은 곽 부장이 돌아가고 나서 서재로 올라가 자료를 훑어보고 있었다. 참석자 명단 맨 위, 팔머 회장과 세이렌 팔머 이름에 시선이 머물렀다.

'지피지기면 백전백승이라 했지. 선인들 말씀은 새겨들어야 해. 주옥같은 말씀이 많거든.'

세이렌이 지금까지 행해 온 작태를 아는 이상, 대응할 방법을 강구해 두어야 했다. 사람 바보 만드는 게 장기이고 남자 뺏앗는 게 취미이고 남의 가정 파탄 내는 게 일상인 여자였다. 은향의 시선이 일 년 전 기사에 머물렀다.

[세이렌 팔머, 친구였던 나탈리 렌스를 고소하다]

렌스가의 나탈리가 친구 세이렌과 남편이 바람나자 그녀를 찾아가 폭력을 행사하고 얼굴에 물을 끼얹은 사건이었다.

적반하장. 결국 남편과 이혼하고 고소당한 나탈리 입장에선 억울하다 할 수 있겠지만 정의가 살아 있다는 말은 거짓이다. 돈 많은 변호사를 둔 부자가 현실에선 승리한다.

건드리지만 않는다면 되도록 조용히 하루가 마무리되길 바라지만 확률적으론 불가능해 보였다. 그녀가 단단히 벼르고 있을 게 뻔했다. 어떻게든 반응을 이끌어 내려 할 것이다. 좋지 않은 쪽으로.

이미 은향은 세이렌이 그날 무엇을 입는지 어떤 목걸이를 착용하는지 훤히 꿰뚫고 있었다. 황금빛 드레스를 홍콩에서 공수해 왔다고 했던가? 육감적인 몸매에 찰싹 달라붙는 드레스의 실루엣이 가히 환상적일 것이다.

그에 비해 그녀의 드레스는 매우 평범했다. 꾸미지 않은 소박함이라고 하기엔 진부한 드레스였다. 부티크의 실장이 말린 이유도 거기 있었다. 화려하고 비싼 드레스를 골라도 부족할 판에 80년대 고리짝 같은 드레스라니. 이건 처음부터 난 당신과 경쟁 상대가 되기 싫습니다, 그럴 생각도 없습니다, 백기를 흔드는 것 아닌가. 말이 드레스지 수녀복 비슷했다.

은향은 책상에 앉아 노트북을 두드려 검색을 했다. 곽 부장이 가지고 온 자료에 의하면 그랜드 호텔에 설치될 CCTV는 여러 기능이 탑재되어 있었다.

감시 기능을 가진 이 첨단 제품은 범죄를 해결해 주는 데 일조하기도 하지만 역이용하면 새로운 사실을 조작할 수도 있었다. 시각에 의존하는 것이 얼마나 위험한 일인지 잘 아는 영악한 그녀다.

'소리는 녹음되지 않는단 말이지. 예상했던 대로야.'

CCTV 설치에 관한 동의서는 참석자 전원을 대상으로 사전에 받아 두었다. 개인정보보호법 제15조에 의거 촬영 중이라는 표시도 해야 했다. 편리하지만 완벽할 수 없기에 허점이자 맹점이 가려져 있었다.

보는 각도에 따라 다르게 보일 수 있다는 점, 해석이 달라진다는 점, 이미지 영상은 한 번 정한 해상도에서 가장 선명하고 확대하거나 축소할 시 흐려지거나 뭉개지는 현상이 발생한다는 점이었다.

행사 당일이 되었다.

회사에 갔다 퇴근한 민재가 방으로 들어왔다. 거울을 보며 귀걸이와 목걸이를 착용하던 그녀는 뭔가 말을 하려다 입을 다문 민재와 눈이 마주쳤다.

"준비 끝났어요."

"……."

"왜요?"

칵테일파티는 부부가 동반하는 첫 모임이었다. 많은 사람들의 시선이 쏠릴 텐데 대체 이 여자는 무슨 생각으로 저런 옷을 고른 것일까. 웬만한 일에는 당황하지 않는 그조차도 은향을 보고는 할 말을 잃어버렸다. 왜요, 라니. 상갓집에 가는 것도 아닌데 까마귀 여왕 같은 검은 상복이라니. 거기다 눈치는 국에 말아 잡수셨는지 아예 한술 더 뜬다.

"라인이 잘 나왔어요. 그 부티크 단골로 삼을까 봐요."

바꿔 입기엔 시간이 촉박했다. 차라리 민재의 양복이 화려했다. 크림색 재킷에 검은 나비넥타이가 잘생긴 외모를 부각해 주었지만 그의 옆에 선 은향은 상대적으로 더 왜소하고 연약해 보였다.

"늦었어요. 출발해요."

"……."

"민재 씨?"

"……가지."

차에서 내려 연회장으로 향하자 그녀 얼굴에 긴장한 기색이 역력했다. 눈은 내리깔고 안색은 밀랍 인형처럼 하얗고 옷은 까맣고 몸매는 가냘파 곧 쓰러질 것처럼 위태롭게 보였다.

"괜찮아?"

"네. 후웁."

불안한지 숨을 들이마시며 억지로 미소 짓는 그녀가 생소했지만 저도 모르게 감싸 주고 싶은 마음이 든 민재가 슬쩍 팔을 내밀었다. 멈칫한 아내는 수줍은 미소로 답하며 소심하게 슬쩍 그의 팔에 손을 얹었다.

"고마워요. 잠시 빌릴게요."

사근사근 대답하는 여자가 예뻐 보였다. 뭘 해도 무감각한 무표정으로 응수하는 모습보다는 훨씬 인간적으로 느껴졌다.

무늬만 아내였지만 그래도 제 소속이라 의기소침하고 기죽은 모습에 신경이 쓰였다. 지금 이 순간, 그녀는 그가 지킬 연약한 대상이었다.

하지만.

푹 숙인 고개, 그 아래 감춰진 얼굴, 그녀의 눈빛은 심연처럼 까맣게 빛나고 있었다.

9

피해자 코스프레란 피해자인 척 다른 자에게 책임을 덮어씌우고 희생자인 척 가장하여 동정심을 유발해 상황을 자신에게 유리하게 만들고자 하는 행위다.

누구나 소통하기를 원한다. 그래서 사람들은 의도하지 않은 것을 보았다 믿기도 한다. 간혹 자신도 불확실한 상태로 남을 정의내리는 과오를 반복해 자신만 상처받았다 생각하며 남에게 상처를 준다. 후에 그 사람이 아파 죽을 지경이 되고 나서야 마지못해 인정하고 미안하다 지껄여 봤자 상처 입힌 잔인함만 남는다.

감정을 솔직하게 표현하는 것이 자신의 가치를 높이는 일이고 거침없이 표현하고 다가가는 모습이 매력적이라고 생각하는 세이렌 팔머였다.

'흐음.'

그런 그녀를 상대하는 가장 효과적인 방법이 뭘까, 생각하니 번쩍 떠오른 게 피해자 코스프레였다. 순진한 척, 아무것도 모르는 척하는 방법은 현대적이지도 극적이지도 않지만 마지막에 웃는 자가 이기는 거다.

불에 맞서 이길 수 있는 건 물. 유리한 입장은 오히려 은향이였다. 세이렌에게 상처 입은 여성들을 대변해 복수할 만큼 정의의 사도는 아니었지만 한 방 먹여 코를 납작 눌러 줄 필요는 있었다. 이 세상의 연인들을 위해서라도, 앞으로 그녀가 평온한 결혼 생활을 유지하기 위해서라도.

인간은 시각의 노예다. 마음을 결정하고 나니 일은 일사천리로 진행되었다.

은향은 CCTV의 위치와 좌우 움직이는 각도를 머릿속에 저장했다. 슬쩍 남편 강민재에게 약한 척 심약한 척 떨리는 척 연기하니 팔을 내밀어 준다.

순진한 놈. 내가 평생을 재벌가 딸로 자란 걸 잊은 건가? 정말 내가 이 정도의 규모에 긴장했을 거라고 생각한 거야?

의상이 착시 현상을 불러일으킨다는 점도 계산에 넣었다. 검은색 옷은 몸매를 슬림해 보이게 해 주었고 얌전한 디자인은 동영그룹의 새 안주인이 조신하고 소심한 스타일의 여자라고 생각하게 만들었다.

모르긴 몰라도 하루 종일 그녀에게 시선이 달라붙을 것이다. 원래대로라면 그룹 황태자의 짝이 된 그녀에게 호의보단 질시가 쏟아져야 옳겠지만 대부분이 부부 참석인 오늘 모임에선 그들이 그녀의 편에 서게 되리라 확신했다.

가재는 게 편이라고 유부녀는 유부녀의 편이다. 시원스럽게 응수한다고? 되받아쳐 준다고? 백여우 세이렌을 상대로?

피식.

그거야말로 하수나 하는 짓이다. 당장은 시원할지 몰라도 내내 구설수에 시달릴 게 분명했다. 또한 그녀를 도마 위에 올려놓고 주최자이면서 현명하지 못했다느니 흥미진진했다느니 앞으로 힘들겠다느니 칼질하기 바쁠 것이 틀림없다.

조용하고 신속하게 그녀를 한국에서 사라지게 만드는 방법이 가장 좋았다. 그러려면…….

"괜찮아?"

"네. 오랜만에 많은 사람들을 만나니 긴장이 되나 봐요. 실수할까 봐 걱정돼요."

"하던 대로 해. 자, 갈까?"

"네."

민재의 팔을 잡은 그녀의 손에 힘이 더해지자 그는 저도 모르게 다른 손으로 그녀의 손을 토닥였다. 누가 보더라도 사이좋은 부부의 모습이었다.

호기심을 드러내며 사람들이 하나둘 부부에게 다가와 알은척을 하자 자연스레 그들에게 은향을 소개하며 다정히 미소 짓는 그의 모습은 근사하다 못해 눈이 부셨다. 가식과 위선에 길들여진 그녀조차도 깜박 속아 넘어갈 지경이었다.

"안녕하세요."

"처음 뵙겠습니다."

"소은향입니다."

"아버님은 잘 계세요?"

"안부 전해 드리겠습니다."

대답은 길지 않게, 요점만 간단히, 묻는 말에는 단답형으로, 간혹 고개를 끄덕이며 상대방의 말에 동의 표시를 하며 수줍게 웃음 짓는 그녀는 완벽한 새색시 그 자체였다. 평범해 보이지만 잘 배우고 자란 재벌가의 딸이란 이미지가 도드라질 즈음이었다.

웅성웅성.

굳이 돌아보지 않아도 여기저기 들리는 희미한 탄성만으로도 누가 등장했는지 뻔했다.

화보 속에서 툭 튀어나온 것 같은 미녀가 이쪽을 향해 걸어오고 있었다. 자신만만한 걸음걸이는 런웨이에서 걷는 패션모델 같았고 입가에 흐르는 미소는 섹시함과 요염함 그 자체였다. 단언하건대 참석한 남자 중 절반은 하체에 힘이 들어가 있을 것이다.

은향의 눈빛이 흔들렸다. 몸을 살짝 떠는 것도 같았다. 민재는 민감하게 그녀의 변화를 느끼고 있었다. 걱정하지 않았는데 의외였다. 바람이야 당연히 피우지 않았지만 아주 조금 미안하기도 했다.

"팔머 회장이야."

"네."

울 것 같은 가냘픈 목소리에 민재는 그녀의 허리에 팔을 둘렀다.

"안녕하세요."

"안녕하십니까, 팔머입니다."

"말씀 많이 들었습니다."

서로 안부를 주고받는 흔한 광경처럼 보였지만 네 사람은 파티 중심에 서 있었다.

세이렌의 눈빛이 반짝 빛났다. 은향의 위아래를 훑은 그녀는 더욱 도도해지고 오만해졌다. 촌스러운 복장이 그녀와 비교도 되지 않는 평범함 그 자체였다. 감정을 배제한 정략결혼이 틀림없었다.

"세이렌 팔머예요."

"소은향입니다."

자신 있게 내민 손을 마주 잡은 은향의 손이 가늘게 떨리고 있었다. 이 정도쯤이야 누워서 떡 먹기지. 세이렌은 드러내 놓고 그녀에게 적의를 활활 불사르고 있었다.

다만 맘에 걸리는 건 민재의 눈빛이었다. 아내를 신경 쓰는 것은 아닌 듯한데 곁에서 좀처럼 떨어지려 하지 않았다. 하지만 파티 특성상 그는 여자를 두고 볼일을 봐야 했다.

"칵테일 좋아하세요?"

"네? 아니, 술은 조금……."

"호호 칵테일은 뭐, 음료지 술이 아니잖아요. 그건 그렇고 전 칵테일을 좋아해요. 그중에서도 섹스 온 더 비치를 좋아해요."

"아, 네."

1차 도발에도 모히토만 홀짝거리는 맹한 은향을 바라보던 세이렌이 2차 도발을 감행했다.

"취향이 참…… 유아틱 하네요."

삼삼오오 모여 있던 여자들이 헛숨을 삼켰다. 어쩌면 시원한 한 방을 기대하고 있었는지도 모른다. 하지만.

"네? 아, 그게 저기……."

당황하며 고개를 푹 숙이는 새색시는 그들이 보기에 감싸 주고 싶을 만큼 애처로웠다. 뭐, 등장할 때부터 이미 진 게임이나 다름없다고 생각한 그들이었으니 더 말할 필요도 없었다. 둘을 나란히 놓고 보니 격차가 심했다.

사실 은향에 대해 곱지만은 않은 감정을 품기도 했었다. 잘나가는 남편 그리고 배경, 든든한 시댁과 친정까지. 평범하게 보이는 인물이 운 좋게 강민재의 옆자릴 꿰차다니 부럽고 질투가 났다.

생긴 건 멸치 대가리처럼 생겨 가지고 하루가 멀다 하고 바람을 피우는 남편, 호빵처럼 불뚝한 배를 가진 주제에 허구한 날 몸 관리 한다고 주말마다 골프니 뭐니 쏘다니는 남편을 가진 그녀들로선 머리끝에서 발끝까지 매끈한 몸매와 잘생긴 외모 그리고 섹시한 미소를 가진 강민재는 환상이었다.

사실 오늘 그녀들에겐 세이렌을 보고 싶었다기보단 그 잘난 남자의 여자가 된 소은향을 확인하기 위해 참석한 자리였다. 하지만 마치 본부인이 첩에게 밀리는 이 상황은 너무 시시했다.

"저도 술이 약해요. 몇 잔만 마셔도 취하거든요."

한 여자가 나서서 은향을 위해 몇 마디 거들자 세이렌의 눈썹이 꿈틀거렸다.

'뭐냐고 이 여자들은.'

방해꾼들 때문에 소기의 목적을 달성하지 못하자 짜증이 솟구쳤다. 얼마 지나지 않아 눈물 콧물 바람 휘날리며 화장실로 달려가게 만들 수 있었는데.

"잠시만…… 화장을 고치고 올게요."

그럼 그렇지 클러치를 꽈악 붙들고 있던 그녀가 달음질치듯 휴게실로 향하자 알 듯 말 듯 한 미소를 짓던 세이렌이 뒤를 따랐다. 슬쩍 뒤따르려던 여자들이 세이렌의 형형한 눈빛에 기가 눌려 그 자리에 꼼짝 않고 서 있었다.

'따라오기만 해 봐. 가만 안 있어.'

그건 일종의 경고였다. 그녀가 손을 뻗어 넘어가지 않은 남자가 없다 했던가? 메추리알처럼 못생긴 남편일지라도 없는 거보단 낫고 다른 여자에게 홀려 비실대는 걸 보는 것은 정말이지 최악의 상황이었다.

씰룩씰룩.

엉덩이가 좌우로 요란하게 흔들리는 통통한 곡선을 따라 그녀를 감상하는 남자들의 흘깃대는 눈동자도 동시에 일렁였다.

쏴아.

흐르는 물에 손을 씻는 은향의 안색이 하얗게 질려 있었다.

"나, 강 사장님께 관심 있어요."

"……."

"할 말 없어요? 남편에게 접근하지 말라든지."

"무슨 말을 듣고 싶으신가요?"

"뭐예요?"

"잠시만요."

은향이 갑자기 휴게실을 꼼꼼히 살폈다. 숨어서 몰래 엿듣는 귀가 있는지 살피는 모습에 세이렌은 기가 막혔다.

"이봐요. 한국인이 남의 이목을 중요시 여긴다고 듣긴 했지만, 이 정도인 줄 몰랐네요. 대단하네요."

"네, 전 아주아주 신경 쓴답니다. 지성인이거든요."

빠직.

세이렌의 핏대가 제대로 올랐다. 지성인이라니. 그럼 그녀는 무식하다, 이 말인 건가?

"기분 나쁘네요. 지금 그 말, 날 모욕한 것처럼 들리는데요?"

"맞아요."

"뭐예요?"

"모욕한 거 맞아요. 당신은 싸구려고, 무식하고, 예의 없고, 저만 아는 철면피예요."

"what?"

순간 잘못 들었나 했다. 하지만 손을 씻고 클러치에서 손수건을 빼 손등을 탁탁 두드리는 그녀는 침착해 보였다. 마주 바라보는 눈동자에 적대감이 아닌 그녀를 향한 다른 감정이 드러났다.

"세이렌 팔머 양. 난 이런 상황 자체가 황당하고 유감스럽습니다."

"무슨……."

"잠깐만, 아직 내 말 안 끝났어요."

손동작으로 그녀의 말을 도중에서 제지한 은향이였다. 공손하고 조용한 말투가 순식간에 변했다.

"한국에 왜 온 건지 누굴 유혹하려는 건지 말하지 않아도 알아. 당신의 그동안의 행적을 보아 왔기 때문에 쉽게 짐작이 가능하니까. 오늘 날 도발해서 뭘 얻으려는 건진 모르겠지만 당신 뜻대로 해 주기엔 내가 너무 똑똑해. 정정당당이라는 말뜻 제대로 아는지 모르겠네. 성인이니 유혹하든 말든 그건 알아서 해. 반칙하지 말고. 당사자에게 어필하든지 몸을 던지든지 알아서 하라고. 괜히 잘 있는 날 끌고 들어가지 않는 게 신상에 좋을 거야. 그런데 보아하니 남편은 당신에게 전혀 흥미가 없는 것 같던데……."

"내가 누군지 알아? 나 세이렌 팔머야! 누구도 날 무시할 수 없어!"

"말귀 참 못 알아듣네. 강민재 씨가 당신에게 관심이 없다잖아. 끌리지 않는다잖아."

"뭐라고?"

"기분 나빠도 인정할 건 인정해야지. 내가 충고 하나 할게. 아니, 솔직하게 말할게. 당신 같은 타입은 차고 넘쳐. 주의를 끌고 싶다면 그 사람이 좋아하는 타입을 연구라도 하고 덤비든가. 그렇게 마구 들이대니 남자가 질려 도망가잖아."

"……뭐야?"

세이렌의 인생에서 이런 모욕은 처음이었다. 눈을 아래로 깔고 한참 아랫사람 대하듯 비아냥대며 충고랍시고 나불대는 여자는 소은향이었다. 밑에서부터 치밀어 오르는 화가 머리 꼭대기까지 솟구쳤다.

"이봐! 너 대체 뭐야!"

달칵.

문을 밀고 들어오는 여자가 조심스레 상황을 살폈다. 휴게실에 들어간 지 십 분이 넘었는데 도무지 나올 줄 모르는 두 여자가 혹여 머리끄덩이 잡고 싸우고 있진 않을까 염려도 되었다. 하지만 방음 장치가 잘된 문을 열자마자 세이렌이 뱉어 내는 날카로운 쇳소리가 쩌렁쩌렁 울렸다.

"괜찮아요?"

"아니, 전……."

울먹이는 목소리의 주인공은 은향이였다. K기업 대표의 아내 김보라는 몸을 떨며 안절부절못하는 어린 새를 안다시피 해서 부축했다.

보지 않아도 뻔한 상황이었다. 세이렌이라는 물귀신이 연약한 새를 달달 볶은 게 틀림없었다. 이 땅의 본부인들이 공유하는 동질감이 뭉클 솟아올랐다. 아무리 세상이 달라졌다고는 하지만 이건 아니지. 본부인을 다그치는 천한 족속 같으니.

보라가 살기를 띠고 세이렌을 노려보자 한국 중년 여인의 포스에 멈칫한 그녀는 저도 모르게 변명을 주절거렸다.

"오해예요. 이야기하는 중이었어요."

웃긴다. 이야기를 했단다. 악을 바락바락 쓰는 걸 직접 들었는데도 오리발이다. 휘청이는 은향을 감싼 채 괜찮다며 함께 가 주겠다 다독이며 보라는 그곳을 빠져나왔다.

찰나, 살짝 몸을 비틀어 뒤를 돌아본 은향이 세이렌을 향해 조소 어린 비웃음을 날렸다.

"……!"

황당한 상황이 지나가고 나서야 깨닫는 멍청이가 바로 여기 있었다. 세이렌은 그제야 자신이 그녀에게 당했다는 사실을 깨닫고 분통을 터뜨리고 있었다.

깜찍한 여자 같으니. 그녀를 악녀로 만들고 저는 천사가 되겠다는 심보가 아닌가. 한 번도 피해자 입장에 서 보지 않았기에 분기가 솟구쳤다. 맘 같아선 얼굴에 오선지라도 긋고 싶었지만 이곳은 한국이었다.

민재는 민재대로 분주한 시간이었다. 팔머 회장을 비롯해 재계에서 내로라하는 인물들이 여기저기서 말을 건네고 염탐하기 바쁜 살벌한 전쟁터를 지키고 있었다.

잠시 숨을 고르는데 은향이 눈에 들어왔다. 컨디션이 좋지 않은 건지 내내 기운이 없어 보였고 아파 보이는 게 맘이 편치 않았다.

"몸이 좋지 않은 건가?"

"아니에요."

"이런 자리에 익숙해져야 할 거야."

퉁명스러운 말투였지만 은향은 그의 목소리에 담긴 걱정을 느낄 수 있었다. 이용하고 철저히 속이려면 완벽해야 의미가 있지 않을까. 피해자 코스프레의 다음 단계는 흘리기였다. 영민함으로야 둘째가라면 서러울 남편이 부러 흘린 힌트를 줍지 않을 리 없을 테니까.

"제게 호의적이지 않은 사람이 있나 봐요."

"누가……."

"신경 쓰지 마세요. 대응하지 않으면 되니까. 당신 말 믿어도 되는 거죠?"

"또 그 이야기야? 내가 몇 번을 말해야 믿을지 모르겠지만……."

"소리 낮추세요. 물론 당신 말을 믿어야죠. 그런데 자꾸……. 아니에요."

그는 억울했다. 그녀와 식사를 몇 번 한 게 전부였다. 어찌나 몸을 비벼 대는지 천박스럽게 느껴졌다. 젊을 적 혈기로 치자면 사고를 쳐도 쳤겠지만 그는 그룹을 책임질 황태자였다. 아쉬울 게 없는데 트러블 메이커인 그녀를 건드리는 멍청한 짓을 왜 하겠는가.

"무슨 일 있었나?"

고개를 절레절레 저었지만 씁쓸해하는 표정이 많은 것을 말해주고 있었다. 시달린 게 분명했다. 계약이 끝났으니 아무래도 확실히 매듭지어야 할 것 같았다. 골칫덩이가 더 분란을 일으키기 전에 말이다.

'흠. 다음 장소는 어디가 좋을까. 가만히 당하고 있을 여자는 아닐 테고. 멍청한 여자가 아니라면 조용한 곳을 찾을 테지.'

은향은 CCTV 위치를 재확인하기 위해 위를 올려다보았다. 멍청하진 않지만 적당히 영리한 그녀가 CCTV가 곳곳에 설치되어 있다는 것을 모를 리 없을 테고. 허를 찔러야지. 역이용하는 방법도 좋을 테고 말야.

사람이 언제 가장 약이 오르는지 아는가? 난 화가 나 미칠 것 같은데 상대는 지나치게 냉정함을 유지하고 있을 때다. 그거야말로 사람을 화나게 만든다.

소리 없는 전쟁 2차전이다.

"대체 뭐 하는 겁니까!"

"강 사장님, 이건……."

누가 봐도 민재의 얼굴에 화가 여실히 드러나 있었다. 감히 그가 주최하는 파티에서 이런 간 큰 짓을 벌이다니.

비틀대는 아내의 연약한 몸을 힘 있게 품 안으로 끌어당기며 민재는 세이렌을 노려보았다. 그동안 보지 못했고 한 번도 보여주지 않았던 격한 감정의 파동에 숨이 턱 막혔다. 이게 아니라고 자신이 잘못한 게 아니라고 변명해 봤자 상황은 세이렌에게 철저히 불리했다.

"세이렌, 너 또 무슨 짓을 저지른 거냐?"

"아빠……."

이대로 당할 순 없었다. 화가 많이 난 부친의 얼굴이 불그스름

했다. 억울했다.

"아무 짓도 안 했다니까요! 혼자 쓰러진 거예요. 정말이에요! 참! CCTV 저거 녹화되잖아요. 증명할 수 있어요."

하지만…….

10

지금 당신을 괴롭히는 것이 있는가? 있다면 선택은 두 가지뿐이다. 문제를 떠안고 참고 또 한 번 참는 것, 아니면 해결하려 발 벗고 나서는 것.

인간은 공감을 추구한다. 은향은 이 점을 철저히 이용했을 뿐이다. 평범한 일상이고 싶지만 비바람 치고 파도가 밀려드는 날은 반드시 온다. 조용히 묻어 두고 웬만하면 외면하며 살고 싶다. 그저 주어진 삶에 순응하고 싶다.

하지만 더러운 성질을 건드리며 짓밟아 버리고 싶은 존재가 그것을 불가능하게 만들었다. 결국 정신 건강을 위해 나서고 말았지만 남은 건 정체 발각과 아무짝에도 쓸모없는 훈장뿐.

완전 범죄는 없다.

"자, 이제 상황 정리를 해 볼까?"

귀가한 은향은 민재가 팔짱을 끼고 소파에 앉은 그녀를 내려다 보자 슬그머니 시선을 피했다. 불길한 예감이 들어맞았다. 그녀의 두뇌가 빠르게 회전하고 있었다. 대체 어디에서 실수를 한 것일까? 실수했을 리 없는데. 넘겨짚는 것인지도 모르니 일단은 오리발을 내민다.

"무슨 뜻이죠?"

기분 상한 듯 오만상을 찌푸리며 그녀가 다친 오른쪽 발목을 마사지하듯 문지르자 그녀의 동작을 유심히 지켜보던 민재가 입을 열었다.

"왼발 아니었나?"

"……."

젠장, 제기랄, 빌어먹을. 온갖 욕지거리가 튀어나오려는 걸 간신히 참아야 했다. 사소한 실수라고 변명하기엔 너무 늦었다는 것도 직감했다. 확신에 가까운 검은 눈동자가 그녀를 파고들듯이 응시하고 있었다.

"알면서 장단을 맞춰 주어 고맙다고 해야 하는 건 아니죠? 이래서 부부는 일심동체라고 하나 봐요. 훗."

"지금 그걸 말이라고 해? 웃음이 나와?"

"웃지 않으면요? 연기한 나나 기꺼이 상대역을 해 준 당신이나 마찬가지 아닌가요?"

설마설마했었다. 두려워하며 떨던 몸짓, 세이렌을 마주하며 굳어지던 얼굴, 손에 잡힌 팔목이 유난히 가늘고 약해 보여 애잔하기까지 했다. 그런데 이상하다 느낀 건 바로 그 순간이었다.

"나 좀 봐요."

"왜 이래요?"

파티가 무르익어 갈 즈음 후미진 곳에서 CCTV를 등진 채 세이렌을 유인한 은향이였다. 회전이 안 되는 CCTV라는 걸 알고 있었다. 설치된 위치 때문에 한 방향으로 고정되어 있었다.

"아까 한 말, 다시 해 봐요."

"무슨 말이요?"

"지금 날 가지고 놀아요? 여기 아무도 없으니까 본색을 드러내라고!"

"……조용히 삽시다. 도덕과 윤리를 지키면서."

"뭐, 뭐라고?"

그녀는 시간을 계산하고 있었다. 일명 시간 차 공격. 예상 시간에 등장해야 극도의 효과를 볼 수 있는 관계로 미안하지만 보라를 다시 이용하기로 했다. 파티 내내 병아리를 보호하는 어미 닭처럼 그녀를 따라다니자 잠시 바람을 쐬고 오고 싶다며 클러치를 맡기고 나선 길이었다. 뒤따르는 세이렌을 분명 목격했을 것이다. 그렇다면 남은 시간은 앞으로 오 분에서 십 분?

"아름다운 건 순간이라고 누가 가르쳐 주지 않았어? 인정하기 싫겠지만 영원한 건 없어."

"You……."

"장사에도 상도라는 게 있듯 사람 사는 데도 지켜야 할 도리라는 게 있는 거야. 참, 십계명 모르지?"

"십계명?"

"그래. 잘 들어. 십계명 중에 간음하지 말라, 네 이웃의 아내나 소유를 탐하지 말라라는 항목이 있어. 외우라고는 안 해. 관심도 없을 테니까. 나머진 포기한다 치더라도 비명횡사하거나 지옥 불에 타고 싶지 않으면 내가 방금 말한 건 좀 지켜."

"뭐, 뭐라고?"

세이렌의 주먹이 꽈악 쥐어졌다. 한 대 후려치고 싶어 하는 게 틀림없었다. 하지만 은향은 눈 하나 깜짝하지 않고 악의 구렁텅이에 빠진 제자를 이끄는 성직자처럼 그녀를 어르고 달랬다.

"죽으면 썩을 몸뚱이인데 웬만큼 자랑해. 가치 떨어져 보여."

"가치가 떨어져?"

"친절하게 직역해 줄까? 천. 박. 해."

정말 미치고 팔짝 뛸 노릇이었다. 어느 누구도 면전에서 그녀를 이렇게 깔아뭉갠 사람은 없었다. 자존심이 바닥에 내팽개쳐져 나뒹굴고 있었다.

소리를 지르려던 그녀는 멈칫했다. 휴게실에서 당한 게 생각나서였다. 한 번 당하지 두 번 당할쏘냐. 이를 악물고 주먹을 불끈 쥐었다. 머리 위로 열이 올랐지만 최대한 인내하고 있었다.

"잘 잡고 있어야 할 거야. 곧 엘리베이터에서 내려오게 만들어 줄 테니."

"어머 무서워라. 언니 너무 무서워. 무서워."

부르르 떠는 몸짓이 가증스러웠다. 화가 더욱 치미는 건 자신을 자극하며 재수 없이 지껄이는데도 표정은 잔잔한 호수 같았다.

"아, 어지러워……."

"……이봐. 이봐?"

이마에 손을 짚으며 현기증을 호소하는 그녀를 향해 손을 뻗은 건 순식간이었다.

몇 분의 시간이 지나자 멀리 이쪽을 향해 걸어오는 일련의 무리들이 보였다. 남편 강민재를 선두로 팔머 회장, 그리고 중요한 조연 김보라까지. 멀리서 보면 이 상황이 어떻게 보일까. 이미 주관적인 감정이 들어갔기에 객관적일 수 없었다.

각도 좋고, 타이밍 좋고.

"아앗."

털썩. 자리에 주저앉은 그녀가 고통을 호소하고 있었다.

"대체 뭐 하는 겁니까!"

"강 사장님, 이건……."

민재는 조연 역할에 충실한 보라의 고자질을 듣자마자 그녀를 향해 달려갔다. 한 번은 봐줬지만 두 번은 아니었다.

아니나 다를까 작고 왜소한 은향이 세이렌에게 붙들린 것으로도 모자라 밀침까지 당하고 있었다. 애정이 있느냐 없느냐가 중요한 게 아니었다. 소은향은 엄연히 동영그룹 강민재의 소유였다. 그것도 아내라는, 가치를 매길 수 없는 법적 소유물이었다.

"감히."

"세이렌, 너 또 무슨 짓을 저지른 거냐?"

"아빠……."

세이렌은 이대로 당하고만 있을 순 없었다. 화가 많이 난 부친의 얼굴이 불그스름했다. 억울했다.

"아무 짓도 안 했다니까요! 혼자 쓰러진 거예요. 정말이에요! 참! CCTV 저거 녹화되잖아요. 증명할 수 있어요."

세이렌의 강력 요청으로 세 사람이 CCTV 영상을 보고 있었다. 하지만 완벽한 그녀의 패배였다.

소리 없는 침묵 속에 시각에만 의존한 영상이 휘익 지나갔다. 누가 보더라도 CCTV를 등지고 선 은향은 침착하고 소극적인 반면 정면으로 보이는 세이렌의 얼굴은 질시에 사로잡힌 메두사 같았다.

중요 장면에서 그녀가 은향의 머리와 어깨에 손을 대고 밀치는 게 보였다. 아니 그렇게 보인다는 게 문제였다.

"아니에요! 쓰러지려는 걸 잡아 주려고 한 거라니까요!"

"……말이 되는 소릴 해라. 누가 누굴 도와주려 했다고?"

"아빠!"

멀쩡한 왼쪽 발목에 얼음을 대고 은향은 조용히 처분을 기다리고 있었다.

이래서 신문은 항상 봐야 하는 거다. 근래 논란이 되었던 어린이집 CCTV 설치 문제가 떠올랐다. 보육 교사들의 고충이 연일 신문과 뉴스에 오르내렸다. 아이가 예뻐 머릴 쓰다듬는 것도 안 된단다. CCTV로 보면 마치 아이 머리를 때리는 것으로 보인다나? 어깨를 붙잡는 것도 안 된단다. 꼬집는 것으로 오해할 수 있단다. 맘만 나쁘게 먹는다면 해석을 달리해 악용할 수도 있겠구나 생각했었다.

"아빠! 확대해 봐요. 왜 제 말을 못 믿으시는 거예요?"

그녀는 보안실 요원을 밀치고 영상을 크게 확대했다. 하지만 영상은 확대할수록 어그러지고 뭉개졌다. 오히려 세이렌 그녀의 못된 손의 위치가 부각되며 화면을 그득 채웠다.

"당장 귀국해라. 이번 일은 조용히 넘어가지 않겠다."

팔머 회장의 말에 수행원들이 억울하다 악을 지르는 세이렌을 끌고 나갔다.

"강 사장, 내가 딸을 잘못 키웠어. 한국에 발도 못 디디게 하겠네."

이걸로 마무리 지어야 했다. 계약은 성립되었고 무엇보다 잡음이 이는 건 피차 손해였다.

팔머 회장과 얘기를 나눈 후 그는 은항을 찾았다.

"그 사람은?"

"차에 계십니다."

"의사는?"

"사모님께서 괜찮다고 거절하셨습니다. 집에 가고 싶다 하셔서……."

놀랐을 게 분명했다. 경호 팀이 신속히 주변을 차단해서 일이

커지진 않았지만 눈치 빠른 사람들이 입방아를 찧어 댈 게 분명했다. 정보통인 어머니 황 여사 귀에도……. 골치가 아파 왔다.

"먼저 갈 테니 마무리 지어."

"알겠습니다."

차에 도착한 그는 지친 얼굴로 뒷좌석 등받이에 머릴 기댄 여자가 안쓰럽긴 했지만 애써 무시했다. 미안하다는 말은 죽어도 나오지 않았다. 물론 어설픈 위로도 건네지 않았다.

그런데……. 응? 차에서 내리는데 절뚝거리는 건 오른발이었다. 왼발을 다친 게 아니었나?

"아, 초보적인 실수를 했네요. 내가 왼손잡이라 깜박."

정확히 말하자면 은향은 양손을 자유자재로 사용한다. 왼손잡이였지만 어릴 적 오른손을 다쳐 왼손을 세 달 정도 쓰다 보니 양손을 사용할 수 있게 되었다.

왼손잡이는 걸을 때 왼발부터 나가는 버릇이 있다. 그렇게 무심코 왼발을 디뎠던 모양이다. 이러니 방심하면 안 된다는 거다. 달리기에서 마지막 결승점을 코앞에 두고 피치를 줄이는 습성처럼 집이라 주의를 게을리하고 방심했었다.

"그걸 변명이라고 하는 거야?"

"그럼 시치미 떼고 거짓말할까요? 다 알아챈 것 같은데, 우리 시간 낭비 하지 말죠."

여자가 당황하지도 않고 곧바로 거짓임을 인정하자 오히려 그가 더 당황스러웠다.

'이 여자 대체 뭐야?'

따가운 시선에도 그저 시큰둥하게 코웃음만 치는 그녀. 그런 그녀가 얼마나 요악스러운지 알고 있었지만 요물이 분명했다.

"즐거웠나?"

"네."

"뭐라고?"

"앓던 이가 빠진 기분이랄까요? 지금쯤 공항에 있겠죠? 아, 귀찮은 찰거머리 떨궈 줘서 고맙단 인사는 안 해도 돼요. 나도 즐겼거든요."

"대책 없는 여자군. 가증스럽다고 해야 하나?"

"칭찬으로 들을게요."

가증스럽다니 누가 누구에게 할 말인지. 그러는 그는 파티 내내 마치 자신을 내 사람처럼 아껴 주는 연기에 하마터면 감동받을 뻔했다고 되받아치고 싶었다. 역시 CEO는 아무나 못 하나 보다. 그래 너 참 잘났다. 눈썰미 좋고 관찰력 한번 끝내 준다.

"할 말 다 했으면 씻고 싶은데요."

자리에서 일어난 그녀는 뒤통수가 따가웠지만 가볍게 무시했다. 거짓과 위선에 마침표를 찍어 속 시원했다. 정체를 빨리 들켜 아쉽긴 했지만.

재미있었다. 그가 선택한 여자는 본성을 교묘히 감추고 있었지만 지루하기는커녕 다채롭고 입체적이었다.

"걸작이야. 소은향, 아주 흥미로워. 곰이 아니라 꼬리 아홉 달린 여우였단 말이지."

이제야 여자가 사람처럼 보였다. 시키면 시키는 대로 하는 인형인 줄 알았더니 반전이 따로 없다. 몽실몽실 없던 관심이 생기고 흥미가 일기 시작했다. 파닥거리는 싱싱한 생선 한 마리를 건져 올린 기분이었다. 월척을 기다리는 어부의 심정이 이럴까?

상도동 황 여사의 기분은 최악이었다.

"난 그 꼴은 죽어도 못 봐요."

"어험."

강 회장은 정보통을 통해 파티에서 있었던 일을 전해 듣고 음산한 기운을 내뿜는 아내를 불안한 눈으로 지켜보았다.

"민재가 잘못한 건 아니잖아. 가만있어도 여자들이 들러붙는 걸 어쩌겠어."

"그 아이, 회사를 책임지고 있는 오너이고 가정을 가진 유부남이라고요. 행동거지를 조심했어야죠. 당신, 편들 걸 들어요."

심각한 표정으로 주먹을 불끈 쥔 황 여사를 말릴 엄두가 나질 않았다. 그도 혈기 왕성한 사내라고 젊을 적 두어 번 정도 여자에게 눈길 한번 잘못 주었다가 패가망신할 뻔했던 일이 어제 일처럼 생생했다. 과거에 지은 죄가 있기에 회장은 찍소리도 못 하고 눈치만 살피고 있었다.

"아무래도 며느리를 불러다 단단히 교육을 시켜야겠어요."

후우.

강 회장은 애꿎은 담배만 짓이겨 댔다. 점점 드세어지고 힘도 장사가 되는 마누라와 달리 기력이 쇠하고 눈치만 보는 불쌍한 뒷방 늙은이가 여기 있었다.

"민재 다음 주에 유럽으로 출장 갈 예정이야. 그렇지 않아도 바쁠 텐데."

"당신, 방금 뭐라고 했죠?"

"응? 유럽 출장 예정이라고……."

"그래요?"

흠칫.

강 회장은 저도 모르게 몸을 움츠리고 숨을 죽였다. 경험상 아내가 저런 표정을 지을 땐 항상 조심해야 했다. 뭔가를 계획하고 실행하기 전 늘 저런 눈빛이 되니까 말이다. 다행이라면 다행인 게 그 대상은 자신이 아닌 순진한 며느리와 불쌍한 민재라는 것이었다.

씨익.

강 회장은 황 여사의 미소에 오금이 저렸다.

11

지우개가 있다면 지우고 싶다. 말끔하게. 하지만 가슴에 새겨졌다는 이유로 지울 순 없었다.

아끼고 가진 정성 다 들이고 퍼 주다 남은 건 후회뿐이었다. 흘러넘치게 채워도 늘 부족했다. 간 마음에 오는 마음 없었다. 하얗고 순백했던 우정은 배신으로 더럽혀졌고, 아파하며 한바탕 울고 나니 외면했던 진실도 보였다. 보답받고자 베푼 건 아니었지만 속은 썩어 문드러졌다.

너희에게 난 어떤 존재였을까. 친구였을까, 아님 보증 수표였을까. 믿음과 사랑이 우선이던 아름다운 내 젊은 날, 배고픔과 육체적 고됨은 함께임으로 충분히 극복할 수 있으리라 믿었다. 불가능하다 남들이 손가락질해도 당장은 배고파도 그래도 행복했다. 너희를 내 동료라고 생각했기에. 진정, 친구라 믿어 의심치 않았기에.

그런데 뭐라고?

'넌 잃을 게 없잖아. 우리처럼 절박하지 않잖아. 돌아갈 곳이 있잖아. 비빌 언덕이라도 있잖아.'

백준기, 김규한, 윤미라.

'이럴 순 없어. 이럴 수는 없는 거야.'

'이게 최선이야.'

'최선이라고? 이게 말이 되니? 규한아, 꿀 먹은 벙어리처럼 입 다물고 있지 말고 말 좀 해 봐.'

'…….'

'인정할 수 없어. 성공이 눈앞에 있는데 조금만 고생하면 돼, 버티면 돼. 왜……. 난 동의 못 해!'

'네가 잊었을까 봐 다시 상기해 줄게. 과반수의 동의가 있을 땐 결정지을 권리가 있다고 명시한 거 기억나지?'

'미라야, 이러지 마. 장난이지? 너희들 날 놀리려고 그러는 거지? 오늘이 4월 1일이잖아! 맞지?'

'은향아. 이게 현실이야. 우린 이미 결정 내렸다.'

가장 믿었고 마음까지 내주었던 준기마저 냉정하게 그녀를 뿌리치고 사무실에서 나가 버리자 은향은 다리에 힘이 풀려 철퍼덕 바닥에 주저앉아 버렸다.

안 돼!

은항은 가위에 눌려 몸부림치다 눈을 떴다. 악몽으로 식은땀을 흘렸는지 시트가 축축했다.

오랜만에 꾼 꿈이었다. 애써 외면했던 그들의 존재, 그렇게 뿔뿔이 흩어지고 연락 한 번 하지 않았는데…….

기억 저편, 묻어 둔 비밀 상자가 열렸다. 현실과 타협하며 헐값에 팔아넘긴 젊음이 비단 그녀에게만 일어난 일은 아닐 테지만 온기를 놓치기 싫어 놓는 그 순간까지 붙잡으려 몸부림쳤다.

이해할 수 없다. 발밑으로 흐드러지게 나뒹구는 나뭇잎처럼 함께한 시간의 무게를 하찮고 가벼운 것으로 만든 그들을 말이다. 각자 그럴듯한 이유와 구실을 대며 자기 합리화로 떠난 그들을 그녀는 용서할 수 없다.

시간을 보니 새벽 세 시였다.

샤워를 하고 바로 잠이 들었었나 보다. 어제는 그녀에게도 힘든 하루였기에 혼절하듯 깊은 잠에 빠졌다. 애먼 사람 잡아 누명 씌웠다는 죄의식은 개미허리만큼도 없었지만 일이 어긋나지 않게 점검하고 계획하느라 새치가 몇 가닥 생긴 것도 같다.

다시 잠들기를 포기한 그녀는 발소리를 죽이고 아래층으로 내려가 사이드 전등을 켰다. 시원한 물 대신 제법 컬렉션을 갖춘 장식장 안 고귀한 자태의 양주를 마주하자 목이 탔다. 가슴을 치받치는 불길을 잠재울 무언가가 필요했다.

쭈욱.

두 잔을 연거푸 마시자 흐릿하던 시야가 비로소 선명해졌다. 시간이 해결해 주겠지, 지나면 잊히겠지, 무덤덤해지겠지 그렇게 스스로를 다독였지만 아직은 아니었나 보다. 더 마시고 싶었지만 겨우 욕망을 눌러 참고 장식장으로 다가가려던 찰나였다.

"나도 한 잔 주면 좋겠는데."

가슴이 철렁 내려앉았다. 커다란 그림자, 저음의 목소리는 남편 강민재였다. 이젠 축지법도 하나? 사람이 기척이라도 내고 다녀야지.

"취향대로 골라 마셔요. 입에 맞지 않을 수도 있잖아요."

"로열 살루트 21년산 아닌가?"

은향은 저도 모르게 뒤를 돌아다보았다. 축지법에 투시하는 능력도 있나? 밝지 않은 조명과 등을 지고 있어서 정확히 본 것도 아닐 텐데 어떻게 아는 거지? 벙해진 입을 다물지 못하자 상대가 사람 마음을 읽는 초능력까지 발휘한다. 능력자 강민재다.

"녹색이잖아, 맨 오른쪽에 위치하고."

비어진 위치와 녹색이란 단서만으로 넘겨짚은 거라는 말씀.

'기억력이 대단하십니다. 참, 관찰력도 장난 아니었지.'

물론 말로는 뱉지 않았다. 하지만 놀라고 당황한 못난 모습을 들킨 것 같아 기분이 좋진 않았다.

"물어보지 않아도 상대방 마음을 읽는 탁월한 능력이 있네요. 역시 오너는 아무나 하는 게 아닌가 봐요."

본인이 듣기에도 뾰족한 가시가 느껴졌다. 어쩌면 그가 그녀의 명연기를 바로 간파했을 때부터 불편했는지도 모른다.

"안주 드려요?"

"간단한 걸로."

견과류를 작은 접시에 올리고 식탁에 앉은 민재 앞에 술잔을 하나 놓아 주자 자작하기 시작했다. 올라가자니 그렇고 남아 있자니 어색함만 물씬 풍기는 두 사람 사이엔 침묵만 흘렀다.

"곧 유럽으로 출장 갈 거야."

"네."

"이번 출장은 한 달은 족히 걸릴 예정인데, 친정에 가고 싶다면 다녀와."

"집에 있을 거예요."

"참, 장인어른 외국으로 나가신다고 했지?"

"네."

민재는 한 잔만 하려던 생각을 접고 두 잔째 술을 따랐다.

서류를 검토하고 나니 새벽 세 시가 훌쩍 넘어 있었다. 피곤했지만 유럽 일정을 코앞에 두고 있었기에 웬만한 일은 처리해 두어야 했다. 침실을 바라보다 아래층으로 내려가니 어둠 속에서 움직이는 작은 인영이 보였다. 새어 드는 빛이 은향을 비추고 있었다. 무늬만 곰처럼 굴던 아내 소은향이다.

음전하고 유순하다 믿게 만든 아내 소은향은 사실 소악마적 본성을 가졌고 철벽으로 무장한 여자였다.

"세이렌은 앞으로 한국에 발도 못 붙일 거야. 수고했어."

"네."

"이외에도 숨겨진 재주가 많은가?"

"네."

똑똑함으로 치자면 그를 당할 사람이 몇 명이나 되겠는가. 괜한 호기심을 불러일으키고 싶지 않았다. 그의 애정과 관심을 바라지 않는다. 궁금한 걸 물어보면 답해 줄 거고 흥미를 느끼면 반항 없이 내줄 것이다.

'내숭 떠는 모습은 가식임이 드러났으니 재수 없는 부잣집 딸로 돌아가는 게 자연스럽겠지.'

쓸데없는 질문을 하고 마주하는 시간을 늘린다. 그다음엔? 뻔했다. 적당한 관심을 보일 거고 보여 주지 않았던 알량한 배려와 선물 공세도 펼칠 거고 그리고 결국엔 합방. 우성 유전자의 조합으로 탄생할 아이. 미래의 청사진이 설계도처럼 눈앞에 그려지자 서서히 짜증이 올라왔다. 호기심이든 관심이든 지금은 그 어느 것도 달갑지 않았다.

"술 더 하실 거면 먼저 올라갈게요."

은향의 말투에 귀찮아하는 태도가 고스란히 드러나자 민재는 불쾌감을 느꼈다. 그의 관심을 받으면 황송해하는 사람들만 보아 온 터라 더더욱 이해할 수 없었다. 예기치 않았던 상황이지만 적당히 맞장구만 쳐 준다면 술도 한잔했겠다 은밀한 분위기가 형성될 수도 있었을 텐데. 이럴 땐 곰이 맞다.

'부부, 늦은 밤, 술. 완벽한 조건 아닌가?'

앞으로 일어날 일을 충분히 예상하는 상황 앞에서도 여자는 모르쇠로 일관하고 있었다. 손을 뻗으면 거부하지 않을 거라 짐작했지만 좀 더 두고 보고 관찰할 필요가 있었다. 시간은 얼마든지 있으니까.

술이 혈관을 타고 흐르자 하체에도 열기가 몰려들고 떡칠한 화장이 아닌 말간 아내의 얼굴을 보자 없던 흥분도 솟았지만 애써 눌렀다. 아직은 참을 만했다.

"보기 좋아."

"네?"

"적당하다고."

도대체 무슨 도깨비 홀리는 소린가. 앞뒤 주어는 실종되고 밑도 끝도 없이 보기 좋다니, 뭐가?

"화장 말이야."

"아……."

그제야 그녀는 자신이 지금 화장을 전혀 하지 않았다는 걸 깨달았다. 민얼굴과 화장한 얼굴이 무슨 상관일까 싶지만 화장은 감정을 교묘히 감출 수 있다는 장점이 있다.

교묘하게 당황한 마음을 감춘 채 그녀가 2층으로 올라가자 등 뒤로 따가운 시선이 뒤따랐다. 어색하고 무척 불편했다. 목구멍에 넘겨지지 않는 이물질이 걸린 것 같다. 완벽한 성장을 갖추고 단단한 갑옷으로 무장한 채 냉정한 시선으로 그녀를 감상하는 강민재를 상대하는 게 훨씬 쉽다.

'어쭙잖은 호기심일랑 개나 주라지. 다정한 척 신경 써 주는 척 챙겨 주는 척 가식 떨지 마. 어차피 영원한 건 없으니까.'

사는 게 복잡하다. 얽히는 감정들과 시선이 부담스럽다. 부부라는 이름으로 묶여 버린 타인의 존재는 없어도 신경 쓰이지 않던 가벼운 존재에서 어쩔 수 없이 의식되는 무거움으로 자리하며 아슬아슬 선을 넘어 그녀의 삶을 침범했다.

"알겠습니다."

상도동으로의 호출이었다. 각오하고 있었지만 다시 한 번 연기를 펼쳐야 되나 보다. 상대가 원하는 이미지대로 행동한다면 최소한의 관심만 받을 거라 생각했는데, 예상을 빗나가도 한참 빗나간 대상은 강민재가 아니라 오히려 시어머니였다.

"어제 일은 들었다. 잘 해결되었다면서."

"네."

"남의 남자 탐내는 것들은 묵사발을 만들어 줘야 돼. 소 잃고 외양간 고치면 뭐하니."

얼마나 놀랐느냐, 어디 다친 데 없느냐며 두 손 붙잡고 안쓰러워 어쩔 줄 모르는 시어머니의 환대에 외려 쑥스러운 그녀였다.

전후 사정을 알고 있는 민재의 묘한 눈길도 참기 힘들었다.

일찍 귀가한 아들에게 일장 연설을 하던 황 여사의 입에서 날벼락이 떨어졌다.

"같이 가거라."

"어머니!"

"유부남이라는 걸 알릴 절호의 기회야. 시키는 대로 해."

"민재가 놀러 가는 건 아니잖아."

옆에서 가만히 듣고만 있던 강 회장이 아내의 고집에 한마디 했다.

"이번 일, 그냥 넘어갈 일 아니에요. 민재도 당신과 같은 전철을 밟는다면……."

"그게 언제 적 일인데 또……."

흠칫.

아내 황 여사의 눈빛이 살벌한 살기를 띠자 강 회장은 침을 꼴깍 삼켰다.

"나는 어제 일처럼 생생해요. 바로 어. 제. 일. 처. 럼."

분위기가 이상한 쪽으로 흘러가고 있었다. 마른하늘에 날벼락도 유분수지. 갑자기 유럽 출장에 따라가라니, 말도 안 된다.

"어머님. 아버님 말씀에도 일리가 있어요. 일하러 가는데 제가 괜히 방해만 될 뿐……."

"내 말을 못 알아듣는 거니? 응? 그러다 땅을 치고 통곡할 상황이 오는 거야. 그걸 왜 몰라! 아……."

핏대를 세우던 황 여사가 갑자기 몸을 가누지 못하고 이마에 손을 짚은 채 휘청이자 놀란 민재와 은향이 방으로 그녀를 부축해 보료 위에 눕혔다.

"새아기 팔 주무르게 놔두고 넌 잠시 나가 있어라."

"알겠습니다."

민재가 나가고 곁에서 열심히 팔을 주무르던 은향을 지그시 올려다보던 황 여사가 말문을 열었다.

"따라가. 남자 너무 믿지 말고. 잘난 사내일수록 허튼짓 못 하게 초장부터 단속해야 해. 당장은 간도 쓸개도 빼 줄 것처럼 굴지만 조금이라도 빈틈을 보이면 딴생각하는 게 사내들의 습성이야."

뼈 있는 충고였다. 직감상 경험에서 우러나온 말 같았다.

"내가 지나치다고 생각하니?"

"아닙니다."

은향은 머릴 데굴데굴 굴리던 차였다. 어떻게 하면 자연스럽게 따라가지 않을 수 있을까, 고민했다. 찬물 샤워로 감기에 제대로 걸려? 얼음물을 가득 채운 욕조에 들어가? 입원할까? 존재하지 않는 친구를 급조해?

합방을 두려워하는 게 아니다. 어차피 피할 수 없는 거라면 즐길 용의도 있다. 그들은 성인이었고 엄연히 법적 부부였다. 그녀가 두려워하는 건 그런 일차원적인 문제가 아니었다.

"네 시아버지도 젊을 적 민재처럼 한 인물 했었다."

소문은 들었다. 시아버지는 나이 든 모습에서도 여유와 품위가 느껴졌다.

"두 번, 내 속을 두 번이나 뒤집은 일이 있었어. 웬만한 일에 대범한 나도 참을 수 없었던 건 사업 부진이나 실패가 아니었다. 남편의 배신이었지."

황 여사의 팔을 주무르던 손이 도중에 멈췄다.

"처음은 민재가 태어난 지 얼마 되지 않았을 때였다. 새파랗게 어린 신입 여비서와 눈이 맞았더구나."

"아버님이요?"

"결혼 삼 년 만에 얻은 귀한 아이라 온 신경이 민재에게만 가 있었다. 내 잘못도 분명 있었어. 그래도 사실을 눈치챘을 땐 배신감은 말로 다 할 수 없었다. 고혈압도 그때 얻은 병이야. 삼 일을 고민했다. 찾아가 패대기를 칠까도 생각했고 몰래 사람을 시켜 괴롭힐까도 생각했다. 잔인하지만 주위 사람들을 금전적으로 꼼짝달싹 못 하게 조일까도 생각했어. 그런데 그건 또 다른 분란을 가져올 게 분명했다. 나 때문에 민재가 범죄자의 아들이 되게 할 수는 없잖니. 참을 인 자를 세 번 가슴에 새겼다. 조용히 처리해야 한다는 결론이 나더구나."

은향은 숨을 죽이고 경청했다. 그런 상황에서도 침착할 수 있었다니. 황 여사기에 가능했을지도.

"우선은 내 가정을 보호하는 게 급선무였어. 민재를 아비 없는 자식으로 만들 수 없었으니까. 그리고 실행에 옮겼지. 놀라더구나. 침착하게 그들을 마주한 나를 보고 말이다."

후우.

당시 느꼈던 생생한 분노와 절망이 뒤섞인 불규칙한 호흡은 매끄럽지 않았다.

"결정하라고 했다. 이 자리에서 세 사람 함께 죽든가, 아니면 다시는 만나지 않겠다고 맹세하든가. 처음엔 설마설마하더구나. 그래서 준비해 간 가스통과 라이터를 들이밀었다. 누가 잘못이고 아니고 따지고 싶지 않다고 했지. 세 사람 다 잘못이니 함께 황천길로 가자고 하니 그래도 울며불며 곁에만 머물게 허락해 달라는 말에 가스를……."

숨을 고른 황 여사가 띄엄띄엄 말을 이었다.

"분위기가 심각해지자 경호 팀이 들어왔고 상황은 일단락되었지만 그때 내 가슴에 난 생채기는 아직도 아물지 않았다."

침묵이 흘렀다. 왜 치부를 드러내면서까지 은향에게 이런 말을 해 주는 건지 이해하기에 덤덤히 말하는 중에도 아픔이 느껴져 말대답조차 제대로 할 수 없었다.

"그 일 이후 나도 생각이 달라지더구나. 그저 한 사람만이 내 인생의 전부라는 생각도 변하고 모든 걸 내주면 안 된다는 사실도 깨달았다. 나는 선을 훨씬 넘어서 버렸어. 내 사람이라고 안심했기에 뒤통수를 제대로 맞은 거고."

"새겨듣겠습니다."

"아들 교육은 확실히 해 두었지만 그래도 모르는 일이야. 민재도 남자니까."

"네."

"순종적인 현모양처도 좋지만 가끔은 여우가 되어야 해. 세이렌 팔머는 제 꾀에 제가 넘어간 꼴이 되었지만 난 네가 좀 더 적극적으로 굴었으면 좋겠구나. 내 말 이해되니?"

은향은 그녀의 말에 고개를 끄덕였다.

"한 번 그렇게 내공을 쌓으니 두 번째는 일도 아니었다."

"네? 그럼……."

"가벼운 해프닝으로 끝난 일이었지만 바람은 바람이었지. 후훗."

화려한 미소 뒤에 얼마나 많은 비밀을 감춰 둔 것일까.

재벌가의 흔한 이야기라지만 밖에서 즐기는 애인을 공공연히 따로 두는 것은 생각만으로도 역했다. 민재에게 애인을 따로 두든지 말든지 알아서 하라던 말은 허세가 아니었다. 여자에게 미쳐 이혼하자고 하면 조용히 합의하려고 마음먹고 있었다.

"자주 만나 골프도 치고 여행도 다녔던 친한 부부였다. 네 시아버지 대학 동창으로 제일대학 교수를 역임했고 여자는 재성제과 차녀였지. 대화도 통했기에 언니 동생 하며 지냈지. 그리고 얼마 후에 아는 지인에게서 내 남편과 그 여자가 함께 있다는 첩보를 들었을 때 긴가민가했었다. 술을 마시게 해서 인사불성으로 취하게 만든 뒤 동침했나 보더라. 이상한 건 오히려 내가 용감해졌다는 거야. 아픈 예방 주사를 맞았던 경험 때문이겠지."

"어떻게요?"

"사회적인 물의를 빚으면 누가 손해인지 계산하고 덤비더구나. 적반하장으로 뻔뻔하게 나오는 여자를 상대하기 싫어 파격적인 선택을 했다."

"네? 무슨……."

"보여 주고 싶었는지도 모르지. 일종의 복수심도 있었고."

무거운 이야기였다. 대중 매체에서 빈번하게 접하는 불륜 막장 드라마 같은 일이 막상 제게 닥치면 저렇게 침착하게 대처할 수 있을까. 은향 그녀도 무심함으로 벽을 쌓고 있는 근본적인 이유가 실망하고 싶지 않아서, 배신당하고 싶지 않아서인지도 모른다. 대범함으로 가장한 소심한 겁쟁이가 바로 그녀다.

'예전의 나는 명랑하고 평범했는데……. 엄마가 살아 계셨더라면…….'

은향은 자연스레 돌아가신 친어머니를 떠올렸다. 어머니는 지극한 부친의 사랑을 받다 돌아가셨으니 행복했었을까? 어느 쪽이 더 행복하고 덜 불행할까? 딴 곳에 한눈팔아 피멍 든 쪽? 일거수일투족 감시의 눈을 번득이며 집착하는 쪽?

"다……."

잠시 저만의 추억에 잠기느라 말머리를 놓쳐 버린 은향이였다.

"……다고."

"어머님?"

세상에. 은향은 자신의 귀를 의심했다. 황 여사는 상상을 뛰어넘는 승부사셨다.

12

사람이 머물다 떠난 자리에 흔적이 남아…….

플라토닉 러브란 순수하고 강한 형태의 비성적(非性的)인 사랑을 뜻한다.

봄볕에 목련 잎이 만개하면 가슴도 따라 널을 뛴다. 가던 길 멈추고 길을 잃은 채 서성인다. 잠깐 머물다 사라진 인연, 가까이할 수 없어 돌아서 바닥에 깊숙이 숨겨 두었다. 저도 모르게 기대었고 위안을 삼았다. 방심한 틈 사이로 스며들어 맴돌다 돌아선 인연, 따스한 심장이 있었고 상대를 감싸 안은 이해가 있었다.

세월 속에 그리움은 바라지건만 목련 잎이 떨어질 때면 그리움이 고개를 쳐든다. 조금만 그리워하자, 목련 잎이 질 때까지만. 고운 하얀 빛에 물들어 봄을 타는 것일 뿐이니.

어울리지 않게 황 여사는 봄을 앓는다. 역동과 설렘, 성격이 다른 손가락 끝이 갈씬대는 그런 애끓음을 앓는다. 계절의 시작, 양희은의 노래 〈하얀 목련〉이 들릴 때면 감성이 폭발하며 눈물이 난다. 하얗게 물든 천지 사이 벚꽃 길을 걸으면 생각이 난다. 고개를 끄덕이며 돌아서던, 잘 있으라 웃어 주었던 뒷모습이 눈앞에 아른거린다…….

며느리 은향이에게도 차마 못다 한 이야기. 말할 수 없는 이야기가 있었다.

"어머님?"

"내가 말했다. 우리도 맞바람 한번 피워 보자고, 안될 거 뭐 있냐고."

세상에…….

"어처구니없어하며 놀라더구나. 하지만 난 진심이었다. 일거수일투족이 보고될 거라는 걸 알고 있었거든. 네 시아버지의 예상대로 움직이고 싶지 않았다. 처음처럼 같이 죽자며 난리 치고 싶지 않았어."

은향은 침을 꼴깍 삼켰다.

"어디까지……."

"난 한다면 하는 성격으로 적당히는 없었다. 속된 말로 화끈하고 직선적이었지. 맞선으로 만났어도 네 시아버지와 나는 불같은 사랑을 해서 결혼했다. 하루가 멀다 하고 만나고, 전화하고 맞선 본 지 세 달 만에 장미꽃과 함께 근사한 청혼을 받고 결혼했다. 앞날이 온통 핑크빛으로 물들고 행복만이 있을 것 같았다. 어리석게도.”

“무슨 말씀을 드려야 할지 모르겠어요.”

“적당히 눈가림용 해 봤자 들킬 거라면 확실하게 보여 주자 맘먹었다. 그리고 이 교수에게 제안했지. 함께 자자고.”

“네?”

어지간한 일엔 놀라지 않는 은향이 대경실색하자 쓴웃음 짓는 황 여사였다.

“왜, 내가 달리 보이니?”

“아, 아니요.”

“여자로서 자존심이 무너졌고 자괴감마저 들게 한 그들에게 보란 듯이 응징하고 보여 주고 싶었다. 황순복, 한다면 하는 성미가 아직 죽지 않았다고.”

이상하게 충분히 그럴 수 있는 분이란 생각이 들었다. 상처받은 영혼이 뵈는 게 없었을 것이다. 도덕이라는 잣대를 철저히 무시하고 개인플레이를 하자 결심한 건 그만큼 분노의 에너지가 거대했기 때문이리라. 비록 결혼이라는 억압과 아내라는 굴레에 갇혀 있었지만 의지는 남달랐을 거라 충분히 짐작할 수 있었다.

“물론 이 교수는 내 끈질긴 설득에 마지못해 서로 만나는 척하자는 데까지만 승낙하더구나. 누가 교수 아니랄까 봐. 후후.”

이 교수를 언급할 때 살포시 웃음 짓는 황 여사의 얼굴에 스치고 지나간 미미한 그림자. 잘못 본 걸까?

“두 사람에게 뭐라 하지 않고 이 교수와 만남을 자주 가지자 몸이 단 건 오히려 두 사람이었다. 이 교수는 열 살 터울의 아내를 아끼고 있었어. 그걸 몰랐던 건 멍청한 김이현 그녀였지. 표현이 부족하고 과묵한 사람이다 보니 그랬던 거지. 누군 넘치고 누군 인색하고."

은향은 곧바로 알아들었다. 넘치는 사람이 시아버지 강 회장, 인색한 사람이 보수적인 이 교수라는 걸.

"기다리면 되는 일이었지만 인생엔 변수가 존재하기에 연기하는 우리도 확신할 수 없었다. 그러다 결국 먼저 터뜨린 건 네 시아버지였다."

"아버님이요?"

"그래. 후훗. 그렇게 길길이 날뛰는 건 처음 봤다. 아이러니하게도 그 모습이…… 만족스러웠다. 소유욕이었을지 몰라도 내가 아직 필요한 존재였구나 싶었지."

"부부는 어떻게……."

"이 교수가 강수를 두었지. 이혼을 원하면 해 주겠다고. 그런데 막상 그 지경이 되자 매달린 건 김이현 그녀였다. 용서받으려면 내 앞에 무릎 꿇고 사과하고 오라고 했다더라. 남의 가슴에 대못 박으면 벌받는다며. 애걸복걸 사정하며 만나자고 해서 나간 자리에서 본 그녀 모습은 초췌하고 지쳐 보였다. 이상하지? 상대가 꼬리 팍 내리고 주인 잃고 비 맞은 강아지처럼 낑낑대는 모습에 기세등등했던 전의가 사라지더구나. 한차례 폭풍이 지나가자 오히려 차분해졌다. 그러자 내가 왜 이 자리에 있으며, 이런 짓을 앞으로 몇 번이나 더 반복해야 하는지 궁금해지기 시작했다. 이 교수는 아내를, 나는 남편을 단속하기로 하고 앞으로 만날 일 없기를 바란다며 네 사람이 암묵적 합의를 본 그날 이후 인연이 끊겼다."

"……."

"새아가."

"네."

"정열적으로 타오른 사랑도 돌보지 않으면 깨질 수 있듯이 아궁이에 타는 장작처럼 서서히 불붙는 그런 정일지라도 한눈팔면 불씨마저 꺼질 수 있는 법이다. 시어머니로서가 아니라 한 살이라도 더 먹은 어른으로서 하는 충고야. 불가에서 부부는 칠천 겁의 시간이 쌓여야만 이루어진다는 말뜻을 아니?"

"아뇨."

"일 겁은 일천 년이다. 백 년에 한 번씩 지상에 내려온 선녀의 치맛자락으로 바위가 닳아서 사라지는 시간이야."

고개가 절로 숙여졌다. 그런 뜻이었다니.

"노력하지 않고 거저 얻어지는 것은 없다고 본다. 살아 본 바로는 그렇더구나. 아직 서먹한 너희 두 사람이 어느 한쪽도 먼저 손을 내밀려 하지 않으니 내가 나서는 수밖에. 사부인께서 살아 계셨다면 분명 나와 같은 말을 하셨을 거다."

가지 않겠습니다. 할 일이 있습니다. 따라가서 방해되지 않겠습니까, 등등 준비한 말은 혀끝으로 삼켜져 나오지 않았다. 황 여사의 말이 구구절절 옳은 탓도 있었지만 진심으로 하는 충고였기 때문이었다.

"따라가. 민재가 타고난 성정이 살갑고 다정다감하진 않지만 아들 교육은 내가 할 만큼 했다."

"……네."

"나중에 내게 고맙다고 절할지도 모른다. 앞으로의 일은 모르지 않니. 호호."

뭔가를 기대하는 부담스러운 눈빛이 무얼 의미하는지 눈치챈 그녀는 골치가 지끈지끈 아팠다.

'한 달이나 함께 움직여야 한다니.'

마른하늘에 날벼락이었다.

은향이 거실로 나가자 황 여사는 서랍을 뒤져 신문을 펼쳤다. 마이니치 신문에 실린 기사였다.

[이규한 교수 『천상의 계단』 출간, 소수 민족의 아픔을 간결한 문체로……. 출간작 상위권 진입, 슬하에 아이 없음.]

비 오는 날, 삼십 분 늦은 이 교수의 손아귀에 쥐어진 볼품없던 목련 송이. 떨어진 꽃송이가 주워 달라고 말을 건넸다나 뭐라나. 그녀에게 주고 싶어 가져왔다는 말을 에둘러 말하며 고개를 들지 못하고 정수리만 보여 주었다.

오랜만에 느껴 본 설렘이었다. 그리고 만약 이 사람과 결혼했다면, 이라는 가정을 하는 자신에게 소스라치게 놀랐다. 상처받은 두 영혼의 교류는 화려한 장미 꽃다발보다 더 마음에 와 닿았다.

고개 들어 마주한 눈길, 시간이 멈췄다. 위험을 직감했다. 이 순간을 잊지 못할 것 같다는 불길한 예감이 밀려들었다.

하지만 누구의 엄마로 아내로 돌아갈 시간이었다. 늦기 전에, 너무 늦기 전에…….

'이 교수, 잘 지내십니까.'

일본 혼슈(本州) 주택가 2층. 이규한 교수는 책을 집필하기 위해 서재로 향했다. 단단한 마호가니 책상 위 놓인 노트북을 열고 즐겨찾기를 눌렀다.

[동영그룹 강민재, 소은향 결혼]

그가 보는 건 선남선녀인 신랑 신부가 아닌 고운 한복을 입고 손님을 맞이하는 혼주 측이었다.

'잘 있나 봅니다. 황 여사.'

황순복, 그녀는 자신만만하고 고집스러운 모습 뒤 감춰진 연약함이 있었다. 의외로 그녀는 여성스럽고 대화가 잘 통하는 말 상대였다. 육체적인 사랑이 난무한 세상이라지만 그와 그녀는 마지막까지 선을 넘지 않았다. 하지만 멀리멀리 도망쳐야 했다. 이성을 잃기 전에, 그가 경멸해 마지않던 인간이 되지 않기 위해.

'추억하는 건 괜찮겠지. 아무도 모르게 꺼내 보는 건.'

봄에 더욱더 깊어지는 그리움을 등지고 한 해가 또 간다. 이곳에도 어김없이 따사로운 볕이 내려앉았다.

떨어진 목련 송이를 받고 어이없어하며 웃음 짓던 낭랑한 목소리가 한 번 더 듣고 싶다. 귀엽고 사랑스럽던……. 봄처럼 웃던……. 어떻게 그녀를 사랑하지 않을 수 있었을까.

이 교수는 파이프 담배를 입에 물고 뒷짐을 진 채 보이지 않는 한국의 봄을, 그리고 아스라이 떠오르는 누군가를 그리워하고 있었다.

황 여사가 처음 은향을 마주한 날, 하얀 원피스를 입고 나온 그녀가 맘에 들었다. 자신이 좋아하는 색이었다. 그리고 뭔지 모를 동질감을 느꼈다. 본능인지도 모른다.

차갑고 건조한 아들과 어울릴 짝이 되지 않을까 기대했다. 어미인 저에게조차 거리를 두는 무정한 아들에게 상처받지 않고 오래 버텨 줄 단단한 며느리가 필요했다. 징징대지 않지만 그렇다고 마냥 착하고 유순하지만은 않은. 은은한 향기라는 이름처럼 은향 그녀가 아들의 부족한 면을 채워 주리라 직감했다.

'다음은 없어요. 조용히 끝내요.'

'여보.'

'각서, 이런 거 효력 없다는 거 알아요. 최 변호사 입회하 공증해요. 재산 분할 문제, 후계자 문제 깔끔하게. 다 큰 자식 품

에 끼고 있을 생각 없어요.'

남편을 이해할 수 있기에 용서도 할 수 있었다. 하지만 처음 만나 불같은 사랑을 했건만 쓰디쓴 배신의 잔은 이렇게나 독하고 쓰다. 감추었지만 채워지지 않을 빈자리를 만든 당신이 원망스럽다. 자신을 속이고 외로우면 눈 돌릴 수 있다는 현실이 칼처럼 가슴을 후빈다.

남몰래 감춰 두고 추억이라는 이름으로 죄의식을 알게 만든 당신이, 수줍게 핀 꽃망울을 바라보며 속울음이 뭔지 이해하게 만든 당신이 밉다. 너무나 밉다.

황 여사는 음악을 틀었다. 양희은의 〈하얀 목련〉이 오늘따라 심금을 울린다.

……하얀 목련이 진다.

13

"일이 그렇게 되었어요. 죄송해요. 다녀와서 통화하죠."

은향은 징징대며 죽는 소릴 하는 누군가와 통화를 마친 뒤 창밖을 바라보고 서 있었다.

한 달, 유럽…….

'젠장, 젠장, 젠장맞을!'

찍소리 못 하고 시어머니의 화술에 넋이 나가 고개만 끄덕이다 집에 돌아왔다. 나갔던 정신이 제자리를 찾았지만 이미 늦어 버렸다.

좋은 쪽으로 생각하자. 바람 쐰다 여기면 되겠지. 사람 사는 곳 어디든 숨 쉬고, 밥 먹고, 잠자는 건 같을 텐데…….

하지만 한숨이 저절로 흘러나왔다. 결혼은 그녀의 생각과 전혀 다른 방향으로 흘러가고 있었다. 싫어도 얽히고 무시하려 해도 자꾸만 신경이 쓰였다. 가득 차면 비워서 훌훌 털고 떠나면 그만이라고 생각했는데 부부라는 이름으로 행할 의무가 늘어나고 공유하는 시간도 비례하며 증가했다.

뱉은 말은 지키고 결정한 일은 번복하지 않는 성격이라 복잡하게 생각하지 말자 되뇌며 심호흡을 했다.

— 그럼 깔끔한 정리 보고 부탁해요. 수고해요.

"네, 알겠습니다."

동영그룹 비서실 김유나는 이른 아침 걸려 온 동영그룹 사모님 소은향의 전화를 받고 긴장했다.

"사모님이셔?"

"네."

비서실장 박하율은 김 비서가 어울리지 않게 멈추었던 숨을 몰아쉬자 빙그레 웃음 짓고 있었다.

"뭘 그리 긴장해?"

"그게…… 예측 불허라고 해야 하나요?"

"음?"

"사장님은 건조하시고 딱딱하셔서 그렇지 틀에 짜인 대로 움직이시잖아요."

"그런데?"

"사모님은 정말 알 수 없는 분 같아요."

"무슨 말이야? 유럽 동반 출장 때문에 전화하신 거 아냐?"

"네. 맞긴 맞는데……."

말끝을 흐리는 유나를 보며 고개를 갸웃거리던 박 실장은 강민재가 그를 찾자 사장실로 들어갔다.

'이걸 어떻게 해석해야 하지?'

김 비서는 당연히 유럽 일정과 사장님의 스케줄을 물어 올 것이라고 생각했었다. 하지만 그녀가 요구한 건 달랐다.

1. 일정표
2. 강민재가 만나는 주 고객 바이어와 안주인의 신상
   (슬하 자녀, 시시콜콜한 것까지 상세히)
3. 비행기 좌석 예약 시 비즈니스석 혹은 1인 석
4. 호텔 룸 두 개

'일주일 뒤라고 하니 서둘러야 할 거예요. 꼼꼼하고 세밀한 보고서 기대할게요. 사진도 첨부하면 더 좋고.'

◇◆◇

은향은 다음 날 부티크로 향했다. 바빴다. 입던 옷을 그대로 입고 가고야 싶지만 강민재의 찌푸린 얼굴이 두둥실 떠다녔다.

아름다움을 위해서가 아닌 상황에 맞는 복장을 준비해야 했다. 시간이 허락된다면 이곳저곳 들러 볼 수도 있겠지 싶다. 설렘과는 거리가 먼 답답함과 무게감이 그녀를 짓눌렀다. 낭만적인 유럽 분위기에 편승해 시댁에서는 두 사람이 정분이라도 나길 바라시겠지만 과연 그럴까?

외출복, 가벼운 정장, 그리고 분위기 있는 드레스를 주문하고 집으로 돌아온 그녀는 지쳐 깜박 잠이 들고 말았다.

"피곤하군."

강민재 그도 사람인지라 강행군으로 밀어붙인 며칠로 인해 체력이 바닥을 드러내고 있었다. 몸 상태가 위험 신호를 보냈다. 으슬으슬 한기마저 들었다. 유럽 강행군 전 휴식이 필요했다.

은향은 뒤척이다 뜨거운 열을 느끼고 소스라치게 놀라 일어났다. 밖은 이미 어둑해져 있었다.

"음……."

시트를 말고 웅크린 채 등을 보인 남편의 모습이었다. 언제 들어온 건진 모르겠지만 간헐적으로 뱉는 숨소리가 불규칙했다.

똑똑.

"사모님?"

"사장님 언제 들어오신 거죠?"

"한 시간 전쯤에요."

"그래요? 식사는요?"

"아직 안 하셨어요."

5시 30분이었다.

"퇴근하세요."

"하지만……."

"들어가세요. 오늘 삼십 분 늦었으니 내일 삼십 분 늦게 출근해요."

한 씨는 그렇게 하지 않고 정각에 오겠다는 말을 하려다 입을 다물었다.

"내가 불편해요. 지킬 건 정확히 지켜야 서로 일하기 편해요."

"……네."

한 씨는 혀를 내두른다. 당최 젊은 여자가 빈틈이 없었다. 게다가 부부 아니랄까 한눈에 봐도 몸이 좋지 않아 보이던 이 집 주인은 '내게 말 걸지 마시오. 귀찮으니까.' 라고 이마에 써 붙이고 한마디 말도 없이 2층으로 올라갔다.

대체 부부가 무슨 재미로 사는 걸까. 침대에서 대화는 하고 사나? 출근과 퇴근 시간 엄수, 고된 일도 험한 말도 하지 않아 나름 최상의 직장이었지만 사람 냄새가 그리웠다. 남이 사는 모습에 호기심 가지는 게 달갑지 않았지만 그녀는 참으로 저 부부의 사는 모습이 궁금해졌다.

한 씨를 보내고 그녀는 다시 남편을 살폈다.

미열이 있었다. 호들갑 떨며 주치의를 부르기엔 애매한 상황이지만 이럴 때 부르라고 비싼 돈 지급하는 거 아닌가. 슬쩍 몸에 손을 대니 남자는 반사적으로 공처럼 몸을 말아 자신을 방어했다. 문득 몸에 가시가 있다는 돈벌레가 떠올랐다.

'세상일 혼자서 하는 것처럼 하더니.'

"음……."

"일어났어요?"

"지금 몇 시지?"

"10시예요."

그는 몸이 쑤셨지만 한결 편안했다. 땀을 흘린 게 분명한데……. 응? 뭔가 허전했다.

"이게 어떻게 된 일이지?"

"네? 아, 권 박사님이 오셨는데 땀을 많이 흘리면 시트랑 속옷을 갈아 주는 게 좋다고 하셔서요."

"그런데?"

"한 번은 갈아입혔는데 두 번째는 너무 힘들더라고요. 당신 체구가 남다른 건 인정하죠?"

"……."

말없이 그녀를 말똥거리며 올려다보는 민재의 두 눈이 자신이 왜 알몸인지 더 자세한 설명을 요구하고 있었다.

"시트는 당신 몸을 굴려 한쪽으로 눕히고 갈면 되거든요. 그런데 당신 옷은……."

민재는 기가 막혔다. 적어도 벗겼으면 입혀야 하지 않은가. 아내라는 여자가 제멋대로 옷을 벗기고 힘들어서 입히지 않았단다. 수치심이라기보다 당황스러웠다. 그녀는 정말 아무 생각도 들지 않았을까?

"내가……."

"걱정 말아요. 흉터도 없이 매끈하고 표준이던데."

"뭐?"

"땀을 닦고 시트 갈고 하느라 정신없었어요. 당신이 뭘 걱정하는지 모르겠지만."

더 상대하다간 이상한 놈 되는 건 시간문제였다. 민재는 자리를 털고 일어나려 했다. 아니, 일어날 생각이었다.

털썩.

"젠장!"

옷이 없었다.

"가운이라도 가져다줘."

"네."

얌전하게 네, 소리를 뱉던 여자가 몇 발자국 걷다 뒤를 돌아보며 한마디 보탠다.

"가운만요? 속옷은요?"

"……그것도."

은향이 드레스 룸으로 들어간 사이 민재는 시트를 들춰 자신의 하체를 내려다보았다. 엿가락처럼 축 늘어져 있는 남성에 정확히 시선이 꽂혔다.

"젠장 무슨 여자가 부끄러운 줄도 모르고……."

"그거 제게 한 말이에요?"

소리 없이 이동하는 초능력을 가졌는지 하필 이때 들어온 모양이다.

"아픈 사람 두고 딴생각하는 이상한 여자 아니니 걱정 붙들어 매요."

"하!"

"권 박사님이 열 내리면 식사하고 약 꼭 먹이라고 하셨어요. 전 내려가서 식사 준비 할게요."

그에게 옷을 건네고 아래층으로 내려가던 은향은 픽 웃음을 흘렸다. 알몸을 보였으니 당황스럽기도 하겠지만 의도적으로 벗긴 건 절대 아니었다. 시트를 두 번 갈았더니 팔이 빠질 것 같았고 거구인 남편 속옷을 한 번 갈아입히는 것으로 체력은 고갈 상태가 되었다.

뭐 자연스레 향하는 눈길 몇 초도 주지 않았다고는 못 하지만 딴마음 품은 적 없다는 건 하느님만이 아실 것이다. 그가 믿는 말든 상관없지만 기막혀하는 남편의 표정에 가슴 언저리가 이상하게 간질거렸다.

"이건 뭐지?"

"수프요."

"……이런 거 말고 없나?"

"소화력이 떨어져서 부드러운 것으로 먹어야 한대요. 양송이버섯 넣었으니 먹을 만할 거예요."

고작해야 감기였다. 점심도 입맛이 없어 드는 둥 마는 둥 했던 지라 배가 몹시 고팠는데 그를 초식 동물로 아는 건지 온통 풀떼기에 희멀건 수프라니.

"드세요. 먹기 싫어도 약을 먹어야 하니까."

하지만 음식 투정 하는 어린아이처럼 보이고 싶지 않았다. 결국 한숨을 내쉰 민재가 수프를 떠먹었다. 의외로 목에 부드럽게 넘어가 삼키기 수월했다.

"같이 먹지."

"아녜요. 전……."

"저녁 아직일 텐데? 들어오니 당신도 피곤했는지 자고 있던데."

"……네."

음식이 코로 들어가는지 입으로 들어가는지 체하기 직전이었다. 침묵 속에 먹는 불편한 저녁 식사였지만 장단은 맞춰야 했다. 앞으로 한 달간 함께. 머리가 지끈거렸다.

"유럽 출장은 놀러 가는 게 아냐."

"알아요."

역시나 선을 확실하게 긋는 민재였다.

"비서실에 지시해 둔 일이 있는데 당신, 기분 나쁘지 않을지 모르겠어요."

"응?"

"비행기 좌석 1인 석으로 예약하라고 했고 룸은 두 개 잡으라고 했어요."

"뭐?"

"놀러 가는 게 아니잖아요. 당. 신. 말. 처. 럼. 일하러 가는 건데 2인 석은 불편할 거고, 룸도 하루 종일 함께 움직일 게 아니라면 처음부터 두 개로 잡는 게 효율적일 것 같아서요."

"……잘했군."

민재는 긍정적인 대답을 했지만 살짝 기분이 상했다. 어머니 황 여사가 뭘 기대하는지 뻔히 알면서 이렇게 비협조적으로 나오시겠다? 아내라는 여자가 합리적이고 이성적으로 일을 처리하는데 그게 영 마뜩잖은 건 왜일까? 두터운 껍질 속에 감춰진 알맹이는 단단할까 아님 말랑할까. 조금씩 궁금해지기 시작했다.

"더 드려요?"

"됐어."

"10시 40분 32초니까 11시 10분 32초 넘어 약 드세요. 물은 가져다 드릴게요."

식사 같지도 않은 식사를 마치고 올라가 바로 약을 먹고 누우려던 그의 머릿속을 마치 들여다본 것처럼 그녀의 목소리가 그의 발목을 붙든다.

"약을 복용하는 방법에 따라 몸 흡수율과 효과가 달라져요. 힘들어도 삼십 분 지나 드세요. 그리고 웬만하면 목욕은 내일 아침에 하시고요."

그녀의 시선이 물컵에 닿자 저도 모르게 식탁 위에 컵을 내려놓는 민재였다. 귀신이다. 삼십 분이 될 때까지 목욕이나 할까 생각했는데……. 항상 지시를 내리던 사람이 지시를 받는 입장이 되었다. 민재는 시키는 대로 하면 지는 것 같아 반항하고 싶었지만 기력도 없었고 무엇보다 반박할 명분도 없었다.

'기분이 영 찜찜해. 내가 왜 시키는 대로 하고 있는 거지?'

돌에 비유하자면 모난 돌인 각진 네모 형태의 남편 강민재를 둥글둥글 미끌거리는 바닷가 조약돌로 만드는 방법은 논리 정연함과 여자 특유의 부드러움일 것이다.

마음이란 미묘하기 짝이 없다. 나와 상관없는 일에는 옆에서 살인이 일어나도 무시하는데 한 번 맘에 들이면 집착하고 옹졸해지고 여유가 사라진다. 내가 내 마음의 주인이 되지 않고 길을 잃게 된다.

그것이 두려웠다. 누군가에게 몰입해 자아를 잃어버리는 것이, 행복에 취해 주위를 돌아보지 않는 것이, 내가 내가 아닌 사람이 되는 것이.

은향은 강민재를 나름 파악하고 있다고 생각했다. 하지만 그건 대단한 착각이며 속단이었다.

"흐음."

의자에 앉아 안경을 쓰고 잘 정리된 보고서를 읽는 은향의 이맛살이 절로 찌푸려졌다.

첫 번째 방문지는 영국 런던이었다.

칼 첼던. 본처 섀넌 도우와 전격 이혼. 위자료 소송이 끝나자마자 두 번째 아내를 맞아들임.

브리짓 첼던. 본명 브리짓 넬리. 본처 섀넌 도우의 간호사였음.

사진 속 여자, 브리짓의 사랑스러운 미소와 가녀린 몸매가 남자의 보호 심리를 제대로 자극하고 있었다. 하지만 과연 그럴까? 보이는 모습 그대로일까?

내숭과 가식이 몸에 밴 여자의 특징 요약정리.

웃음이 사람과 장소에 따라서 바뀐다.

괜찮다 싶은 사람 앞에서는 웃기지도 않는데 웃어 주고 아니다 싶은 사람에게는 쌀쌀맞다.

사람을 쉽게 좋아하고 쉽게 싫어한다.

잔머리를 많이 굴린다.

자신이 불리한 상황이 되면 어디론가 피해 버린다.

남 탓으로 돌린다.

세이렌 팔머를 상대할 때 은향, 그녀가 연기했던 캐릭터였다.

조용한 물이 깊은 것처럼 미소 띤 얼굴에 침을 뱉지 못한다. 웃는 낯은 방심하게 만들고 경계심을 누그러뜨린다. 하지만 무엇을 볼 때에는 보이는 것에만 집착하지 말고 숨겨진 의도를 간파해야 한다. 믿었던 사람에게 뒤통수를 맞지 않으려면 말이다.

정이 헤픈 사람은 언제든 주었던 마음을 거둬들일 수도 있다는 것을 간과하면 안 된다. 절대!

14

비 그친 하늘은 푸름이 한 움큼 뚝뚝 떨어질 것처럼 맑다. 총천연색으로 빛나던 무지갯빛이 붉은색으로 바뀌었다.

혼란과 갈등은 선택이라는 갈림길에서 더욱 두드러진다. 항상 자신이 원하는 방향으로만 흘러가지 않기에 결정한 그 순간부터 후회할지도 모른다는 실패율을 안고 시작한다.

시야를 넓혀 대응하는 법을 터득한 사람에게는 자신을 괴롭히며 거슬리는 많은 문제들이 더 이상 골치 아픈 것만은 아니다. 나아가 즐길 수도 있다. 그렇게 마음의 눈은 깊고 투명해지기도 한다.

그녀는 변화를 좋아하지 않았다. 삶이 누군가에게 좌지우지되는 것도 흔들리는 것도 싫었다. 그렇다고 영원히 혼자이길 바라지 않는다. 이런 생각 자체가 앞뒤가 맞지 않다는 걸 잘 안다. 바람이 불면 내 의지와는 상관없이 움직여야 하고 상상하지 않던 일도 발생한다. 바로 지금처럼.

은향은 내일을 알 수 없는 세상에 뚝 떨어져 푸른 창공을 날고 있었다.

"손님, 필요하신 것 없으신가요?"

은향은 말 잘 듣는 김 비서가 예약해 둔 비행기 비즈니스 클래스 1인 석에 앉아 편히 런던까지 갈 수 있었다. 강민재는 은향의 좌석에서 두 칸 앞자리였다. 이코노미 클래스 2인 석엔 비서실장 박하율과 보좌관 겸 팀장인 송찬욱이 탑승하고 있었다.

지루한 여행의 시작, 교태가 절절 끓는 스튜어디스의 간드러진 목소리가 거슬렸다. 팔에 소름이 돋았다. 그녀는 날계란 오십 개를 깨 먹어도 저런 간드러진 목소리를 절대 낼 수 없을 것이다.

눈웃음까지 살살 치고 날 봐 주세요, 라며 아예 대놓고 광고하는 여자 가슴은 B컵. 은향은 콤플렉스를 제대로 자극하는 그녀를 대상으로 짜증이 솟구쳤다.

'불공평하기도 하지. 누군 크고 누군 작고.'

흘깃 파인 블라우스 네크라인 아래 한참 찾아야 발견되는 가슴을 보고 한숨을 푹 내쉬었다. 보려고 의도한 게 아니지만 절로 눈이 향했다.

"주스 드릴까요? 아님 간단한 칵테일이라도……."

"됐어요."

"점심 식사가 입에 맞지 않으셨나 봐요. 남기셨던데 원하시는 음료 말씀해 주시면 가져다 드리겠습니다.”

“……말귀 못 알아먹나?”

“네?”

자신만만하게 만면에 미소를 띠고 큰 가슴을 자랑스레 들이밀던 스튜어디스가 당황스러움에 얼굴이 새빨개졌다.

“필요하면 부를 테니까 가 봐요.”

“네? 네.”

참담함으로 얼굴이 일그러진 스튜어디스의 이름은 유미나였다. 가슴 한복판에서 달랑거리는 자랑스러운 명찰. 어쩜 저 이름과 매치가 잘되는지. 가끔 작명은 참 중요하다 생각되는데 바로 오늘 같은 날이다.

심드렁한 표정과 긴장감 없는 태도로 은향의 앞에 선 스튜어디스를 보자 직무 태만, 차별이란 글자가 딱 떠오른다. 심술보가 발동했다. 건드리거나 밟지만 않으면 주는 것 받아먹고 얌전한 사람이 저인데. 온몸을 내숭으로 들이대던 승무원은 그녀 앞에선 그저 뻣뻣한 서비스 직원일 뿐이었다.

“생수 벨루 부탁해요.”

“죄송하지만 손님, 한정품이라 구매하시겠어요?”

웃긴다. 분명 강민재를 상대로 했을 땐 그런 말 없었는데.

“알았어요. 지불할게요.”

“네, 알겠습니다.”

그런데 즉시 가져다주는 게 아니라 카트를 밀고 뒤로 움직인다.

"목이 마른데 지금 갖다 줄래요? 거기 아래 보이네요."

먼저 마시는 사람이 임자지 주인이 따로 있나. 분명 카트 아래쪽에서 남아 있는 한 병이 눈에 들어왔다. 사실 물이야 아무거나 마시면 어떤가. 굳이 벨루라고 지적한 이유는 순전히 심술보가 발동되었기 때문이었다.

유미나의 얼굴이 살짝 찡그려지는 걸 놓치지 않은 은향은 그녀가 서비스 교육을 어디까지 훈련받았는지 궁금해졌다. 건드리면 어떻게 나올까?

"손님, 이건 예약된 물품이라서요. 죄송합니다. 카트 이동 중이니 조금 있다 가져다 드리겠습니다."

동영그룹 강민재가 달라고 해도 이렇게 나올까? 여자는 분명 그를 알고 있었다. 반면 자신이 아내라는 사실은 모르는 게 분명했다.

빙그레 웃음 지으며 그녀를 상대했지만 미나의 말투엔 숨길 수 없는 무시가 숨어 있었다. 옷차림과 귀금속이 사람을 평가하는 데 기준이 되겠지만 가벼운 정장 차림에 금반지 하나 덜렁 낀 그녀를 재벌가 사모님이라고 생각진 않았나 보다.

"잠시 귀 좀……."

"네?"

은향이 마치 부끄러운 부탁이라도 하는 모양으로 스튜어디스의 귀에 뭐라고 속살거렸다.

정확히 이 분 뒤 은향의 앞엔 벨루를 비롯한 유명 생수 여러 병이 놓여 있었다.

어깨가 뻐근해질 정도가 되어서야 하던 일을 멈춘 민재가 뒤를 돌아보았지만 눈에 띄려고 안달복달하던 승무원이 보이지 않았다.

"찾지 않을 땐 귀찮게 왔다 갔다 하더니 정작 필요할 땐 보이지도 않는군."

목을 이리저리 움직이며 스트레칭하다 얌전히 비행기 창밖을 바라보며 앉아 있는 은향에게 시선이 머물렀다. 있는지 없는지도 모를 정도로 존재감이 없는, 아니 그렇게 보이려 애쓰는 여자가 저기 있었다. 하지만 이젠 그도 속지 않는다.

민재가 손을 들자 쭈뼛거리며 스튜어디스가 그에게 다가왔다.

"부르셨습니까."

"마실 것 좀."

"네, 알겠습니다."

'뭐지 저 여자. 뭘 마실 건지 말도 안 했는데 직원 교육을 대체 어떻게 시키는 건지.'

"여기 있습니다."

민재는 그가 평소 마시던 생수와 시키지도 않은 신선한 딸기까지 제공되자 무척 만족스러웠다. 직원 교육 어쩌고 했던 건 취소다. 이 정도의 눈치라면 합격점을 줘도 무방하다. 처음엔 분명 그렇게 생각했다. 하지만 기내식마저 완벽하게 세팅되어 나오고 무엇보다 부르지 않으면 곁에 개미 한 마리도 얼씬하지 않자 찝찝함이 극에 달했다.

'뭐지? 내가 말이 심했던가?'

미나는 식은땀을 훔치고 있었다. 기내식을 준비하는 내내 커튼 뒤에서 놀란 가슴을 연신 쓸어내렸다. 두 시간 전 등골이 오싹한 한기와 함께 공포 체감을 제대로 했다.

'이봐, 내가 누군지 모르지? 동영그룹 강민재가 내 남편이야. 경고하는데 강아지처럼 꼬리 치는 거 한 번만 더 내 눈에 띄면 가만 안 둘 줄 알아. 난 내 거에 누가 손대는 거 싫어해. 깔끔하고 비위가 약한 편이거든. 아주 몹시.'

설마설마했다. 하지만 자리로 돌아와 급히 생각해 보니 소은향, 그녀는 강민재의 와이프가 맞다. 살얼음판 걷듯 조심히 다니다 기내식이 제공되자 부드럽고 온화한 얼굴로 사모님이 다시 한 번 쐐기를 박아 주신다.

'생수는 이거로 하고 식사는 부드럽고 소화 잘되는 걸로. 브로콜리는 푹 익혀요.'

'네.'

경직된 미나가 침을 꼴깍 삼키자 그녀는 말을 덧붙였다.

'머무는 시간이 삼 분 이상 경과되지 않도록 조심하고.'

'네? 아, 네.'

'스튜어디스 행동 강령 잘 숙지하고 있죠?'

'강령…….'

'항공 서비스직은 봉사 정신이 투철해야 하며 단정한 용모와 화술이 요구되고 친절하고 상냥한 태도와 늘 밝은 미소를 유지할 수 있는 사람이어야 하죠. 협동 정신과 원만한 대인 관계를 유지할 수 있는 성격을 가지고 있는 사람이 적합한 걸로 알아요. 어렵게 입사했을 텐데……. 미래를 내다봐야죠. 영원히 신입 승무원으로만 머물지 않을 거잖아요. 서비스에 불만족한 승객의 강력한 항의로 인사 고과에 지대한 영향을 미치거나 기록을 남긴다면 좋지 않겠죠?'

'……그렇죠.'

'역시 엘리트답네요. 그럼 지금부터 지켜보도록 하죠. 얼마나 내 말을 잘 이해했는지.'

되도록 강민재 옆을 지나치려 하지 않았다. 파트너인 남자 승무원에게 사정해 그와 동선까지 바꾸었다. 하지만 기내식은 그녀 담당이라 어쩔 수 없이 움직였는데……. 그때 생각만 하면 아직도 심장이 벌렁거렸다.

차라리 대놓고 신경질 내거나 무시하는 쪽이 상대하기 편하다. 동정표라도 얻을 테니까. 하지만 빙글빙글 미소 지으며 차가운 눈동자가 온몸을 찔러 대는 덴 감당할 도리가 없었다. 자신은 그녀의 상대가 되지 않았다. 온몸으로 그 사실을 체감할 수 있었다.

휴식 공간 안으로 대피하는 게 그녀가 할 수 있는 전부였다.

민재는 일을 마무리 짓고 잠시 눈을 붙이려 등받이에 몸을 기댔다. 수면 안대가 필요했지만 귀찮아서 그냥 눈을 감는데 어떻게 눈치챘는지 안대가 손에 쥐어졌다.

"아, 고마워요."

"아닙니다. 휴식이 필요하시면 언제든지……. 헉! 그럼 이만."

총총거리며 도망치듯 사라지는 여자가 이상하다 생각했지만 피곤한 민재는 금세 깊은 잠에 빠졌다.

의자 등받이를 뒤로 밀치는 동작에 그가 잠시 잠을 자려 하는 걸 눈치챈 은향이 양손, 엄지와 검지를 이용해 안대 모양을 만들자 미나가 즉시 그에게 대령했다. 오래간만에 고맙다며 미소 띤 남자의 잘생긴 외모에 혹해 정신이 안드로메다로 실종되기 직전 은향과 정면으로 눈이 마주친 그녀는 목숨이 위험함을 직감하고 줄행랑을 쳤다. 엇박자로 그녀의 심장이 줄기차게 뛰기 시작했다. 영국 히드로 공항에 도착하기 직전까지.

내 것을 귀하게 여긴다기보다 내 것을 누군가가 탐내는 꼴은 못 본다. 도둑 심보처럼 남의 떡이 커 보이는지 침을 질질 흘리는 승무원을 보자마자 배알이 뒤틀렸다. 아무리 빼앗고 뺏기는 뒤죽박죽인 세상이라지만 그녀가 보는 앞에서 꽈배기처럼 몸을 배배 꼬다니. 토할 것 같았다.

바보처럼 괜찮은 척, 순진한 척, 못 본 척 그렇게 착한 여자처럼 당하며 살고 싶진 않았다. 그렇게 살기엔 삶이 짧지 않은가.

브리티시 뮤지엄, 코벤트 가든, 피카딜리 서커스와 도보로 이동 가능한 거리에 위치한 유명한 영국 호텔 레스토랑.

"브리짓 첼던이에요. 만나서 반가워요. 은향 씨라고 불러도 되죠?"

"아……."

언제 봤다고 다정하게 팔짱을 낀 브리짓의 행동은 스스럼없었다. 사랑스러운 미소와 맑은 웃음을 가진 어린 아내를 바라보는 칼 첼던의 눈에 하트가 뿅뿅 떠다녔다.

하지만 은향은 느끼한 스프를 먹은 것처럼 속이 메슥거렸다.

15

어깨를 그러안고 팔짱을 끼는 건 친숙한 사이에서나 가능한 일이 아닐까.

밝은 미소와 함께 상대를 향한 호의를 여실히 드러내는 지금 이 상황에서조차 선연한 위화감을 느낀 은향은 브리짓의 팔을 확 잡아떼고 싶었지만 눌러 참았다.

영국 도착 직후, 부부 동반으로 만나 저녁 식사를 하는 자리였다. 보고서를 읽었기 때문에 지식은 충분했지만 그녀의 행동은 지나친 감이 있었다.

칼은 영국의 전형적인 신사였다. 그는 영국의 철강 업계를 반 이상 점유한 대부호였고, 전처 새넌 도우와 잉꼬부부로 소문이 나 있었다. 영국은 이혼율이 높은 편이고 부호의 변덕이야 당연한 거지만 씁쓸한 생각이 들지 않는다면 거짓말이었다.

하필 아내의 간호사와 바람을 피다니. 물론 그들은 사랑이라 부르겠지. 듣자니 이혼한 전처와 연락하며 사이좋게 지내고 있다는데. 위자료를 두둑이 준 걸까, 아님…… 전처가 아직 남편을 잊지 못하고 있는 걸까. 한국 사람으로선 이해 불가능이었다.

"만나서 반가워요. 우리 친하게 지내요."

"하하, 브리짓."

"칼, 전 정말 은향 씨가 맘에 들어요. 친구가 되고 싶어요."

이 상황을 반겨야 하나? 은향은 판단이 서지 않았다. 싫어하고 배척하는 게 아니니 환영할 일인데 왜 이렇게 찜찜한 건지 이유를 알 수 없어 묵묵히 스테이크만 썰고 있었다.

"천천히 먹어요."

민재는 그녀가 배가 고픈 걸로 착각했는지 평소 안 하던 짓을 한다. 본인의 몫까지 썰어 접시에 올려놓는 모습은 아내를 아끼는 남편의 모습이었다. 보여 주기 위한 가식일 텐데도 흠 잡을 곳이 한 군데도 없다는 게 억울했다.

"어머, 보기 좋아요. 부러워요."

브리짓이 부러워하자 당황한 칼이 허둥대며 본인 몫의 음식을 덜어 옮기느라 분주해졌다. 그런 남편의 모습을 보며 만족해하는 아름다운 푸른 눈동자의 여자. 열세 살 차이라고 했던가? 절절매는 남편 모습을 보고 뿌듯해하는 모습이 당연한데도 설명하지 못할 무엇이 자꾸만 은향의 신경을 건드렸다.

"내일 시간 되세요?"

"네?"

"괜찮으시다면 제가 여기저기 볼만할 곳 안내할게요. 쇼핑도 같이 하고요."

"……."

괜찮지 않았다. 조용히 혼자 다니는 걸 선호하는 은향이 예의를 지키며 상대가 무안하지 않게 거절하려는 말을 꺼내려 하자 영리하게도 브리짓이 선수를 친다.

"당신과 미스터 강은 바쁘잖아요. 혼자일 은향 씨와 지낼게요. 허락하시는 거죠?"

"하지만 아직 시차 적응도 안 되었을 텐데……."

"아……. 그 생각은 못 했어요. 안 되는 거예요?"

실망이 큰 듯 고개를 푹 숙이고 의기소침해진 아내를 달래는 방법을 찾느라 애단 칼의 모습은 주인 마음에 들고자 꼬리를 연신 흔들던 상도동 본가의 램버트와 이미지가 겹쳤다.

한국에선 그녀가 갑이었지만 이곳은 영국이었다. 목적을 잊고 자기주장만 내세우기엔 잃을 게 많다는 뜻이다. 영국에 온 목적이 관광이 아님을 상기한 그녀가 먼저 백기를 들었다.

"괜찮습니다. 피곤하지 않아요."

"정말요?"

말을 아꼈다. 욕이 절로 튀어나오려는 걸 꾹 참았다. 엄청 지루한 비행시간과 거슬렸던 승무원, 맛없는 기내식까지. 생각이란 게 있다면 쉬고 싶어 하는 걸 알아채야 하는데, 쇼핑이라니. 한국에도 있을 건 다 있단 말이다.

바쁜 민재와 부부 동반 외 시간은 자유롭게 쓸 수 있겠거니 기대했는데 체류하는 동안 끌려다니며 시달릴 게 분명했다.

"필요한 건 뭐든지 말해요."

칼이 아내의 손을 끌어다 정중히 손등에 입 맞추는 모습은 자연스러웠지만 속이 더부룩해졌다. 배를 탄 것도 아닌데 울렁증이 심해졌다. 배알도 뒤틀렸다. 눈 둘 곳이 딱히 없어 고갤 돌리다 남편과 정면으로 눈동자가 맞부딪치는 불상사가 생겼다.

첼던 부부와 분위기가 사뭇 다른 은향과 민재 사이에 눈빛 대화가 오고 갔다.

'왜요.'

'아니, 아무것도.'

'할 말 있는 것 같은데요.'

은향의 눈살이 찌푸려졌다.

빙긋.

'헉. 뭐지? 방금 날 보고 웃은 거야? 미친 거 아냐?'

"안심이야. 당신 혼자 호텔 방에 남겨 두게 해서 맘에 걸렸거든. 내일 필요한 거 있으면 돈 아끼지 말고 사요."

순간 멍해진 은향이 할 말을 잃자 사랑의 오오라가 여기저기 흩뿌려진다. 그가 단 한 번도 보여 주지 않았던 화사한 미소였다. 지금 내가 들은 게 맞나? 그가 놀리는 게 분명하다. 그렇담 질 수 없지. 이에는 이 눈에는 눈이었다.

"고마워요. 역시 당신이 최고예요."

설탕처럼 녹일 듯한 달콤한 미소를 지은 은향이 한술 더 떠 부드러운 작은 오른손을 민재의 손등 위에 살포시 겹쳐 놨다. 그러자 잔뜩 굳어 버린 민재였다.

네 사람이 앉은 테이블에서 깨 볶는 냄새가 진동하고 있었다.

아쉬움을 뒤로하고 여자들이 먼저 자리에서 일어났다. 늦은 시간까지 함께할 생각이 전혀 없던 은향으로선 대환영이었지만 마지못해 자리를 털고 일어나는 브리짓의 행동은 굼뜨기까지 했다.

"일찍 들어오실 거죠?"

"먼저 자요."

"……네."

자석처럼 붙어 떨어지려 하지 않는 신부의 모습은 사랑스럽다기보다 분리 불안을 앓는 어린아이 같았다.

뜨거운 물에 몸 담그고 푹 자고 싶은 마음뿐인 그녀는 내일 만나자는 말을 귓등으로 흘려듣고 도망치듯 레스토랑을 빠져나갔다.

민재의 시선이 멀어지는 은향의 뒷모습에 고정되어 있었다.

'큭, 붙잡으면 안 될 것 같군.'

오해하고 의심도 했었다. 은향이 그를 서먹하게 대하고 거리를 두는 게 혹여 관심을 끌기 위한 앙큼한 작전인가 싶어 유심히 살폈지만 그녀는 아니었다. '너는 네가 좋아하는 돈 버는 일을 하고, 나는 내 멋대로 하고 살 테니 서로 선을 지키고 넘지 맙시다.' 라고 일관성 있는 소신을 틈 날 때마다 온몸으로 피력하고 있었다.

많은 여자 유형을 만나고 겪어 보았지만 단연 은향은 달랐다.

한마디로 정의 내릴 수 없는 복잡다단한 여자였다. 정략혼으로 시작된 인연이라 남들과 같이 좋은 게 좋은 거다 두루뭉술하게 살게 될 줄 알았는데, 까 보고 싶게 만드는 양파 같은 은향의 모습에 비실비실 웃음이 새어 나왔다.

그런 민재의 모습을 주시하던 칼이 먼저 말문을 열었다.

"자, 본격적으로 사업 이야기를 시작할까요?"

언제 여자에게 헤헤거렸나 싶게 칼 첼던은 냉철한 사업가의 모습으로 돌아왔다. 여자와 사업을 철저히 양분하며 순식간에 사업가의 얼굴을 하는 이중적인 모습은 쌓아 온 부가 집안 대대로 내려온 재력만이 아님을 증명하고 있었다.

칼 첼던과 전처 새넌 도우와의 사이에 딸 하나 아들 하나가 있었다. 하지만 현재 두 번째 부인과의 사이엔 아이가 없었다. 브리짓이 불안해하는 이유가 바로 여기에 있었다.

딸깍.

안대를 하고 잠이 든 은향 가까이 머물던 그림자가 어둠 속에서 미끄러지듯 움직였다. 머리카락을 쓸어 올리려던 손을 허공에서 멈춘 채 내려다보는 민재의 얼굴이 술기운으로 살짝 달아올라 있었다.

'아내를 두고 이런 고민을 한다는 자체가 우습군. 망설이는 것도 나답지 않고.'

결국 그는 찬물 샤워를 선택하고 옆방으로 향했다.

◇◆◇

따르르릉.

아침부터 끈질기게 울려 대는 전화벨 소리에 수면 안대를 밀어 머리에 띠처럼 두른 은향이 더듬더듬 수화기를 집어 들었다.

"뭐죠? wake-up call 요청하지 않았는데."

— 죄송합니다. 손님이 연결해 달라고 해서요.

"무슨……."

— 브리짓이에요. 열 신데 준비하고 바로 나올 수 있죠?

"……."

젠장. 밤새 이것저것 궁리하고 시차 적응이 되지 않아서 잠을 설쳤는데 아침부터 사람을 깨우다니. 미쳐 버릴 것 같았다. 욕이 튀어나오려는 걸 간신히 참고 있는데 평소보다 두 톤은 높아진 흥분한 여자의 목소리가 세상 속으로 그녀를 내던졌다.

"여기 호텔 브런치가 훌륭해요. 함께 간단히 먹고 움직여요. 날씨까지 좋아요!"

아무래도 조용한 시간은 물 건너간 듯 싶었다. 대충 비위를 맞춰 주고 기회를 보아 도망쳐야 할 텐데 보아하니 체력도 호기심도 그녀를 훨씬 능가하는 것 같았다.

설마 버킹엄 궁전에 가자는 건 아니겠지? 그녀는 집 구경이 가장 싫었다. 아니, 부동산 중개인도 아니고 어디나 있는 집을 왜 다리품 팔며 여기저기 들쑤시고 다녀야 한단 말인가. 예뻐서? 넓어서? 어차피 그녀가 살 집도 아닌데 말이다.

완벽한 화장을 한 은향이 더 완벽한 화장을 한 브리짓과 마주 보고 앉았다.

"어때요?"

"맛있네요."

"그렇죠?"

감자를 오븐에 구워 기호에 따라 치즈, 참치, 베이컨 등을 올려 먹는 음식을 찬양하며 조금씩 떠먹는 브리짓을 누가 말리겠느냐만, 왜 물어보지도 않고 내 브런치 메뉴를 주문했는지 모르겠다. 그녀는 감자나 고구마와 같은 퍽퍽한 음식을 좋아하지 않았다. 아침부터 버터와 베이컨을 보니 한숨만 절로 나왔다. 아무튼 센스가 없는 여자였다.

"혹시 가고 싶은 곳 있어요?"

"아뇨."

"호호 그럼 내가 오늘 책임지고 안내할게요."

불길한 예감이 적중했다.

유서가 깊다는 영국 저택을 방문하자 눈이 뱅뱅 돌았다. 그녀가 정작 가고 싶었던 곳은 학문의 도시 옥스퍼드로 크라이스트처치 칼리지였다.

은향과 브리짓은 잠시 쉬어 가자며 유명한 노천카페에 들렀다.

"런던에 싫증이 난 사람은 인생에도 싫증이 난 것이다. 왜냐하면 런던에는 인생의 모든 것이 다 있기 때문이다. 샘 존이 한 말이죠."

"……사무엘 존슨 아니었나요?"

"네? 아, 그게……. 영국에 대해 많이 아시나 봐요."

"상식 정도죠."

상대의 눈이 샐쭉해졌다. 모르는 척 커피를 홀짝이며 반응을 기다리니 그녀를 찔러보기로 결정했나 보다.

"그럼 제가 반대로 배워야 하는 건지도 모르겠네요. 알려 주실래요?"

"그 정도까진 아니에요."

현지인 앞에서 외지인이 설명을 하라니, 이거야말로 번데기 앞에서 주름잡는 거 아닌가. 입 다물고 아닌 척 모르는 척 무시할까 하다 브리짓의 미묘한 웃음에 오기가 생겼다.

"우선 트라팔가 광장에는 런던의 미술관들 중에서도 가장 권위 있는 국립 미술관이 자리 잡고 있죠. 국립 미술관에서 조금 떨어진 곳에 있는 다우닝가 10번지는 영국 수상의 관저가 있는 곳으로 유명하고요. 영국 정치의 핵이라 할 수 있는 공식 명칭 '웨스트민스터 궁'의 국회의사당은 오랜 세월 영국 정치의 본산지고요. 가장 유명한 건 런던의 상징물인 거대한 시계탑 빅 벤, 19세기 빅토리아 여왕 시대 이래 영국 주권의 상징이 되어 온 버킹엄 궁은 유명한 관광 거리고요."

"……대단하네요."

"고마워요."

무거운 고요가 내려앉았다. 조잘대던 새 같은 속삭임도 멈추고 주위가 고요해졌다. 웃기는 상황이지만 오히려 은향은 침묵이 달가웠다. 청각이 닫히자 영국의 바람 내음이 맡아진다. 후각과 촉각이 발동하고 눈이 절로 스르르 감겼다.

눈을 감고 자기만의 세계에 빠진 은향을 마주 보는 브리짓의 눈동자에 어둔 그림자가 깔렸다. 순진하고 어린 여인이 아니었다. 피해 의식과 열등감으로 똘똘 뭉친 평범한 여자가 있었다.

영국 런던의 해롯 백화점이 시끄러웠다. 최고급 브랜드들이 즐비하고 런던 부유층과 세계 부호들이 주 고객인 이곳은 연일 대성황이었다.

"이제 됐어요. 사과했잖아요. 그만해요."

"내 일이니 내가 알아서 해요. 은향 씨는 상관 말고 빠져요."

"브리짓."

위화감을 주는 지나친 언행이 다수의 거부감을 부르는 걸 모르는 것일까. 부자이기에 항상 갑이 되어 가난한 사람을 무시하라는 법은 없다. 참을 수 없는 한계에 부딪치면 지렁이도 꿈틀거린다는 걸 모르나?

직원이 고개를 조아리며 손을 달달 떨고 분노의 눈물을 주워 삼키고 있었다. 감정을 제어하는 핀이 나가 버린 듯 길길이 날뛰는 브리짓의 행동을 멈추게 해야 했다.

상류층은 주위를 살피고 현명하게 처신하며 항상 이미지 관리를 철저히 해야 한다. 모범을 실천하고 겸손해야 한다. 경제 교육도 필수지만 쉽게 상처받지 않고 이겨 낼 줄 아는 강한 멘탈도 꼭 필요하다.

부호의 아내로 살며 파파라치까지는 아니더라도 몰상식한 행동이 어디서든 찍히고 공유되는 21세기라는 사실을 인지하고 있어야 한다. 순간의 실수가 몰고 오는 파장은 만만치 않다. 이미지 실추는 본인에게도 마이너스이며 치명적이라는 걸 브리짓은 모르는 듯했다.

16

이 세상에 영원한 비밀은 없다.

더불어 사는 세상이기에 적어도 상대에게 맞추며 살아가야 한다. 내 고집만 내세울 수 없기에 맘에 들지 않아도 어느 정도는 이해하고 참고 넘어갈 필요가 있다.

하지만 눈앞의 여자는 자신이 화가 난 이유를 명확히 규명 짓지 못한 채 마녀사냥을 하고 있었다. 적어도 은향은 그렇게 느껴졌다. 함께 사는 삶에선 주변의 모든 것과 어울리는 척이라도 해야 중간은 간다는 걸 그녀는 모르고 있었다.

해롯 백화점을 싹쓸이라도 하려는 건지 쇼핑이 조금 과하다는 생각이 들 때쯤이었다. 여성복 명품 매장이 늘어선 5층에서 열성적으로 옷 갈아입기를 반복하는 브리짓과는 달리 은향은 건성으로 옷을 뒤적이고 있을 뿐이었다.

"이거 어때요?"

"좋아요."

"이건요?"

"어울리겠는데요."

벌써 이런 대화가 수차례 오고 갔다. 머리가 지끈거렸다. 공황장애는 없지만 심장이 두근거리고 머리가 어지러웠다.

"은향 씨도 맘에 드는 옷 있으면 한번 입어 봐요."

"네."

말은 그렇게 했지만 살 생각은 전혀 없었다. 굳이 외국에 와서 옷을 사 입을 필요가 없을뿐더러 누가 본다고 멋을 내느냔 말이다. 강민재에게 잘 보이기 위해? 지나가던 개가 웃을 일이다.

"이것보다 한 치수 작은 사이즈 줘 봐요."

"저, 죄송하지만 찾으시는 사이즈가 없는데요."

"어머, 무슨 말이에요? 디스플레이된 거 있잖아요."

"예약된 옷이라 곤란합니다."

"뭐예요? 지금 곤란하다고 했어요?"

은향이 고개를 들자 곤란한 표정을 짓고 서 있는 이십 대 초반의 어린 직원이 눈에 들어왔다.

"저기 이 옷은 어떠세요?"

"지금 나 놀리는 거예요, 뭐예요? 물건을 디스플레이해 놓았다는 건 팔 의사가 있다는 거고 사이즈도 있는데 예약되어 있다니. 잔말 말고 줘 봐요. 입어 보게."

"저…… 손님."

"입어 보는 것도 안 된다는 거예요?"

"……아닙니다."

불길한 징조였다. 오늘 하루가 순탄하지 않을 것 같다는 느낌이 들었다. 견물생심이라고 한정품이나 하나만 남았다는 말이 얼마나 마음을 들뜨게 하는가. 어울리든 어울리지 않든 저 옷을 탐낼 게 불을 보듯 뻔했다.

"어머, 딱 내 옷이야. 맘에 들어요."

거울 앞에서 자신을 비춰 보며 들떠 있는 표정은 만족감과 더불어 절대 이 옷을 사겠다는 의지로 충만해 있었다. 하지만 은향이 예상한 대로라면 해롯 백화점에서 명품 원피스를 예약한 손님이라면 평범한 사람은 아닐 것이다. 돈이 문제가 아니라 파는 입장에선 신용의 문제였다.

"손님 죄송합니다만 아까 말씀드린 대로……."

"다시 주문하면 될 거 아녜요. 난 이 옷 꼭 사고 싶어요. 일시불로 결제할게요."

"……."

이젠 우거지상이 되어 버린 점원의 눈동자가 방향을 잃고 속절없이 흔들리고 있었다.

"손님 다시 한 번 죄송하다는 말씀드릴게요. 이 옷은 이미 예약된 옷이라 판매가 불가능합니다."

"지금 뭐라고 했어? 내가 누군지 알아?"

품위와 예의를 중시하는 보수적인 영국 사회였다. 높은 톤의 목소리에 짜증과 분노가 서리자 여기저기서 호기심의 눈길을 보내왔다. 그것에 민감하게 반응한 은향이 앞으로 나섰다.

"브리짓, 내가 보기엔 그 옷보다 이 옷이 당신에게 더 잘 어울릴 것 같아요. 이거 어때요?"

"……."

하지만 브리짓의 눈동자엔 거절당한 데 대한 분노의 불길이 일고 있었다.

"내가 누군지 알아? 철강 업계 첼던가 사람이야 너 따위가 무시해도 되는 사람이 아니라고!"

"무시라니요. 오해예요. 손님 전……."

"닥치고 이 옷 맘에 드니까 포장해 줘."

"……죄송합니다. 정말 죄송합니다."

이렇게 가다간 끝이 없을 것 같았다. 나서서 말려야 했다.

"이제 됐어요. 사과했잖아요. 그만해요."

"내 일이니 내가 알아서 해요. 은향 씨는 상관 말고 빠져요."

"브리짓."

담당자가 달려오고 결국 매장 직원이 눈물 뚝뚝 흘리며 무릎 꿇고 사죄한 후에야 빌어먹을 그 옷을 포기한 브리짓이었다. 은향은 굽신거리는 직원의 모습에 입이 쓰고 뒤통수가 간지러웠다. 오늘 저 매장 직원은 경위서를 쓰든지 해고되든지 둘 중 하나일 것이다. 조금만 더 참고 다른 사람 입장을 돌아볼 여유가 있었다면 이럴 필요까진 없었을 텐데…….

"아직도 분이 안 풀리네요. 날 무시해도 유분수지."

간단한 점심을 위해 들른 곳은 프랑스어로 휘갈긴 간판이 달린 레스토랑이었다. 주문을 끝내고서도 흥분을 가라앉히지 못하는 그녀에게 동정보다는 안쓰러움이 밀려들었다. 보고서에 의하면 그녀도 간호사 출신이라는데 왜 직원을 못 살게 굴었을까. 그것도 못된 방법으로 말이다. 일종의 자격지심일까.

"은향 씨는 내가 지나쳤다고 생각해요?"

"……그건 아니지만 조금 걱정되네요."

"네?"

"많은 눈들이 있었잖아요. 혹시 와전되어 소문이라도 난다면……."

"아……."

그제야 이성이 돌아왔나 보다. 동그래진 눈동자에 걱정이 서렸다. 부디 오늘 일이 조용히 넘어가길 바랄 뿐이었다.

"그건 생각하지 못했어요. 그렇죠. 해롯 백화점이라면 아는 사람이 있었을 수도 있고……. 아이참, 내가 왜 그랬을까? 어떡해요."

엎질러진 물을 주워 담을 수 있는가. 정답은 없다. 그리고 세상에 비밀도 없다.

네 사람이 마주 앉아 마지막 저녁 식사를 즐기고 있었다.

"네?"

"해롯 백화점에서 작은 충돌이 있었다고 들었습니다만."

그러니까 칼 췔던은 지금 그날 난리 피운 사람이 브리짓이 아닌 소은향 자신으로 알고 있다, 이 말인가? 그래? 어처구니없어 은향이 브리짓을 바라보자 제발 눈감아 달라며 안절부절못하고 있었다.

상황을 정리해 보면 어쩌다 백화점에서의 일이 칼의 귀에 들어갔고 브리짓은 물귀신 작전으로 은향 그녀를 희생양으로 삼았다. 말이야 와전되기 마련이지만 억울함을 떠나 그녀의 거짓은 어디까지일까 궁금해졌다.

이곳에서 머문 지도 일주일이 지났고 계약이 성사되기 직전, 영국에서의 마지막 만찬을 위해 함께한 자리였다. 어차피 내일이면 그녀와 강민재는 이곳을 떠날 사람들이었다. 뭐 대단한 일이라고 진실이라 밝혀 남아 있는 브리짓을 곤란하게 만들 필요는 없다고 판단했다. 좋은 게 좋은 거니까.

하지만 조금 억울했다. 그리고 그녀가 불쌍했다.

“잘 가요.”

“브리짓, 한마디만 해도 될까요?”

“네?”

“이 세상에 영원한 비밀은 없어요. 언젠가 당신도 알게 되겠죠.”

“…….”

은향과 민재가 영국을 떠난 며칠 후.

영국을 이끌고 가는 20인에 선정된 칼은 연회장에서 캐머런 왓슨 여사를 만나 담소하고 있었다. 캐머런 왓슨은 백화점을 여러 개 거느린 왓슨가의 여장부로 탄탄한 경영 방식과 친족이어도 능력을 증명해야만 인재로 등용하는 원칙을 가진 인물이었다.

"만나서 반가워요. 한번 만나고 싶었어요."

"영광입니다. 미시즈 왓슨."

"사설이지만 내 조카, 수잔 랜든이 일주일 전 뼈아픈 일을 겪었다고 하소연하더군요."

"네?"

"재주 있는 아이인지라 해롯 백화점에서 일을 한번 해 보라고 했습니다. 그날 첼던 부인이 백화점에 들렀다고 하더군요."

"해롯 백화점이라면?"

"지난 일을 들춰 잘잘못을 따지려고 하는 게 아니에요. 다만 내가 밝히지 않는다면 괜한 사람이 하지도 않은 일을 했다고 오명을 덮어쓸 것 같아서예요. 그건 아니라고 봐요."

"미시즈 왓슨. 무슨 일이 있었는지 자세히 말씀해 주시겠습니까?"

"그러죠. 일본 여자로 추정되는 작은 여자가 상황을 조용히 마무리 짓기 위해 많은 애를 썼다는 걸 알리고 싶어요. 게다가 본인이 직접 백화점에 연락해 점원이었던 조카 잘못이 아니니 선처해 달라고까지 했다더군요. 덕분에 근무를 계속할 수 있었고요. 그 아이 말론 많은 경험이 되었다고 하네요."

"......"

그는 철강 업계를 이끌고 가는 리더였다. 아무리 젊은 아내에게 미쳤더라도 캐머런 왓슨의 충고에 귀 기울이지 않을 수 없었다.

"이 나이가 되고 보면 남들이 보지 못하는 것들이 눈에 띈답니다. 세상살이가 참 만만치 않죠. 곧이곧대로 내 사람 말만 믿으면 사람 우습게 되는 건 시간문제더군요. 내 말 무슨 뜻인지 이해하나요?"

"왜……."

"네?"

"아니, 아무것도 아닙니다."

"칼?"

캐머런 왓슨 여사를 만나고 집에 돌아온 칼은 여전히 아름답고 유순한 아내 브리짓을 바라보았다. 백화점 사건의 장본인이 그녀였다고 해도 그의 맘은 달라지지 않았을 것이다. 물론 조금은 실망했겠지만 크게 달라지는 건 없었을 것이다.

하지만 없던 일을 만들고 거짓으로 포장해 다른 사람에게 덮어씌우는 행동은 바람직하지 않았다. 작았던 의혹이 눈덩이처럼 부풀어 가고 있었다.

사실 첫 번째 아내, 새넌 도우와는 이혼하기 몇 년 전부터 사이가 좋지 않았다. 대내외적으로만 명목상으로 부부 관계를 유지하고 있었다. 하필 그녀의 간호사와 눈이 맞은 건 일종의 복수 심리가 작용했기 때문이란 걸 부정하지 않겠다.

그러나 이후 벌어진 일련의 사건들, 정말 자신이 알고 있는 게 맞는 걸까? 이기적이고 자기 멋대로 행동하는 여자이긴 해도 새넌은 화통하고 직선적인 성격의 소유자였다. 뒤에서 일을 꾸미고 없는 일을 사실로 만들지 않았다.

"많이 기다렸단 말예요."

아름답고 매끄러운 여체가 그의 몸을 휘감자 쉽게 흥분하면서도 그의 눈빛만은 냉혹하게 빛나고 있었다. 브리짓은 모르고 있었지만 그는 몰래 정관 수술을 해 두었다. 자식은 나중에 가져도 무방하다는 생각 때문이기도 했고, 전처 새넌과 이혼 협의 조항에 두 아이 몫을 배당해 주기로 약속했다. 대신 살 만큼 사는 그녀는 제 몫을 포기했다. 그런 여자가…….

정말 브리짓의 말대로 그녀를 미행하고 감시하는 사람을 붙여 위협을 가했을까. 협박을 했었을까? 브리짓이 살고 있던 집을 난장판으로 만들어 곤란하게 만들었을까? 그렇게 미련한 여자가 아닌데……. 브리짓의 말을 믿기는 했지만 늘 어딘가 석연치 않았었다.

그는 혼란에 휩싸여 아내를 안은 팔에 힘을 주었다. 자기 사람을 의심하는 것처럼 불행한 일은 없어야 하니까.

[브리짓 첼던, 철강 거물 칼 첼던을 상대로 이혼소송 제기]

2년 뒤의 일이었다. 아이를 가지지 않겠다는 남편, 칼을 설득하다 지친 그녀가 소송을 제기했다. 물론 배후에는 돈 문제가 개입되어 있었다.

◇◆◇

스페인으로 향하는 비행기에서 은향에게 백화점의 일을 물어 오는 민재였다.

"왜 그랬냐고 물어봐야 하는 거 아녜요?"

"당신이 한 일이야?"

"아뇨."

"그럼 됐어."

"이봐요. 강민재 씨."

"내가 아는 당신은 그런 일을 할 사람이 아니지. 차라리 순진한 척 눈 내리까는 게 취미인 브리짓이라면 모를까."

은향은 민재가 하는 말에 놀라 그를 쳐다보았다.

"날 뭘 믿고 그러는 건데요?"

"내가 선택했으니까, 내 어머니가 고른 여자니까."

"하, 대단한 자신감이네요."

어처구니가 없어 은향은 시선을 창밖으로 돌렸다. 하지만 볼은 은은한 홍조로 물들어 있었다. 그런 사람으로 보지 않는다는 것, 믿어 준다는 것이 조금은 아주 조금은 그녀를 기분 좋게 만들어 주었으므로.

17

스페인어를 독학 중인 은향이였다. 세계 언어 중에서 스페인어는 그래도 독학하기 쉬운 편에 속했다. 학습 방법은 주로 노랫말 가사를 흥얼거리거나 유명한 가요를 따라 부르며 익혔다. 역시 뭐든 배워 두면 써먹을 곳이 생기는 법이다.

"흐음."

스페인의 수도 마드리드로 향하는 길이었다.

김 비서가 작성해 준 보고서에서 스페인에서 만날 알레한드로 부부의 특이한 이력이 눈에 띄었다. 그들은 열네 살의 나이 차이가 났고, 알레한드로 로드리고 페르조는 마흔한 살로 단단한 인상에 의지가 강해 보였다. 머리가 조금 벗겨진 게 흠이라면 흠이었다. 그는 현재 해외 부동산에 눈을 돌리고 한국에 투자를 고민 중이었다.

그리고 그의 옆에서 화사하게 웃고 있는 미인은 스칼렛 마르가시 에드날린이었다. 무용수 출신이라 그런지 옷맵시가 남달라 보였다.

'예감이 좋지 않아. 뭔가 일이 생길 것 같단 말이야…….'

영국에서의 일은 비행기가 뜨자마자 과거의 일이 되어 버렸다. 이 세상에 다양한 인간 군상이 있다는 걸 진작에 알았기에 브리짓의 친절이 맘에서 우러나오지 않았다는 걸 간파한 건지도 모른다. 미소를 띠고 상대했지만 그녀의 눈빛은 차가웠다. 상대에게 바라는 것이 있기에 눈웃음만 치는 가식…….

그들도…… 그랬었다. 그녀에게 간도 쓸개도 빼 줄 것처럼 호의를 보이고 경계를 느슨하게 만들고 난 뒤 뒤통수를 쳤다. 더욱 참을 수 없었던 건 가해자와 피해자가 뒤바뀌어 마치 그녀가 상황을 만든 원흉으로 치부되었다는 사실이었다. 자괴감에 빠져 사실이 아니라는 걸 깨닫게 되기까지 한참을 허우적거리며 방황했었다.

은향은 흘깃 뒷좌석을 바라보았다. 강민재 그도 사람이라 피곤한지 눈을 감고 있었다. 완벽하기 위해 당신은 얼마나 노력했을까. 죽도록? 아님 타고난 걸까? 어느 쪽이든 당신이나 나나 참 재미없게 산다.

'내가 선택했으니까.'

그의 한마디가 그녀의 가슴에 작은 파동을 일게 했다.

남편이라……. 재벌가의 며느리라……. 그녀가 생각하던 방향으로 흘러가지 않는다는 게 문제라면 문제였다. 남편 강민재는 도도하고 차갑긴 했지만 여자를 무시하고 폄하하는 소인배는 아니었다. 그리고 시어머니는 재벌가 사람답지 않게 여장부에 통이 큰 사람이었다. 물론 그들 뱃속을 훤히 들여다본 건 아니지만 말이다.

바람이 분다. 사나운 바람이 아닌 조금은 덥고 습한 바람이었다. 상처 입어 웅크린 작은 짐승은 기가 눌려 움츠리며 숨어든다. 가끔은 세찬 바람이 그립다. 가슴 펴고 시원한 공기를 깊숙이 빨아들이고 싶다. 인생에 빛나는 때만 있진 않겠지만 마음 하나 의지할 든든한 뿌리가 그립다. 나이를 먹어 가는 것일까.

"음……."

민재가 몸을 뒤척이자 은향은 얼른 자세를 고쳐 앉았다.

스페인 마드리드에 도착했다.

맞지 않았으면 하고 바랐던 예감이 적중했다. 공항 도착 후, 예약된 호텔이 아닌 다른 곳으로 안내된 그들이었다. 영문도 모른 채 거의 떠밀리다시피 도착한 곳은 알레한드로의 저택이었다. 그가 보낸 장신의 거구들이 뿜어 대는 위압감에 망설일 시간도 없이 이곳에 도착했다.

부부 침실로 안내된 은향은 화려함에 한 번, 엄청난 침대 크기에 또 한 번, 그리고 욕실의 큰 욕조에 다시 한 번 놀라고 마지막으로 상비된 은밀한 약과 기구들에 할 말을 잃었다.

"이 방 말고 다른……. 아니, 됐어요."

빌어먹을, 안주인이 이 방을 내준 이유를 뻔히 짐작하고도 남음인데 다른 방을 달라고 어떻게 말을 하느냔 말이다. 은향은 껄끄러운 마음에 이러지도 저러지도 못 하고 있었다.

"주인님께서 곧 들어오신다고 했습니다. 오시면 알려 드릴게요. 부르실 일이 있으면 추를 당기시면 됩니다."

"감사합니다."

은향과 민재의 눈길이 일순 마주쳤다가 흩어졌다. 동시에 두 사람의 입에서 짧은 한숨과 탄식이 흘러나왔다.

"하아."

"후."

짐 정리가 어찌어찌 끝날 무렵 부부의 도착 소식과 저녁 식사를 준비했다는 말에 정신을 추스른 은향이 옷을 챙겼다.

그녀는 치파오를 입었다. 은백색의 치파오는 옆트임이 허벅지 바로 아래까지 이어져 단아하면서도 은근히 야한 분위기를 자아냈다.

"……준비해 온 옷인가?"

"네. 이상해요?"

"아니. 평소에 즐겨 입던 의상이 아닌 것 같아서."

"이국적이지 않아요? 여긴 스페인이잖아요."

피식.

민재는 그녀의 드러난 다리와 옷차림이 어색해 미칠 것 같았지만 애써 아무렇지도 않은 척했다.

"자, 갈까?"

"……."

“내가 알기론 스페인에선 부부가 팔짱을 끼고 나란히 등장한다던데.”

빙글빙글 웃으며 사람 놀리듯 그녀를 자극하는 민재였다.

“어머, 호호. 멋져요. 빈센트라 불러도 되죠? 그 이름이 딱 어울려요. 안 그래요, 여보?”

자화자찬이 심한 여자가 바로 이 집 안주인 스칼렛이다.

“그렇군.”

멋진 대저택의 주인 알레한드로의 얼굴에선 그 어떤 감정도 읽히지 않았다. 안주인의 배려로 보기엔 외간 남자와의 신체 접촉이 수위를 넘었는데도 그만큼 자기 여자를 믿는 건지, 아님 품위를 중시하기에 못 본 척하며 내버려 두는 건지 판단이 서질 않았다.

은향이 입은 치파오가 평범하게 느껴질 만큼 여주인 스칼렛의 붉은 드레스는 피부에 밀착되어 육감적인 몸매를 그대로 드러냈다. 붉게 타오르는 정열적인 장미 한 송이가 절로 연상되었다.

게다가 그녀는 직선적이고 저돌적인 성격답게 인사를 나누자마자 한국 이름이 부르기 힘들다며 그녀를 벨리나, 민재를 빈센트로 바꿔 부른다. 거기까지는 그래도 괜찮다. 하지만 저건 좀…… 아니지 않나?

남의 남편에게 찰싹 들러붙어 온몸으로 호감을 표시하는 모습에 기분이…… 이상해지려 하는 이 마음은 뭐지? 역시 직접 눈으로 보는 것과 보지 않고 무시하는 것과는 차원이 다른 문제였다.

“여보, 식사해야지. 손님이 시장하실 거야.”

"어머, 내 정신 좀 봐. 자리로 가서 앉아요. 오늘은 특별한 요리를 준비했어요. 새끼 돼지 통구이인데 입에 맞을 거예요. 자, 가요."

민재의 팔을 자연스럽게 이끌며 화사하게 웃는 안주인의 얼굴과 무표정한 알레한드로의 얼굴이 대비되었다. 이상한 나라의 앨리스가 된 것 같은 느낌이었다.

다음 날 마드리드 마요르 광장에 나온 은향과 스칼렛은 커피를 마시며 침묵하고 있었다. 마지못해 마주 보고 있긴 하지만 그녀에 대한 호감은 이미 사라진 지 오래였다. 엉덩이를 씰룩이며 보란 듯이 배배 꼬는 그녀도, 가타부타 말이 없는 강민재도 세트로 보기 싫었다.

그런데 그녀의 입에서 흘러나온 말은 전혀 뜻밖의 말이었다.

"나 좀 도와줘요, 벨리나."

"네?"

"난 정말 절실하단 말예요. 사실 빈센트를 이용하려고 했는데 꿈쩍도 하지 않더라고요. 알레한드로가……."

그녀는 예상을 훨씬 뛰어넘는 골칫덩이가 맞았다.

18

마요르 광장.

달콤한 가당연유 위에 진한 에스프레소를 담은 커피를 마시다 느닷없이 툭 튀어나온 스칼렛의 도와 달라는 말에 은향은 고개를 바로 내저었다. 골치 아픈 일에 휘말리고 싶지 않았다. 척 봐도 트러블 메이커인 여자를 돕다니 뭣 때문에, 무슨 이익이 있다고. 저런 타입은 일찌감치 멀리 피하는 게 상수였다.

"내겐 그럴 능력이 없어요."

한마디로 딱 잘라 거절했다.

"벨리나, 제발요."

애처로운 표정으로 상대를 녹일 듯 우러르는 대상에게 은향은 커피만 홀짝거리며 대답하지 않았다. 무반응으로 일관하다 보면 알아서 지쳐 나가떨어질 테니.

"……네? 네에?"

애처롭게, 애절하게, 애통하게 갖은 방법으로 애걸하던 그녀가 본색을 드러냈다.

"좋아요. 그럼 혹시 갖고 싶은 게 있다면 내가 약속하고 구해 줄게요. 어때요?"

이미 재벌가의 며느리였다. 돈이나 보석이 그녀의 맘을 움직일 수 없다는 걸 간파한 그녀가 교묘하게 사람 맘을 파고들었다.

"그럼? 골동품? 뭘 원해요? 말만 해요. 나 의외로 발 넓어요."

귀찮았다. 상대하기도 지치고 목도 따끔거려 돌아가고 싶은 은향은 에라, 떡 하나 먹고 떨어지라는 심정으로 미끼를 던졌다.

"글쎄요. 희귀본인데 알타 무르의『Tamer』초판본이라면……. 스페인에 있다고 듣긴 했는데 뭐 불가능할 테니 못 들은 걸로 해요."

"알타 무르……?"

"네. 이란 소설인데 리즈크 국립 도서관에 비치되어 있다가 사라진 책이에요."

"……."

입을 다물고 난감한 표정을 짓는 스칼렛을 바라보며 은향은 남은 커피를 남김없이 비워 냈다. 이름도 생소하고 어디 있는지도 모를 희귀본을 그녀가 어떻게 찾아낸단 말인가. 하지만.

"좋아요. 내 이름을 걸고 구해 줄게요."

이 여자가 미쳤나? 장난치나? 말만 뱉어 두고 실천을 하지 않는 타입인가? 은향의 눈빛에 선명히 드러난 불신과 의혹에 자리를 박차고 일어선 스칼렛이 주먹을 불끈 쥐었다.

"알레한드로의 관심을 되돌리지 못한다면 내 인생은 암흑이나 마찬가지예요. 구해 줄게요. 약속해요!"

절박함이 그녀를 달리 보이게 만들었다. 얼어붙었던 은향의 마음을 움직였다. 절박함으로 진심을 다해 부딪쳐 오는 그녀가 새삼 빛나 보였다. 문제를 직시하고 해결하려 나선다는 것 자체가 어쩌면 된 여자인지도 몰랐다. 어렵고 힘든 일에 부딪쳐 암울할지도 모를 현재를 바꿔 보려 노력하는 모습에 마음이 흔들렸다.

"부탁이에요. 네?"

"왜 하필 나죠?"

"시기가 맞아떨어지기도 하고 무엇보다 고수는 고수를 알아보는 법이에요. 설마 내가 알레한드로의 마음을 얻은 게 단순히 행운이었다고 여기는 건 아니죠?"

핵심을 찌르는 말이었다. 물론 아닐 것이다. 무용수였던 그녀가 대부호인 그의 맘에 들기 위한 숨은 노력과 공이 얼마나 되는 걸까. 우연을 필연으로 만들기 위한 노력 말이다.

은향이 알레한드로 부부에 대해 미리 알아보고 준비한 것처럼 그녀 또한 은향을 분석하고 준비하며 기다렸을 것이다.

싱긋.

마주 보며 웃음 짓는 두 여자의 눈빛은 이상하게 자매처럼 닮아 있었다.

알레한드로의 대저택에 돌아온 은향은 옷부터 갈아입고 만반의 준비를 갖추어 가고 있었다. 적당히는 은향의 인생에 없는 단어였다. 뭔가를 결심하기 전까진 지지부진하지만 결심하고 나서는 과감한 면모를 보인다.

"뭐라고 했지?"

지나치게 열성적이고 다혈실인 스페인 사람들과의 미팅에 지쳐 귀가한 민재는 평소와 다른 은향의 옷차림과 태도에 눈살을 찌푸렸다. 스칼렛과 쇼핑을 같이 한다더니 사람이 바뀐 건지 몸에 찰싹 들러붙는 노출이 과한 원피스 차림이었다. 차마 어울린다는 말은 하지 못하고 있던 민재는 이어진 은향의 말에 말문이 막혀 버렸다.

"머무는 동안 모임에 따라다니기로 했어요."

"모임?"

"네."

흘려버리면 되는데 이상한 예감이 든 민재가 설명을 요구했다.

"무슨 모임?"

"흥미로운 모임이 많더라고요. 가면을 쓴 칵테일파티, 댄스파티, 안달루시아 축제까지. 참, 투우사도 소개받기로 했어요. 스칼렛이 무용수라서 그런지 예술 계통으로 발이 넓더라고요."

"그걸 전부 참석하겠다고?"

"네. 괜찮죠? 어차피 당신은 얼굴 보기도 힘들 거 아녜요."

"……."

순간 그의 얼굴에 그늘이 졌다. 자신의 정열을 주체하지 못하고 날뛰는 스칼렛이 은향을 집어삼키는 건 아닐까, 한마디로 나쁜 쪽으로 물드는 게 아닐까 심히 우려되었다. 그의 시선이 노골적으로 그녀의 전신을 훑어 내리자 은밀한 미소까지 지어 보이며 그의 앞에서 빙그르르 돌기까지 한다.

"어때요? 스칼렛이 어울린다고 적극 추천해 샀는데."

"……좋군."

당장 갈아입으라는 말이 튀어나오려는 걸 억지로 참았다. 다른 여자들이 무슨 옷을 입든 상관없었지만 그의 소유인 아내라면 다른 문제였다. 사내의 상상력을 부추기는 옷을 입고 알짱거리니 미칠 노릇이었다. 옷을 벗기는 상상의 나래에 동참한 그 또한 남자였기에.

"미치겠군."

샤워를 마치고 욕실에서 수증기가 자욱한 유리를 손바닥으로 문지르던 민재는 한숨을 토하듯 중얼거렸다. 대놓고 잡아먹어 달라는 건지 아니면 어디 한번 버텨 봐라 고문하는 건지, 당최 저 여자의 속셈을 알 도리가 없었다. 분명한 사실은 그의 인내심에 슬슬 한계가 오기 시작했다는 것이다.

"잘 자요."

담백하게 내뱉고 등 돌리는 은향이 얄미웠다. 그렇다고 다짜고짜 짐승처럼 달려들어 안아 버릴 수도 없지 않은가. 욕구 불만에 쌓인 민재가 잠이 든 건 삼십 분이 지나서였다.

반짝.

숨소리가 규칙적인 것으로 보아 그가 잠이 든 게 확실하다고 생각한 은향은 어둠 속에서 눈동자를 데굴데굴 굴리고 있었다. 피곤한지 세상모르고 깊이 잠이 든 모습에 절로 한숨이 흘러나왔다. 혹시나 싶어 여러 보안 장치를 마련하고 임전무퇴 정신에 입각해 완전 무장을 한 그녀를 우습게 만드는 인간이었다.

'혹, 고자 아냐?'

아니다. 아닐 것이다. 가끔 그가 그녀를 충혈된 붉은 눈으로 훔쳐볼 때가 있었으니까. 그건 분명히 아닐 것이다. 관심을 받고 싶지 않았으니 이 상황을 누구보다 반겨야 하는데 이상하게도 반발심이 울컥 솟아나는 이유가 뭘까? 아마도 그건 여자로서의 자존심 문제인지도 모르겠다.

한창때인 성인 남자가 멀쩡한 여자를 옆에 두고 금욕을 할 때 추측할 수 있는 이유는 딱 두 가지였다. 여자가 엄청 못났거나 남자 기능에 이상이 생겼을 때다. 그동안의 행적을 종합해 보건대 기능 이상은 분명 아니다. 그렇다면…….

은향의 눈동자가 자신의 가슴으로 향했다. 비교는 좋지 않지만 낮에 보았던 풍만한 스칼렛의 가슴과는 격차가 매우 컸다. 잘록한 허리선 때문에 더더욱 크게 보였던 그녀의 가슴에 그녀조차 눈길이 절로 향했다.

그는 모르고 있겠지만 은향이 지금 입고 있는 네글리제는 스칼렛이 강제로 떠안겨 준 선물이었다. 어마어마한 가격만큼 촉감이 끝내줬다. 하지만 그러면 뭐하나. 상대가 눈 뜬 장님인데.

묘한 눈길로 잠든 민재를 내려다보던 은향이 풀썩 누워 시트를 그녀 쪽으로 확 끌어당겼다. 민재가 시트를 졸지에 빼앗기고 반사적으로 찬 공기에 노출된 몸을 새우처럼 구부렸다. 은향은 그가 얼어 죽든지 말든지 개의치 않고 잠 속으로 빠져들었다.

"으음…… 추워."

"……음."

더듬더듬.

감촉이 비단처럼 매끄러웠다. 거기다 손에 착착 감겨들기까지. 착각인지 모르겠지만 따스하기도 한 것 같아 온기를 놓치지 않으려 손아귀에 힘을 실었다. 매끈매끈한 감촉이 끝내준다.

기분이 좋아진 그가 뱀처럼 미끌거리는 몽실한 그것을 품 안으로 끌어당겼다. 손바닥으로 와 닿는 따스한 기운에 절로 그의 얼굴에 편한 미소가 드리워졌다.

그 순간 누가 먼저랄 것도 없이 민재와 은향은 동시에 눈이 떠졌다. 잠시간 나갔던 정신이 자리를 잡자 두 사람은 평소보다 높아진 체온과 양손이 자리한 위치가 이상하다는 것을 깨달았다.

민재의 양손은 그녀의 가슴에 나란히 놓여 있었고, 그녀의 두 손은 가슴을 덮은 민재의 손등 위에 얌전히 겹쳐져 있었다. 그리고 무엇보다 민재가 뒤에서 은향을 안고 있는 자세를 하고 있었다.

"아……."

"음……."

천상천하 유아독존 강민재도, 말발이라면 적수가 없는 소은향도 지금 이 순간엔 할 말을 잃어버렸다.

마른침이 절로 삼켜졌다. 당장 떼라고 이게 뭐하는 짓이냐고 소리치기엔 빼도 박도 못하는 상황이었다.

가슴을 움켜쥔 사내의 손등 위로 겹쳐진 하얀 손이 햇살을 받아 도드라졌다. 내 손이 내 손 같지 않았다. 아무리 인간이 본능에 충실한 동물이라지만 찰싹 달라붙은 자세와 이 이상 친밀할 수 없는 온기 나누기에 동참한 그들이 상대 탓을 하기엔 너무 늦어 버렸다.

결국 은향은 뻔뻔하고 아무렇지도 않게 행동하기를 선택했다.

“아침인데 일어나야죠?”

“응?”

민재는 몽실한 털 뭉치라고 착각했던 그녀의 가슴을 쥔 손을 화들짝 놀라 놓으려다 여자의 무미건조한 어투에 심술이 돋아났다. 하지만 덤덤한 말투와는 달리 맥이 팔딱팔딱 널을 뛰고 있었다. 그럼 그렇지, 아무렇지도 않을 리가 없지. 남편이, 그것도 그처럼 우월한 유전 인자를 가진 사내에게 포옥 안겨 있는데 그럴 리가 없지.

“으음 조금만 더…….”

당장 손을 떼고 일어날 거라 예상했던 남자는 고양이가 우유를 핥아먹고 나른하게 기지개 켜는 모양으로 움직이더니 가슴에 놓인 손을 치우기는커녕 힘을 주어 껴안아 왔다. 잠이 덜 깼나? 아님 미쳤나? 것도 아님 아침에 가장 왕성하다는 정력을 주체하지 못하는 건가?

손을 비틀어 당장에 바닥에 패대기치고 싶은 맘이 굴뚝같았지만 그녀는 그의 아내였다. 가슴을 만진다고 이의를 제기할 수 없는 그의 아내.

"민재 씨, 일어나야죠. 헉."

기습 공격이었다. 어깨에 얼굴을 기대는가 싶더니 감촉을 즐기듯 비벼 대는 그는 분명 강민재란 탈을 뒤집어쓴 늑대였다.

"감촉 좋은데. 매끄럽고……. 일어나기 싫다."

여보세요, 당신 지금 내 가슴이 빨래인 줄 착각하는 거야? 그만 주물럭거려. 네 거 아니거든? 성질 같아선 일어나 뺨이라도 올리고 싶은데 실행에 옮기지 못했다. 묘한 흥분과 안도감 그리고 기대감이 뒤섞여 손발이 오그라들었다. 그녀도 성욕을 가진 다 큰 성인 여자이니까, 더구나 상대는 남편이니까 조금 더 있어도 괜찮지 않을까?

민재는 품에 안긴 채 눈동자를 데구루루 굴리며 생각에 잠겨 있는 아내를 가만히 안고 다스함을 제대로 누리고 있었다. 여하튼 이 여자는 예상한 대로 움직이질 않았다. 벌떡 일어나거나 뭐하는 짓이냐고 얼음처럼 차가운 목소리로 다그쳐야 정상인데 다소곳하게 안겨 있었다.

폭신한 뭉치는 사실 은향의 소담한 가슴이었고 매끄러운 건 시트가 아니라 그녀의 네글리제였다. 내친김에 한술 더 떠 볼까?

"부인."

"뭐라고 했어요?"

낯간지러운 말에 그녀의 고개가 홱 돌아가자 그때를 놓치지 않고 민재가 입술을 부딪쳐 왔다.

"흡."

강민재 그는 프로였다. 입술을 열고 밀어닥친 붉은 살덩어리가 입천장과 치아를 훑더니 아주 뽑을 기세로 빨아 당기자 정신이 몽롱해졌다. 고개를 돌려 마주한 만큼 절대적으로 불리한 자세로 담이 결릴 지경이 되어서야 그를 밀어 낸 은향이 긴 숨을 내쉬었다.

민재의 눈동자에 붉은 전등이 켜 있었다.

19

남자가 여자를 타고 올라 누른 야릇한 자세, 부부라는 관계, 그리고 아직 치르지 않은 초야.

온갖 상상들이 머릿속을 점령하고 과부하 상태로 돌입하자 눈앞이 아득했다. 평소처럼 차갑고 냉정하게 뿌리치면 좋으련만 그러고 싶지 않다는 숨겨진 본심이 문제라면 문제였다. 기대감과 호기심이 생겼고 이 남자가 여자를 안을 때 어떤 표정을 지을까, 절정에 오를 때 어떤 목소리를 낼까 궁금했다.

붉은 기운이 감도는 눈동자가 그녀를 바라보자 온몸이 오그라들고 발가락이 간지러웠다. 성적 흥분과 채워지지 못한 욕망 희구로 몸이 달아올랐다. 격렬한 키스로 부어오른 아랫입술을 혓바닥으로 쓸어내리자 사내의 검은 눈동자가 위험을 머금고 더욱 짙어졌다.

누가 먼저 덮치느냐, 행동을 개시하느냐의 갈림길에서 상대를 탐색하고 있는데 요란한 벨 소리가 고요를 깨뜨렸다. 순간 두 사람의 눈빛이 동시에 광폭해졌다. 누군지 모르겠지만 인생에 보탬 안 되는 인간이 분명했다.

따르르릉.

전화기가 가까이 있다는 이유로 은향이 팔을 뻗어 수화기를 집어 들자마자 들리는 쇳소리의 주인공은 바로 골칫덩이 스칼렛이었다.

— 벨리나 뭐 해요? 가면파티 준비 하려면 서둘러야 한단 말예요. 스파 예약해 두었는데 얼른 준비하고 나와요.

"……지금 몇 시죠?"

— 시간은 왜……. 여섯 시잖아요. 화장할 필요 없어요. 몸만 나오면 돼요.

'질문의 요점은 그게 아니란 말이다. 이 눈치 없는 여자야.'

뭔가 일어날 것 같은 근사한 분위기였는데 그녀가 다 망쳐 버렸다. 무엇보다 눈치 빠른 강민재가 통화 내용을 듣자마자 이맛살을 찌푸리는 걸로 보아 거사는 물 건너간 거나 진배없었다. 여자인 그녀조차 지치는데 하물며 강민재는 모르긴 몰라도 도 닦다 사리가 나올 지경에 도달했을 것이다.

"……준비해야 하는데."

웅얼거리며 눈치를 살피는 은향의 모습에 그녀를 타고 오른 그가 즉시 몸을 굴려 옆으로 위치해야 옳겠지만 딱딱해진 중심 때문에 그도 힘이 들었다. 저놈의 전화기를 바닥에 내동댕이치고 싶었다.

"민재 씨."

“가면파티를 가는데 왜 새벽부터 나가야 하는 거지?”

“준비할 게 많대요. 의상에서 가면까지 완벽해야 한다면서 스칼렛이 자기한테 맡기면 알아서 한다고 하더라고요.”

그녀가 왜 그의 눈치를 봐야 하는 건진 알 수 없지만 본능이 이끄는 대로 목소리를 죽였다.

짧은 호흡을 내뱉은 민재가 침대에서 벌떡 몸을 일으켜 욕실로 향하자 은향은 참았던 숨을 길게 내쉬었다. 다 잡은 고기를 눈앞에서 놓쳤으니…….

피식.

바람 빠진 웃음소리가 새어 나왔다. 당황하고 놀란 마음이 고스란히 드러나던 민재의 표정이 처음으로 사람 같다는 생각을 했다.

모르긴 몰라도 찬물 샤워를 하고 있을 게 뻔했다. 남자는 맘이 향하지 않아도 여자를 안을 수 있다는 걸 증명이라도 하듯 본능 해소를 위해 온몸을 부딪쳐 오던 사내로서의 강민재가 맘에 들었다. 강제할 수 있음에도 참아 낸다는 건 자제심이 보통은 넘는 남자인 거다. 어디까지 버티는지 시험해 보고 싶게 만들었다.

자신이 여자로서의 매력이 아주 없진 않다는 것이 증명되었으니 그녀의 자존심도 어느 정도 회복되어 기분이 좋아진 은향이였다.

‘나도 참 웃겨. 이런 걸로 기분이 좋아지다니.’

이곳은 호텔은 예약제로 개인의 요구에 맞춤 서비스를 제공한

다. 야외 수영장이 내려다보이는 상층 스파 시설에 몸을 맡긴 은향은 제대로 된 관리를 경험하고 있었다. 머리끝에서 발끝까지 새로 태어나게 만들어 준단다.

"맘에 들어요?"

"호사를 누려서 살짝 미안해지려고 해요."

"호호. 그런 말 말아요. 알레한드로는 내가 쓰는 돈에 대해선 터치하지 않아요. 대범한 사람이거든요."

순간 은향은 민재를 떠올렸다. 만약 그녀가 천문학적인 액수를 사용했다고 하면 그의 반응은 어떨까? 알레한드로처럼 대범할까? 아님 불쾌해할까?

"여자가 아름다워지기 위해 투자하는 건 기본이에요. 난 남편에게 영원히 여자이고 싶거든요."

이상했다. 솔직하고 나름 남편을 향한 애정도 넘치는 것 같은데 뭐가 문제인 거지?

"이유를 찾고 분석해 보았어요. 혹 내가 잘못한 것이 있을까 하고. 하지만 뭐가 문젠지 모르겠는 거예요. 그렇다고 허송세월하기엔 난 너무 아름답고 젊어요. 이대로 계속 알레한드로가 날 피하기만 한다면……."

"피하기만 한다면요?"

"최악의 경우 헤어져야겠죠. 사랑이 식은 거라면 함께 살아도 의미 없다고 생각해요. 난 평범하게 살고 싶지 않아요."

그렇게 보였다. 그냥 흐르는 세월에 묻혀 살기엔 지나치게 화려하고 아름다운 여자였다.

"직접 물어보지그래요?"

"물론 여러 번 시도해 봤죠. 솔직하게 말해 달라고. 그랬더니 아니라는 거예요. 아무 문제가 없다고. 문제가 없기는!"

"정말 바쁜 건지도 모르잖아요."

"우리가 얼마나 뜨거웠다고요. 근데 그 사람 분명 변했어요. 일주일에 한 번은 가졌던 관계가 한 달 이상 넘어가면서 점점 더 줄어들고, 근래엔 별 핑계를 대면서 먼저 자라고까지 한다니까요."

흥분한 스칼렛을 보며 은향은 그녀와 민재의 사이가 아직도 남남이란 걸 알게 된다면 어떤 표정을 지을까 몹시 궁금했다.

"부러 자극해 보기도 했지만, 오래 떨어져 있던 여행을 갔다가 돌아왔는데도 반응이 시원찮아요. 혼자 북 치고 장구 치면 그 사람, 더 이상 넘어가지 않을 게 분명해요. 그래서 더더욱 벨리나의 도움이 절실해요."

결국 그녀를 미끼로 쓰겠단 말이다.

"혹시 빈센트에게 말한 건 아니죠?"

"안 했어요."

"훗. 빈센트도 이번 기회에 시험해 보는 것도 좋을 것 같은데, 어때요?"

무늬만 부부인 우리에겐 쓸데없는 짓이었다.

"연애결혼을 한 게 아니에요."

"알고 있어요. 하지만 벨리나가 맘만 먹으면 빈센트를 홀랑 껍질째 삼킬 수도 있을 것 같은데요?"

"……억측이에요."

"그래요?"

뭐, 본인이 우기겠다면 별수 없지만. 스칼렛은 일으켰던 상반신을 눕히고 마사지사의 손길에 몸을 맡긴 채 눈을 감고 계획을 정리했다.

함께하면 행복만 있을 줄 알았더니 이게 뭔가. 점점 멀어지는 알레한드로 때문에 속이 문드러졌다. 이번 기회가 마지막일지도 모르기에 스칼렛은 단단히 벼르고 있었다.

타오르면 언젠가 꺼지겠지만 그에게만은 영원히 자신이 1순위이고 싶다. 애정이 식었는데도 책임이란 무게에 짓눌려 빌붙어 살고 싶지 않았다. 마음은 딱딱해지고 사랑했던 기억이 추억이 되어 잊힌다니, 참을 수 없었다. 그의 장식품이 되고 싶지 않았다. 곁에 없으면 궁금해지고 애태우는 여자이고 싶다. 눈빛만 봐도 좋아 죽을 것 같은 존재이고 싶다.

그게 스칼렛이 원하는 삶이고 사랑이었다. 전부가 아니라면 싫다.

은향은 심각해진 스칼렛을 바라보며 생각에 잠겼다. 사랑에 빠지면 맹목적으로 변하는 게 당연하겠지만 아직은 자신을 더 사랑하는 그녀로선 스칼렛을 온전히 이해하기엔 무리였다.

처음 접한 생물체처럼 생소하기도 했고 불나방처럼 온몸을 불사르는 정열이 부럽기도 했다. 같은 여자인데도 이렇게나 다르다니. 감정이 메말라 버석해진 자신을 되돌아보게 하는 그녀의 존재가 불편했다.

난 왜 이럴까. 감정을 표현하고 몰입하는 게 왜 이렇게 두렵고 무서운 걸까. 사랑에 가슴 아파 절절한 순간이 과연 나에게도 찾아올까. 확신이 들지 않았다. 펄럭이는 하얀 천이 시야를 가려 미로를 헤매는 기분에 체한 듯 가슴이 답답해졌다.

하지만 가면파티는 상상 이상으로 즐거웠다. 파격적인 행보를 서슴지 않은 건 스칼렛을 돕는다는 같잖은 핑계 때문도 있었지만 이름과 얼굴을 가리는 것이 이렇게 짜릿한 흥분을 느끼게 만들지 몰랐다. 은향은 측천무후로 스칼렛은 마리앙투와네트로 변신하고 멋진 가면을 착용했다.

은향은 오랜만에 마신 술이 달았다. 술에 취하니 온 세상이 핑크빛이다. 평소의 조용한 은향은 온데간데없고 과감하고 호탕하게 웃는 여자가 거기 있었다.

"뭐?"

— 오늘 못 들어간다고요.

"소은향."

— 왜요.

"지금 몇 신줄 알아?"

— 음……. 두 시? 톨레도라는 곳인데 이곳에도 집이 있어요. 엄청 커요.

혀 꼬부라진 목소리를 내는 걸 보니 많이 취한 모양이었다. 한국이라면 당장 데려오라고 지시하겠지만 이곳 지리에 생소한 수

행원들을 보내기엔 무리였다.

"얼마나 마신 거야?"

— 비노(Vino)라는 걸 마셨는데 두 잔? 아니 다섯 잔? 맛이 엄청 좋아요. 후후.

참을 인 자를 떠올리며 하나둘 숫자를 세기 시작한 민재가 욱하려는 감정을 억눌렀다.

"내일 아침에 중요한 미팅이 있어. 돌아와서 봐."

— 네.

민재는 약이 올라서인지 분해서인지 잠이 오지 않자 결국 아래층으로 내려갔다.

그런데 알레한드로가 바에 홀로 앉아 잔을 기울이고 있었다. 그 모습을 보자 그는 처음으로 억울하다는 생각이 들었다. 누군 개미처럼 아침부터 밤까지 뛰어다니며 일하고 누구는…….

"저도 한 잔 주시겠습니까."

"아……."

야밤에 마시는 술치곤 도수가 꽤 높은 양주였다.

"뭘로 하시겠습니까."

"호세쿠엘보로 부탁합니다."

관심이 없는 게 아니라 무슨 사정이 있나? 아내라는 이름의 여자의 작태에 그조차 이유 모를 화가 치솟는데 끔찍이 아내를 아끼는 알레한드로의 가슴은 이미 타 버려서 재가 되지 않았을까.

그나저나 열네 살이나 어린 아내를 물고 빨고 핥아도 시간이 부족할 판에 왜 저러고 청승을 떠는가 말이다.

세상은 불공평한 게 맞다. 누군 아내가 먼저 몸이 달아 보아 달라 시위하며 난리법석이고, 누군 네가 원하는 대로 맘대로 사시오, 난 상관하지 않을 것이니란 태도로 남편을 방치하고. 그런 의미에서 소은향은 죄질이 아주 나쁘다.

"여기."

"네."

"아내가 은향 씨가 무척 맘에 들었나 봅니다."

바로 그게 문제였다. 설마 스칼렛이 은향을 순식간에 물들여 놓진 않을까 걱정이 되었다.

"톨레도라는 곳이라던데 그곳에 집이 있습니까?"

"저택이 한 채 있습니다."

민재의 살인적인 스케줄과는 달리 조정이 언제든 가능한 알레한드로였다.

"스칼렛을 데리러 가지 않습니까?"

"가고 싶지만 부딪쳐서 좋을 게 없을 것 같습니다. 그녀도 젊으니 만큼 자유를 즐기고 싶어 하고요."

아무리 눈치가 없어도 저 부부에게 심각한 문제가 생겼다는 걸 알아챌 수 있었다. 말을 아끼는 민재와 상념에 잠긴 알레한드로는 애꿎은 술잔만 연거푸 기울이고 있었다.

"내가 문제입니다. 그녀는 아무 잘못이 없어요. 이렇게 빨리……."

애매모호한 말을 흘리며 단서만 제공하는 그에게 뭐가 문제냐고 물어보기엔 민재도 부부 관계가 온전하다 볼 수 없는 입장이었다. 누가 누구에게 충고를 한단 말인가. 내 코가 석 잔데.

'참, 내가 왜 여길 내려왔지?'

나갔던 정신이 제자리를 찾자 민재는 다시금 열불이 치솟았다.

"이런 경우가 자주 있습니까?"

"스칼렛이 아는 사람이 많은 편이라서……. 하하."

팔불출 같으니. 지금 이 상황에서도 마누라 자랑 하는 게 제정신인가 싶다. 뭐라 흠을 잡으면 그도 못 이기는 척 은향에 대한 얘기를 꺼내 놓으며 맞장구치려 했건만…….

"체류하는 동안 스칼렛과 아내가 함께 움직이기로 했다는군요."

"그렇습니까? 걱정되시겠는데요? 스칼렛이 부디 좋은 영향만 줘야 할 텐데."

조짐이 좋지 않았다. 뜨거운 열정을 가진 스칼렛에게 은향이 집어삼켜지진 않을까 별별 생각이 다 들었지만 반대인 경우가 생길지도 몰랐다. 불같은 스칼렛을 은향이 얼음 칼로 꽁꽁 얼려 버릴지도 모른다.

"그녀가 처신을 잘하리라 생각합니다."

"아내를 믿으시는군요."

"그렇게 되나요?"

믿음의 근거가 어디에서 기인한 건지 모르겠지만 그녀가 허튼 짓을 하지 않으리라는 강한 확신이 들자 올랐던 분기가 차차 가라앉았다.

"특이한 분 같더군요."

"네. 개성이 강한 여자입니다."

알레한드로는 민재에게 굳이 사이가 좋냐 나쁘냐 캐물을 필요 없었다. 그들과는 또 다른 분위기를 가진 한국인 부부였다. 겉으로 보기엔 무미건조하고 냉랭해 보이지만 가만히 들여다보면 상대에 대한 강한 확신과 믿음을 가진 이상한 관계였다.

알레한드로의 고민이 바로 여기에 있었다. 여자를 만족시킬 수 없을 것이라는 불안과 그녀의 동정을 받을 바엔 차라리라는 못난 생각을 하며 갈팡질팡하고 있었다. 놓아주어야 하는데 놓으면 그가 죽을 것만 같았다.

말없이 생각에 잠긴 알레한드로를 남겨 두고 방으로 돌아와 침대에 누운 민재는 실크 소재의 시트를 끌어당겼다. 부드러운 감촉이 생각하면 할수록 아쉬웠던 기억을 떠올리게 해 잠 못 이루게 만든다.

'음……. 감촉이…… 끝내주는데? 좋아…….'

새벽이 다한 이른 아침, 남은 베개를 다리 사이에 낀 민재가 마치 사람처럼 위아래로 손을 미끄러뜨리면서 스킨십을 열렬히 행하고 있었다. 은향의 체취가 남은 베개였다.

20

숙취로 머리가 깨질 듯 아팠다. 헛구역질, 구토, 두통, 식욕 부진이 필수적으로 뒤따랐다.

그리스 신화 바쿠스로부터 유래한 술이 주는 효능은 대단하다. 일으키고, 새롭게 하고, 소통하게 한다는 것이 그것. 술은 인간을 강하게 만들기도 하고 융통성을 갖게 하기도 한다. 정신력과 자의식이 강한 사람이 최면에 잘 걸리지 않듯 술에 쉬이 취하지 않는다는 말은 다분히 과학적으로 근거 있는 말 같다.

은향은 이곳이 외국이라는 것과, 주위에 그녀를 아는 사람이 적다는 점, 그리고 술에 취했다는 핑계가 더해져 조금 더 풀어진 상태로 파티를 즐겼다. 스칼렛은 적당히라는 걸 모르는지 아님 다분히 의도적이었는지 모르겠지만 과한 행동을 서슴지 않았다. 남편인 알레한드로를 자극하기 위해서라는 걸 알고 있음에도 당황스러움을 감출 수 없었다.

나긋나긋하게 움직이는 요염한 자태가 남자들의 혼을 쏙 빼놓는 건 물론이고 여자인 은향조차 색다른 느낌을 가지게 하는 퇴폐적인 분위기를 물씬 풍기고 있었다.

아니나 다를까, 스칼렛의 주위에 몰려든 나방들은 수컷에 한정되어 있지 않았다. 대단하다 싶기도 하고, 살짝 부럽기도 하고 아슬아슬 줄타기를 하는 광대를 지켜보듯 조마조마하기도 했다.

밀려드는 복잡한 상념들을 떨치려 은향은 머리를 좌우로 도리질했다.

올인. 그녀를 참으로 두렵게 만드는 단어였다. 뒤통수를 맞았던 경험으로 소심한 겁쟁이가 되어 버렸다. 상처받지 않기 위해 무장하고, 배신당하지 않기 위해 갑옷을 둘러쓰고, 전부를 주지 않기 위해 적당히 경계를 두고 더 이상의 접근을 허용하지 않았다.

정신을 차리고 보니 표현에 인색하고 뻣뻣한 여자 하나가 여기 이렇게 서 있었다. 하지만 원하는 대로 바라는 대로 아프지도 상처받지도 않는 평범한 나날인데 왜 가슴 한복판에 찬바람이 지나가는 것 같은지 알 수 없었다.

내일을 알 수 없어 늘 흔들리기 때문인가? 만족하고 이대로 잘 살 수 있다면 다행이지만, 정말 난 행복하게 살고 있는 건가? 아니면 살아 있기에 살고 있을 뿐인 건가?

두통이 가라앉지 않자 시원한 물을 두 잔 들이켠 그녀는 차가운 물로 세안을 했다. 어젯밤 남편과 통화한 건 기억나는데…….

마약처럼 온몸을 휘감는 술기운이 잊었던 호기심을 불러일으켰다. 낮은 중저음, 걱정하는 목소리가 아니라 불쾌해하는 그 목소리를 듣는데도 오히려 안도감이 들었다. 왜일까.

'강민재와 그새 정이라도 든 거야? 소은향, 너도 참 웃긴다.'

미묘하게 둘 사이가 변화하고 있었다. 물론 그건 남녀 사이 필수 불가결인 성적 긴장감 때문이기도 했지만, 그녀가 상황을 즐기고 있다는 것과 싫지 않다는 것이 문제라면 문제였다.

차갑고 이기적이라고만 생각했던 강민재는 의외로 다정하고 세심하며 예의를 지킬 줄 아는 매너 있는 파트너로 손색이 없었다. 강요하지 않는다는 점, 기다릴 줄 안다는 점이 가장 맘에 들었다.

그나저나 스칼렛의 계획대로라면 오늘은 저택으로 귀가하긴 힘들어 보였다. 플라멩코 댄스파티에서 투우사와 무용수를 만나기로 한 걸 보면. 잘 굴러가는 머리와 빠른 회전 능력으로 은향은 알레한드로의 알 수 없는 행동 원인을 추측해 냈지만 부부 사이의 민감한 문제이기에 섣불리 귀띔을 해 줄 수도 없어 입을 다물고 있었다.

'후우. 출장을 따라온 건지 무슨 고민 상담을 하러 온 건지 원. 쉬고 싶어.'

시어머니의 술수에 말려 따라왔지만 기대하지 않았다면 그건 거짓말이었다. 하지만 현재 그녀는 한국에서와 같은 위치였다. 타인을 의식하고 장식하는 주변인일 뿐이었다.

따르르릉.

안드로메다로 날아가려던 그녀를 현실로 되돌린 건 핸드폰 벨

소리였다.

"여보세요."

— 일어났나?

은향은 잠이 덜 깬 건가 착각했다. 하지만 시계는 분명 아홉 시 반을 가리키고 있었다. 분명 이 사람 중요한 미팅이 있다고 하지 않았나?

"이 시간에 왜……. 혹시 무슨 일 생긴 거예요?"

— 아냐.

"네? 그럼……."

— 잠시 짬이 나 전화한 거야.

그가 얼마나 바쁜 사람인지 안다. 그리고 오늘 중요한 미팅이 예정되어 있다는 것도. 그런데 단순히 그냥 전화한 거라고? 왜? 살가운 아내도 그 무슨 존재도 아닌 그녀를 걱정해서? 그녀는 이해되지 않는 상황에 말문이 막혀 버렸다.

— 머리는 아프지 않고?

"……괜찮아요."

— 숙취가 없을 순 없겠지. 참지 말고 주변에 말해서 두통약 먹도록 해. 아픈 거 참는 것처럼 미련한 건 없으니까.

좋은 말도 정 떨어지게 하는 데 소질 있는 민재였다. 하지만 딱딱한 어조에도 그녀를 걱정하는 맘이 느껴져 뭐라 형언할 수 없는 심경이었다. 이 남자 뭐지? 잡아먹기 전에 밑밥 까는 건가? 굳이 그러지 않아도 되지 않나?

"알았어요."

— 오늘은 되도록 일찍 마무리하고 들어가도록 하지.

"아니에요, 저 때문에 그러실 필요 없어요."

오늘도 일찍 귀가할 수 있는 확률이 희박했다. 괜한 헛수고시킬 필요 없지 않은가. 이상한 낌새를 눈치챘는지 받아치는 톤이 날카로웠다.

— 일정이 바쁜가?

"스칼렛이 오늘 누굴 소개해 준다고 해서, 늦을지도 몰라요."

굳이 그 사람이 남자이고, 투우사라는 직업을 밝혀 뭐하는가. 그녀도 그 정도 눈치는 있었다.

"톨레도라고 했나?"

"네."

몇 초간의 침묵. 설마 그럴 리 없겠지만 강민재가 소은향을 데리러 올 생각이 있는 것처럼 느껴졌다.

라스 우르데스로 이동할 예정이었다. 사실 그녀는 남서부 세비야로 내려가 정식 투우를 관람하고 싶었지만 적당한 거리여야 알레한드로가 찾아올 수 있다나, 뭐라나? 대신 친구인 투우사의 경기 모습을 보게 해 주겠다 해서 아쉬움을 뒤로했다.

힘을 최대한 빼놓고 긴 칼을 소의 등에다가 꽂는 경기. 동물 애호가들은 질색할 설명이겠지만 소를 한 번에 푹 꽂아 깔끔하게 죽인다. 칼을 최소한으로 찔러서 소를 죽이는 게 예의라고 들었다.

아름답고 화려한 공연도 만족감을 주겠지만 투우는 꼭 한 번 직접 보고 싶었다. 고대 로마시대부터 이어 내려와 권투와 투우로 변질된 스포츠 경기였다. 인간 내면에 도사린 선과 악의 기운, 공존하며 균형을 지키던 양심과 이성이 경기를 통해 잔인성과 무자비함을 드러내게 만든다. 마시면 마실수록 중독되는 술처럼.

— ……와.

"네?"

— 되도록 일찍 돌아오라고.

"노력할게요."

꼭 집 나간 아내를 기다리는 남편 같지 않은가. 끊긴 전화기를 바라보던 은향은 오글거리며 간질거리는 심장 때문에 한참 동안 그 자리에 우두커니 서 있었다.

"자요."

불쑥 내민 스칼렛의 손바닥 위에 하얀 알약이 놓여 있었다.

"뭐예요?"

"빈센트가 챙겨 주라고 전화했어요."

"……그 사람이요?"

"네. 머리 아플 거라면서요. 참나, 내가 왜 짜증 나고 심술 돋죠? 배 아파 죽겠어요."

얼굴이 화끈거렸다. 아무렇지 않은 척해야 하는데 입가에 웃음기가 묻어나는 건 어찌할 도리가 없었다.

"어머, 지금 누구 염장 지르는 거예요?"

"아니에요."

"빈센트, 무심하고 냉정한 가면을 쓰고 있긴 하지만 밤엔 오래

타는 장작불 맞죠?"

대화가 왜 그쪽으로 향하는 건지. 대놓고 부부의 밤 문화를 물어보는 그녀의 생기 넘치는 눈동자에 할 말을 잃고 말았다.

"그…… 소개받을 투우사 이름이 뭐라고 했죠?"

"화제를 돌리는 거예요? 아아, 알겠어요. 내가 먼저 말하라 이거죠? 알레한드로는 신중한 타입이라 쉽게 넘어오지 않아서 애먹었어요. 하지만 한번 고삐가 풀리고 나니 대단했죠. 호홋. 뭐, 나 같은 여잘 가만 두고 본다면 남자가 아니지 않나요?"

가슴을 쭉 내밀고 빨대로 시원한 주스를 빨아 당기는 붉은 입술을 보며 긍정의 고개를 끄덕이는 은향이였다. 부러움으로 굴곡진 몸매를 바라보던 은향은 스칼렛의 이어진 말에 하마터면 마시던 것을 내뿜을 뻔했다.

"근데 요샌 그가 이상해졌어요. 뭐 결혼했으니 예전만 같진 않겠지만 하루에 세 번 하던 잠자리가 한 번으로 줄고 요샌 날 피하기까지……. 어머, 괜찮아요?"

"큽."

문화적 충격을 감당하지 못한 은향이 사레가 들려 컥컥대자 놀란 스칼렛이 그녀의 등을 가볍게 쳐 주었다.

"저기, 그게……."

무슨 말을 어떻게 해야 할지 몰라 버벅대는 그녀를 보고 파안대소하는 스칼렛의 미소가 요염하고 화려했다.

"호홋. 벨리나가 동양인이라는 걸 깜박 잊었네요. 킥킥."

어느 정도 진정이 되자 은향은 벌게진 뺨에 손부채질을 했다.

그 모습을 보고 짓궂은 장난기가 발동한 건지 스칼렛이 입가를 늘이며 두 번째 기습 공격을 감행했다.

"아직 대답 안 했어요. 빈센트 말예요. 밤에 잘해 줘요?"

아직 모른다고 어떻게 말하느냔 말이다. 순간 합방 직전까지 내몰렸던 지난 아침이 또렷이 떠올랐다. 가슴에 놓인 우람한 팔과 부드럽게 쥐던 손의 힘, 그리고 탄탄함이 느껴지던 가슴의 체온까지.

"호호. 더운가 봐요."

더웠다. 열이 치솟았다. 아무리 개방적이라지만 이건 아니지 않나? 실례지 않나? 하지만 빙글대며 그녀의 반응을 관찰하는 뻔뻔한 스칼렛에게 타박하는 말을 흘렸다간 본전도 못 건질 확률이 컸다. 차라리 입 다물고 상상하게 만드는 편이 나았다.

"생각만 해도 좋아 죽겠나 봐요. 아, 부러워라. 나도 눈 마주치기만 하면 불타오를 때가 있었는데……."

아련한 언젠가를 떠올리며 하늘을 향해 해바라기처럼 고개를 추켜올린 그녀가 동시에 선글라스를 착용했다.

"무슨 문제예요? 물어봐도 될까요?"

"벨리나가 짐작하는 대로일 거예요."

난감했다. 짐작한 대로라면 부부 문제 중 가장 건드리기 어려운 그 문제가 아닌가. 첫날밤도 치르지 않은 초짜 소은향이 감히 뭐라 언급할 수 없는……. 아니다. 이론이야 누구보다 빠삭하니 자격이 있는 건지도.

"뭘 어떻게 도와줘야 할지 모르겠어요."

"곁에서 맞장구쳐 주는 것만으로도 충분히 도와주는 거예요. 전에도 말했지만 나 혼자 쇼하면 알레한드로는 움직이지 않을 테니까."

한두 번 시도한 게 아니라는 뜻이었다. 당사자가 아닌 은향으로선 스칼렛의 잘못이라기보다 알레한드로에게 문제가 있는 것으로 보였다. 아니, 확신이 들었다. 자존심 강한 그로선 젊고 어린 아내를 만족시키지 못한다는 불안으로 잠자리를 피하는 것일지도.

"오늘 집에 돌아가지 않을 작정인 거죠?"

"당연하죠."

"그래도 반응이 없다면 어쩔 거예요?"

"수위를 높여 볼까 생각 중이에요. 그래도 반응이 없다면 치명타를 입혀야겠죠."

"스칼렛, 그건 위험한 도박이에요. 결국 매체를 이용한다는 말이잖아요."

"역시 벨리나예요. 눈치챘군요?"

바보가 아니고서야 다음 행보를 눈치채지 않겠는가. 누구보다 체면과 겉치레를 신경 쓰는 위치에 있는 알레한드로가 아무리 아내를 사랑하고 아낀다손 치더라도 파국을 몰고 올지도 모를 일이었다.

아등바등 남편의 관심을 되찾으려는 그녀도 이해되고 치부를 드러내지 못하는 알레한드로도 이해되었다. 마지막 수까지 행하지 않게 하기 위해서라도 빨리 반응을 도출해 내야 한다는 결론에 도달했다. 시간을 끌면 끌수록 손해 보는 장사였다.

"오늘 제대로 한번 해 봐요. 나도 적극 도와줄게요."

공범자 대열에 합류한 은향과 거사를 앞둔 스칼렛의 눈빛이 동질감으로 물들었다.

플라멩코의 바일라 오르(남성 무용가)와 바일라 오라(여성 무용가)가 장단을 맞추니 소리 지르는 관중이 있다. 스칼렛은 순수한 플라멩코에서는 캐스터네츠를 쓰지 않고 사파테 아드(구두 소리)와 팔마(손뼉 치는 소리), 피트(손가락 퉁기는 소리)로 구성된다고 은향에게 귀띔해 주었다.

상대역을 기꺼이 맡아 준 파테오가 동작을 시연하며 그녀의 반응을 유도했다. 은향은 곧 춤이 주는 자유로움에 빠져 몸을 버들가지처럼 낭창낭창 흔들고 있었다. 스트레스 해소하는 데 그만인 운동, 춤의 세계에 홀딱 빠져 있었다. 그런데.

"지금 뭐 하는 거야!"

"민재 씨!"

"허리에 두른 그 손 당장 떼지 못해!"

일촉즉발의 상황이 닥쳤다. 먹이를 눈앞에 둔 하이에나처럼 살벌한 기운을 내뿜는 남편의 등장이었다. 때아닌 매서운 눈발이 휘날렸다. 댄스 플로어 한가운데 플라멩코를 추던 자그마한 몸집의 동양 여인을 흥미롭게 바라보는 남정네들의 시선을 차단하며 분통을 터뜨리는 민재와 그런 그를 멍하니 바라보는 은향.

이게 아닌데……. 나타날 주인공은 당신이 아니라…….

그때 뒤이어 성큼 등장한 알레한드로가 스칼렛을 향해 마지막 경고를 날렸다.

"지금 당장 나가지 않겠다면 이 자리에서 당신의 엉덩이를 때려 줄 거야!"

"누구 맘대로……. 뭐, 뭐 하는 짓이에요!"

철썩철썩.

순식간에 어깨에 둘러매진 스칼렛의 찰진 엉덩이를 내려치는 알레한드로의 행동엔 거침이 없었다.

"아악, 내려놔요. 알레한드로!"

비명 같은 외침에 수치심과 당혹이 그대로 배어 있었다. 그녀를 제자리에 내려놓자마자 출구 쪽으로 달려 나가는 그녀를 알레한드로의 경호원들이 뒤따르고 있었다.

다행이라고 해야 할지 모르겠지만 순식간에 바람난 여편네로 전락한 은향은 대역죄를 지은 것처럼 고개도 들지 못한 채 앞서 가는 강민재의 뒤꽁무니를 뒤따라야 했다.

"그게 옷이라고 입은 건가?"

"내가 고른 거 아니에요."

차에 올라 기분 나쁜 침묵이 흐른 지 십 분이 지나자 소름 끼치게 정중한 어투로 물어 온 그의 첫마디였다.

"아예 벗지?"

"……."

"할 말 있으면 해 보든지."

"그나마 점잖은 옷으로 고른 거라고 했단 말예요. 사실 스칼렛의 옷에 비하면 그다지……."

쾅.

뒷좌석 팔걸이를 힘 있게 내리치는 그의 태도에 화들짝 놀란 은향이 반사적으로 창문 쪽에 바짝 몸을 붙였다.

"당신이 스페인 사람이야? 적당히 할 줄 모르나? 어디까지 가려고 한 거야, 대체? 그렇게 자신을 저렴하게 내놓고 싶어?"

"말이 너무 심하잖아요."

"입 다물어!"

내가 뭘 얼마나 잘못했다고 이러는 건가. 기분 좋게 춤 한 번 춘 걸 가지고. 강민재 소유라 남 보여 주긴 싫다 이건가? 도둑놈 심보 같으니. 하지만 화가 머리끝까지 난 남자를 자극하는 건 미련한 짓이 분명했기에 입을 꾹 다물었다. 생존을 위하여.

'젠틀하고 나름 예의 바르다고 평가한 거 취소다. 칫.'

21

"어디로 가는 거예요?"

"입 다물어."

라스 우르데스에서 페르조의 저택까지의 거리는 멀지 않다. 그런데 지금 어디로 가고 있는지 방향을 짐작할 수 없다는 점이 그녀를 불안하게 만들었다. 설마, 감금? 폭력? 것도 아니면? 차를 돌리라고 소리라도 치고 싶었지만 여긴 한국이 아니지 않은가.

흘깃 그를 살피던 은향은 팔짱을 끼고 눈살을 있는 대로 찌푸린 민재가 창밖을 노려보고 있는 모습에 한숨을 삼켰다.

'에잇. 모 아니면 도다. 죽기밖에 더하겠어?'

될 대로 되라는 생각이 들자 차라리 맘이 편했다. 솔직히 말해 죽을죄를 저지른 것도 아니었으니까. 그나저나 민재보다 살벌했던 알레한드로에게 끌려간 스칼렛은 어떻게 되었을까? 무사할까?

"스칼렛과 통화하고 싶은데요."

"……."

"걱정돼서 그래요. 내가……."

홱 고개를 돌린 민재의 눈빛에 떠도는 흉흉한 살기에 지껄이던 입을 한일자로 다문 은향은 차가 멈출 때까지 앞으로 일어날 일에 대해 열심히 머릴 굴렸다.

"내려."

어느 낯선 호텔에 내려 외관을 감상할 틈도 없이 앞서 걷는 무정한 남편 뒤를 종종걸음으로 쫓는 동양 여자의 모습을 누군가 눈여겨보지 않는다는 게 그나마 위안이었다. 어쩌겠는가. 이럴 땐 그저 나 죽었소, 라고 꼬리 내리는 게 명답인걸.

일에 집중이 되지 않았다. 결국 일분일초를 다투는 중요한 미팅 도중 은향에게 전화를 거는 팔불출 같은 행동을 하고 말았다. 마지막 대사는 다분히 충동적이었지만 끊고 나서 후회가 들었다.

되도록 빨리 돌아오라니. 마치 의처증 걸린 남편의 대사 같지 않은가. 함께 동행한 유능한 인재들 덕분에 일에 차질이 빚어지진 않았지만 마땅치 않은 무엇인가가 마음속에서 울컥 치솟았다. 냉철한 이성으로 유추해 보면 욕구 불만인 듯싶었다. 바로 그게 문제일 것이다.

그런데 잡념을 없애고자 죽자 일한 그가 저택으로 돌아가지 않고 라스 우르데스로 향한 건 어떤 불길한 예감 때문이었다.

'노력할게요.'

과감하고 파격적인 스칼렛 때문에라도 얌전히 귀가하지 않을 것이라 짐작되었다. 초조했다. 설마가 사람 잡는다고 플로어에서 엉덩이를 흔들며 뭇 사내들의 시선을 잡아 끄는 여자는 분명 소은향이었다.

'미친.'

대학 졸업 후 한 번도 입에 담지 않았던 쌍욕이 튀어나오려는 걸 겨우 눌러 참고 꾸역꾸역 말을 내뱉었다.

"지금 뭐 하는 거야!"

사실 그가 하고 싶었던 말은 이거였다.

'이 새끼 당장 허리에서 손 안 떼! 손모가질 댕강 부러뜨려 버리기 전에!'

못 볼 걸 본 듯 툭 튀어나온 커다란 눈동자가 그를 보더니 발악하며 반항하는 스칼렛과는 달리 눈치 백 단인 은향이 그의 뒤를 말없이 뒤따랐다. 그럴 리 없겠지만 만약 반항의 조짐이 조금이라도 보였다면 그는 망설이지 않고 그녀의 엉덩이를 두들겨 패주었을 것이다.

내딛는 두 발에 힘이 잔뜩 실렸고 주먹은 꽉 쥐어졌으며 눈동자에 붉은 기가 돌았다. 배신감과 이해 못 할 분노가 그를 그가 아닌 짐승으로 변하게 만들었다. 남은 이성을 쥐어짜 알레한드로의 저택이 아닌 호텔로 방향을 돌렸다.

룸에 들어서자마자 목이 탔는지 술만 연거푸 들이켜는 남자의 모습은 공포심을 극대화시키기는커녕 반발심을 불러일으켰다.

내가 뭘 얼마나 잘못했다고 저러는 건지. 소유욕이라기엔 지나치지 않나? 설마…… 질투는 아닐 테고. 자고로 질투란 평소 대상을 가치 있게 여기며 몰두하고 있었다는 게 전제되어야 하는 거니까. 스스로 생각하기에도 뻔뻔하고 무리다 싶은 추측이었다.

은향은 가슴이 깊게 파인 자신의 원피스를 훑어 내렸다. 뭐, 한국에서라면 절대 입지 않았겠지만 여기는 스페인이었다. 재벌 집 아내이기에 감내해야 하는 많은 불평들을 의상 한 벌로 보상 좀 받았기로서니 그게 죽을죄는 아니지 않나? 그런 생각이 들자 그녀는 순간 없던 용기가 생겼다.

“저도 한 잔 주세요. 목마르네요.”

민재가 어처구니가 없는지 바라만 보자 제 손으로 술을 따라 마셨다. 거짓말이 아니라 정말 목이 말랐다.

“왜? 한 잔 더 마시지?”

“빈정대지 마요.”

두 사람의 눈동자가 정면에서 맞부딪쳤지만 은향은 고개 돌려 피하지 않았다.

“뭐가 문제예요?”

“뭐가 문제냐고?”

"네. 춤춘 게 죄는 아니잖아요."

입 다물고 쫓아오길래 그래도 눈치는 있다고 생각했건만 적반하장도 유분수였다. 가라앉았던 화가 다시 치솟았다. 객관적이고 논리적인 방식으로 감정 처리를 한다고 자부하던 강민재는 어디로 갔는지 그는 분노를 가라앉히지 못했다.

"춤을 춘 것도 춘 거지만 의상이 그게 뭐야! 천박하게!"

"이상한 논리네요. 당신 말, 스페인 여자 모두를 공분하게 만든다는 것 알아요?"

"당신이 스페인 여자야? 한국 사람이고 강민재의 아내야."

"알아요. 하지만 로마에선 로마법을 따라야 한다고요. 한복을 입고 돌아다닐 수는 없잖아요."

"누가 한복을 입고 돌아다니랬어? 그…… 가슴을 훤히 드러내 놓고 사내들 시선에 노출……. 아무튼 불쾌해!"

냉철하고 이성적인 강민재는 어디로 실종됐는지 눈앞의 남자는 감정을 드러낸 평범한 남자가 되어 있었다. 그 사실이 은향의 비뚤어진 마음을 풀어 놨다.

"지금 웃어?"

눈치도 빠르시지. 살짝 걸린 미소를 그를 비웃는다 생각했는지 음산한 목소리가 흘러나왔다. 그렇다고 당신이 귀엽고 사람 같아 보여 웃었다고 말해 줄 순 없기에 변명 아닌 다독이기 신공을 발휘하기로 했다.

"당신 말도 일리가 있어요. 내가 지나쳤던 것 같아요."

이건 또 무슨 말인가. 맞받아치며 반박하던 아내라는 여자는 뭘 잘못 먹은 건지 갑자기 미안하다며 납죽 엎드렸다.

그녀는 자신의 숨겨진 의도를 파악하려고 애쓰는 그의 모습에 준비해 둔 다음 말을 이어 갔다.

"오랜만이기도 하고 자유로움에 넋을 잃었나 봐요. 그럴 때 있잖아요. 내가 내가 아니고 싶을 때. 평소와 다른 의상을 입고 춤을 추다 본분을 잠깐 망각한 거 인정해요. 강민재 아내라는 거 잊은 적 없어요. 단 한 번도. 자그마한 동양 여자가 신기해서 지켜본 거겠죠. 아무튼 신경 쓰이게 했다면 미안해요. 진심이에요."

"……."

확 치솟았던 혈압이 제자리를 찾기 시작했다. 우습게도 천하의 강민재가 사과 한마디에 뼈 없는 해파리처럼 물렁물렁해졌다. 동시에 그가 왜 화를 낸 건지 생각조차 나질 않았다. 부부 싸움은 칼로 물 베기라더니 그게 이건가.

"……나도 심했어."

그들은 서로를 가만히 바라보고 서 있었다. 부부지만 가깝지도 멀지도 않던 거리가 늘 존재했는데 겉치레처럼 걸치고 있던 예의를 내려 두니 가벼운 설렘이 향기처럼 번져 갔다.

소유하려 하지 않았다. 먼저 다가가려 애쓰지도 않았다. 언제나 한 발짝 물러나 고고한 자존심만 챙기기 바빴었다. 그런데 지금 손 내밀면 닿을 수 있는 공간에서 주고받은 미안하다는 속삭임만으로도 서로의 진심을 아프게 체감하고 있었다.

◇◆◇

번쩍 눈을 뜬 은향은 이곳이 어딘지 기억해 내며 이리저리 눈을 굴렸다. 날이 밝으려면 아직 한참 남은 미명(未明), 게으름을 떨쳐 내지 못한 해가 밝음을 포기한 채 어둠을 끌어안고 있었다.

그녀가 가장 좋아하는 새벽 시간이 오늘만은 두려움으로 다가왔다. 소란한 소리가 잠들고 영혼이 고요히 쉴 수 있는 시간, 유일무이 가장 평안한 시간이기도 했었다. 바로 어제까지는.

"음……."

뒤척이던 민재의 손이 자연스럽게 그녀의 가슴 위로 걸쳐졌다. 긴장한 어깨를 움츠리며 숨을 죽였던 그녀는 깊이 잠든 남편을 확인하고서야 참았던 숨을 뱉어 냈다.

시트 속 알몸으로 엉긴 두 젊은 육신은 어젯밤 무엇을 했는지 충분히 짐작하게 했다. 술기운, 공감, 이해라는 감정이 뒤섞이며 자연스레 두 사람은 부부로서 첫날밤을 치렀다. 기대하고 상상했던 것보다 훨씬 감미롭고 황홀한 밤이었다.

절정의 순간에서 몸이 부웅 뜨더니 그대로 폭발. 그녀는 전생에 나라를 구한 게 틀림없었다. 결혼 전 딱 한 번 신 내림을 받았다는 무당에게 본 점괘에서 믿거나 말거나 부부 궁합이 최상이라던 점쟁이의 말이 떠올랐다.

가슴에 손을 얹은 민재의 얼굴엔 만족과 여유가 넘쳐흘렀다. 누가 먼저랄 것도 없이 손을 내밀었고 안고 안겨 들었다. 그녀가 내숭 떨며 밀어 내지 않자 용기를 얻은 민재가 다음의 진도를 뺐다. 그녀 또한 바라고 있었던 터라 거부하지 않았다. 참고 기다려 준 민재에게 상을 줘야 마땅했다. 더불어 허벅지를 찌르며 버틴 그녀에게도.

연거푸 남성성을 증명한 남편 때문에 기진맥진해 까무룩 잠이 들었었나 보다.

"후우."

행위는 짧고 책임은 길다. 고기 맛을 본 남자는 이전으로 돌아가지 않을 게 분명했다. 대충대충 눈 가리고 아웅 하다가는 제대로 된 부부 관계를 유지할 수 없다. 변화는 육중한 무게로 다가올 것이 분명했고 마음대로 쓸 수 있는 시간 중 적지 않은 시간을 양보하며 할애해야 한다는 결론에 도달한 그녀는 아쉬움과 답답함으로 잠 못 이루고 있었다.

흔들리고 싶은 사람이 누가 있는가. 안전한 생활이 변하길 바라는 사람이 또 누가 있을까. 계획대로 움직이며 최소한의 교류로 상처받고 싶지 않았던 삶에 변화가 찾아오고 있었다. 뜨뜻미지근하게 있는 듯 없는 듯 살다 가고 싶었는데 단순한 삶은 허락되지 않는 것 같았다.

조심히 침대에서 일어난 그녀가 물과 함께 삼킨 건 피임약이었다.

22

목이 말라 잠에서 깬 민재였다. 어둠 속에서 눈을 몇 번 깜박이다 여자의 매끄러운 등이 시야에 잡혔다. 보통 이럴 땐 품에 파고들어 안긴 자세가 바람직하지 않나? 하여튼 아내란 여자는 독특했다.

어젯밤, 있는 기술 없는 기술 발휘해 열심히 했지만 그녀는 언제 그랬냐며 남남처럼 등 돌리고 쿨쿨 잠만 자고 있었다. 하룻밤 같이 보냈다고 매달리며 아양 떠는 것까진 바라지 않았지만 볼일 다 보았으니 태평히 잠든 모습엔 심술이 돋았다.

혹, 만족하지 못했나? 그럴 리가 없다. 그도 쌓인 게 많아 여유가 없었기에 인정사정 보지 않고 돌진해 파고들었다.

고민하던 민재는 그녀를 깨울까 싶어 자리에서 일어나지 않았다. 잠귀가 밝고 민감한 여자였다. 하룻밤에 만리장성을 쌓는다더니 그녀를 바라보는 그의 시선엔 여러 감정이 뒤섞여 파도처럼 출렁출렁 넘실거렸다.

어머니 황 여사가 결혼 전 부부 금슬, 속궁합, 자식을 몇 두는 지까지 상세히 조사하고 알아보고 계산기를 두드렸는지 그녀는 짐작도 못 할 테지.

'아들 둘, 딸 둘이라고 했었나?'

황 여사가 만면에 화색을 띠고 흥분해 말하던 기억이 떠올랐다. 넷이라……. 터울을 이 년 차로 한다면 넷 째가 사십 대 초반에……. 음, 서둘러야지 않을까. 분발해야지.

"으음……. 뭐예요?"

은향은 잠결에 와 닿는 감촉이 낯설었다. 귀에 보드란 뭔가가 끊임없이 닿았다 떨어졌고 허리에 감긴 팔이 밀착하며 조여들었다.

"더워요. 아직 새벽인데 잠…… 헉."

"부인이 협조 좀 부탁해."

"뭐, 뭘……."

"난 아직 배가 고픈 한창때 성인 남자이고 그동안 굶은 거 보충해야지 싶은데."

음흉한 이 남자가 뭐라는 건가. 밤새 괴롭혀 놓고도 부족했다고?

"지금 일수 찍어요? 나도 쉬어야 내일…… 헉."

말을 채 끝맺지 못한 건 그의 손이 허벅지 안쪽으로 미끄러지듯 파고들었기 때문이었다.

"장담하는데 알레한드로 부부도 내일 일찍 일어나지 않을 거야. 틀림없어. 내기할까?"

뭐 하자는 건지. 내기는 뭐고 뱀처럼 커다란 두 다리로 그녀 몸을 칭칭 감는 이 상황은 뭔가. 고삐 풀린 망아지처럼 강민재가 날뛰고 있었다.

좋은 말로 다독이며 저지하려 고개를 살짝 돌리는데 기다렸다는 듯 그녀의 입술을 접수해 주신다.

"나, 힘들어요."

"당신은 가만 누워 있어. 내가 알아서 할게."

뭘 알아서 한단 말인가. 반박할 말을 찾는데 육중한 몸이 순식간에 그녀의 상체를 뒤덮었다. 어둠 속에서도 까맣게 번들거리는 눈빛은 맛난 먹잇감을 눈앞에 두고 입맛 다시는 맹수와 같아 보였다. 씨알도 먹히지 않겠지만 마지막으로 소심한 반항을 시도했다.

"내일 일정이 빡빡하잖아요. 당신도 쉬어야……."

"그동안 많이 쉬어서 저장 체력이 넘쳐. 쉿, 집중해."

미끄러지듯 뜨거운 입술이 은향의 목선을 타고 내려왔다. 실크 소재 네글리제 위로 가빠진 호흡 때문에 들썩이는 가슴 정점을 콕 짚어 찾아낸 민재가 입 안에 담고 혀를 굴렸다.

"흐윽."

여인의 인체를 착실하고 끈질기게 탐험하는 남편 때문에 결국 욕구에 동참한 은향의 입에서 신음 소리가 흘러나왔고, 가느다란 두 팔은 그을린 어깨를 쓸어내렸다. 더욱 짙어진 민재의 눈빛이 삼킬 듯 그녀의 전신을 훑어 내렸다.

"함께하는 거야."

끄덕.

그래 까짓것 죽으면 썩을 몸뚱이 바라는 남편에게 진상한다고 닳는 것도 아닌데. 생각 정리를 마친 탓에 은향은 과감하고 대담한 몸짓으로 기꺼이 그의 행위에 동참했다.

갈등으로 얽힌 이해관계 중 가장 친밀하고 어려운 관계가 부부가 아닐까. 어긋난 의견으로 인한 대립, 오해와 미움을 푸는 열쇠는 결국 사랑이라는 걸 증명하고 있었다.

부부 싸움은 칼로 물 베기라는 것을 몸소 실천해 주시는 알레한드로와 스칼렛이었다. 찰싹 들러붙어 눈에서 하트를 날리는 저 여자가 어제의 그녀와 동일 인물인지. 허심탄회하게 이야기를 나누고 오해를 풀었다기보단 몸으로 아낌없는 대화를 주고받은 게 틀림없었다.

이상한 심술이 비집고 튀어나오려는 걸 꾹꾹 눌러 참은 은향은 아침부터 얼음을 띄운 물을 들이켜고 있었다. 심각한 고민에 동참했다가 내침을 당해 씁쓸한 기분이랄까.

"즐거운 시간 보냈나 봐요."

누가 넘겨짚는 데 선수 아니랄까 봐 민재와 그녀 사이에 이상 기류가 감지되었는지 그녀가 물어 왔다.

전날보다 훨씬 편해 보이고 부드러워진 얼굴의 스칼렛과 피골이 상접한 은향이 테라스에 나와 앉아 담소를 나누고 있었다.

"믿음이 허물어지니 망상에 빠지게 되더라고요. 그가 날 더 이상 원하지 않는다는 망상, 어젯밤 마지막이다 생각하고 패를 던졌어요. 내가 떠나기를 원하느냐고 물었죠. 뭐, 문제는 아직 남아 있지만 애써 볼 거예요. 그도 나도 서로를 원하는 마음만은 변함없으니까요."

결국 알레한드로가 자존심 버리고 그녀에게 사실을 밝힌 모양이었다. 은향은 여자라서 남자의 자존심이 뭔지 명확히 알진 못하지만 스칼렛을 향한 알레한드로의 사랑은 느낄 수 있었다.

"그럼 잘 해결된 거네요."

"그래요. 그럼 된 거죠. 한국에 돌아가도 우리 자주 연락 주고받아요."

"네."

인사치렌지 아닌지는 중요하지 않았다. 그녀를 만나고 이렇게 편해 보이고 아름답게 빛나는 모습은 처음이었다. 사랑하는 남자에게 사랑을 확인받은 여자만이 갖는 특유의 분위기에 미소까지 더해진 스칼렛은 아름다웠다.

살아 있음에 고마운 아침이었다. 부드러운 침묵 속에서 눈웃음 짓는 고운 모습으로 앉아 행복으로 가는 길을 찾아 문을 열심히 두드려 타협점을 찾은 그녀에게 많은 것을 느끼고 배운 은향이였다.

은향은 시어머니의 의도대로 남편과 가까워졌지만 안개처럼 잡히지 않는 미래가 두려웠었다. 하지만 스칼렛 덕분인지 아주 조금 용기가 난 그녀의 입가에 어느새 미소가 어렸다.

귀국 전 하루, 여유가 생겼다. 아니, 그가 억지로 만들었다고 해야 옳았다. 수행원들을 닦달하고 몰아쳐 겨우 얻어 낸 황금 같은 시간이다. 아내 은향과 오붓한 시간을 보내고 싶어서였다. 그동안 군말 없이 참아 주어 고마운 마음 때문이기도 했지만 걸려온 전화 한 통화가 그의 결단을 부추겼다.

'신경 좀 쓰라는 말, 못 알아들은 거니?'

'어머니.'

'정성을 보여 봐.'

'아내가 가진 게 부족한 사람이 아닙니다.'

'쯧쯧. 여자를 그리 몰라서야. 여자는 정성에 감동한다. 뜻하지 않게 놀라게 하란 말이다. 좋은 머리는 사업에만 적용되니?'

'뭘 어떻게…….'

'일 좀 빨리 마무리 짓고 함께 시간 좀 보내란 말이다.'

'보냈는데요.'

'자유 시간 말이다. 함께 걷고 차 마시고 쇼핑하고. 그게 사람 사는 거다.'

'…….'

대화는 끊겼지만 일러 있다는 생각에 마음이 급해졌다. 남 같던 부부 사이였을 때야 무시하고 말았을 테지만 한 몸이 된 뒤로는 일하다가도 종종 떠올려지는 말간 얼굴이었다. 흥분해 발갛게 달아오르던 두 뺨이 사랑스러웠다. 보여 주지 않은 다른 표정도 알고 싶었다. 기뻐하고 즐거워하고 몰두하고 만족해하는 그런 평범한 모습이 몹시도 궁금해졌다.

"네?"

— 준비해. 한 시간 뒤 차 보낼 거야.

이건 또 무슨 상황이람? 귀국을 앞두고 여행 가방을 정리하던 은향은 뜬금없는 전화에 멍해졌다. 이 사람 뭐지? 이런 스타일 아니지 않나? 그녀가 쌓아 왔던 강민재란 남자에 대한 이미지가 허물어지고 있었다.

23

갑작스러운 통보와 함께 전달 사항이 하나 더 있었다.

가벼운 복장, 선글라스 지참이라니. 은향은 좋은 머리로 여러 가지 가능성에 대해 상상의 나래를 펼쳐 보았지만 짐작조차 할 수 없었다. 그녀는 자신이 엉뚱하단 소리를 들어 왔지만 이제 보니 남편 또한 못지않았다.

업무야 일찍 끝날 수 있다 치자. 당혹스러운 건 왜 그가 그녀에게 시간을 할애하느냐였다. 보통 밤이 만족스러웠다면 보석이나 명품을 선물로 보내지 않나? 굳이 이럴 필요가 있을까? 사실 그가 맘만 먹는다면 스페인의 미녀들과 즐기는 것쯤 일도 아닐 텐데.

혼란스러운 생각을 정리하고 정신을 차리니 이미 이십 분이 훌쩍 지나 있었다.

"사십 분 남았네. 가벼운 복장이라……."

은향은 입가에 비밀스러운 미소를 머금었다. 운이 좋으면 한 번쯤 입을 일이 있겠지 싶어 가지고 왔다. 혼자 바람을 쐴 기회가 왔을 때 입으려고 준비한 소매 없는 흰 원피스는 얌전한 원피스와는 격이 달라도 한참 달랐다.

허벅지 위 짧은 길이, 시폰 소재, 지그재그로 묶여 가슴 정중앙으로 떨어지는 끈 형태를 갖추고 있었다. 걸을 때마다 둥근 곡선이 슬쩍 드러나 보이지 않는 곳을 상상하게 만드는 옷이었다. 다른 사람도 아니고 그와 동행하는데 천박하다느니 벗으라느니 트집 잡지 못할 거라는 얄팍한 계산을 했다.

양 손목엔 여러 개를 겹친 은팔찌를 착용했고 회색빛이 도는 선글라스의 코 부분을 위로 추켜올려 전체적인 매무새를 다듬었다. 부친에게 선물 받은 액세서리를 굳이 착용한 것은 그가 트집 잡진 못할 것이라는 의도가 깔려 있기 때문이었다.

통보된 한 시간 중 사십 분을 알차게 사용한 은향이 거울 앞에서 모델 포즈로 서 허리에 팔을 올린 채 입가엔 미소를 머금었다. 살짝 오른발을 앞으로 내밀어 미스코리아의 자세도 취해 보았다.

준비를 다 끝마친 은향이 밖으로 나오자 수행원이 대기하고 있었다.

"그이는요?"

"기다리고 계십니다."

"출발해요."

어디냐고 묻지 않았다. 괜히 기대치를 높여 설레발치고 싶지 않았으니까. 지나친 기대는 실망으로 되돌아올 수 있었다. 아내라는 이름으로 일 년이 지난 지금, 화끈한 밤 한 번 보냈다고 그가 그녀에게 특별한 감정을 가졌다 믿을 만큼 순진하지 않았다. 관계의 변화야 있겠지만 그건 순리일 뿐이었다.

바람이 불어 어깨에 닿은 머리카락을 슬쩍 건들고 지나갔다.
"어디 가는 거예요?"
"레알 마드리드 홈구장 산티아고 베르나베우."
"어디라고요?"
은향은 입을 쩍 벌릴 수밖에 없었다. 중간 지점에서 올라탄 민재 모습에 한 번 놀라고 지금이 두 번째였다. 가벼운 옷차림을 하라더니 그도 재킷 차림에 보라색 셔츠를 받쳐 입고 있었다. 복장이 주는 착시 효과인지 그가 평소보다 젊고 색달라 보였다. 그리고…… 주책맞게 가슴이 두근거렸다.
"잘 어울려."
잘 어울린단다. 그에게 보란 듯이 과시하기 위해 입은 복장을 칭찬해 주는 민재 때문에 가슴이 두근거려 그녀도 용기를 내 보았다.
"당신도 잘 어울려요. 보라색이 어울리는 남자는 드문데."
"신경 좀 썼어."
부드러운 미소가 드리워지자 인상이 확연하게 변한 그의 얼굴을 멍하니 쳐다보고 말았다.
"축구 좋아하는지 모르겠지만 나름 고심했다는 것만 알아줘."

물론 그의 성의를 인정한다. 멋진 레스토랑에 가서 유명 셰프가 만든 음식을 맛보고 커피를 마신 다음 드라이브를 하는 평범한 데이트가 아니라는 것만으로도 그가 엄청 신경 썼다는 게 느껴졌다.

"당신 전공이 피아노라서 음악회나 발레 공연을 생각했지만 스페인에 와서 축구를 보는 것도 의미 있을 것 같았어. 싫은 건 아니지?"

민재의 목소리는 건조하고 딱딱했지만 혹 그녀가 싫어할까 내심 두려워한다는 걸 간파했다.

"나름 재미있을 것 같아요. 스페인 사람들의 축구 사랑은 유명하잖아요. 기대되는데요?"

"그렇지?"

아이처럼 들뜬 강민재가 축구에 대한 지식들을 나열하기 시작했다.

"오늘은 레알 마드리드와 소시에다드 팀의 경기가 있는 날이야."

"그래요?"

경기장을 가득 메운 팬들의 함성이 가득했다. 자리를 잡고 앉은 두 사람은 낯선 환경에 적응하지 못했지만 경기가 시작되고 나자 바로 축구에 집중할 수 있었다.

전반전 사십오 분이 끝난 휴식 시간이었다.

"페널티킥이나 코너킥은 알고 있을 테고, 골킥이 뭔지 알고 있어?"

"네. 공격으로 인해 공이 나간 경우에 상대편 골키퍼가 골킥으로 공격권을 갖는 거 말하는 거죠?"

"맞아."

경탄하는 눈빛으로 남편이 바라보자 절로 그녀의 어깨가 으쓱해졌다.

"오프사이드도 알고 있나?"

"아뇨 그건 잘……."

"오프사이드는 축구 규칙 중 가장 난해해. 룰 자체는 간단하지만 짧은 시간 동안 인간의 눈으로 상황을 판단해야 한다는 문제로 논란이 많이 생기는 규칙이야. 선수가 상대편 진영에서 공보다 앞쪽에 있을 때, 오프사이드가 되는 거야. 이해하기 어려워?"

어렵지 않았다. 그녀는 축구에 관심이 있진 않았지만 규칙을 잘 알고 있었다. 어쩌면 축구 이론에서는 그녀가 그보다 박식할 수도 있을 테지만 티 내지 않는 눈치 정돈 가지고 있었다.

"아뇨. 당신이 쉽게 설명해 주니까 쉽게 이해돼요."

나긋나긋한 은향의 대답에 둘 사이에 훈풍이 불어왔다.

민재는 청량음료를 들이켰다. 오랜만에 목이 터져라 고함을 질렀더니 스트레스가 한 방에 날아가는 것 같았다. 그리고 그에 못지않게 옆에서 경기에 몰입하는 은향의 모습이 예뻐 보였다. 취미를 함께 공유하는 느낌이 이렇게 특별한 건지 몰랐다. 귀담아 들어 주고 고개를 끄덕여 주고 공감하는 그녀의 모습에 그는 마음이 뿌듯했다.

그녀의 평소와 다른 자유로운 복장이 거슬리기는커녕 섹시하고 요염해 보였다. 동양의 작은 여자가 신기하고 인형 같은지 자꾸만 시선들이 그들을 따라다녔다.

민재는 은향에 대한 깊은 생각을 멈추고 다시 경기에 몰입했다.

경기가 끝나고 혼잡한 관중석에서 누가 먼저랄 것도 없이 손을 맞잡은 두 사람의 얼굴엔 열정적인 경기에 대한 즐거운 여운이 남아 있었다.

"아……."

"은향아!"

순간 거구의 남자가 은향의 몸과 부딪쳐 작은 몸이 휘청거리자 재빨리 그녀를 팔 안으로 당겨 안은 민재였다.

"괜찮아?"

"……네."

두근두근. 소중히 보호받고 있다는 느낌이 들었다. 품 안에서 세차게 고동치는 그의 맥박 소리에 이상한 안도감이 드는 것을 뭐라 설명해야 하는 걸까.

"가지."

한 손으론 그녀의 어깨를 잡고 다른 한 손으론 사람을 헤치며 나아가는 믿음직스러운 모습은 그녀의 마음을 흔들기 충분했다.

경기가 끝나고 돌아온 시간은 오후 일곱 시였다. 간단한 저녁과 술을 즐기기 좋은 곳으로 추천받은 헤르메에서 경기에 대해 이야기를 주고받고 있었다.

"식사도 끝났고 술 한잔할까?"

"네. 와인이 좋겠어요."

귀국 전날 만취할 생각이 아니라면 와인이 적당할 것 같았다.

"잠깐만요."

"응?"

은향이 갑자기 주문하려는 민재의 행동을 저지했다. 그의 노력에 그녀도 뭔가를 보답해 줘야 하지 않을까 싶었다.

"와인에 대해 많이 알아요?"

"응? 어느 정돈."

"그럼 게임할래요?"

"게임?"

"네. 영화에서 본 건데 눈 가리고 맛으로만 와인 이름을 맞추는 거예요. 만약 맞추지 못하면 벌주를 마시는 걸로. 어때요?"

싱긋.

강민재가 미소를 지었다. 편안하고 환한 미소였다. 그런 그의 미소는 한 번도 본 적 없었기에 색다르게 느껴졌다.

"그러다 내가 전부 맞추기라도 하면 어쩌려고 그러는 거지? 무모한 거 아닌가?"

"당신이 곁에 있잖아요. 뭐가 문제죠?"

민재는 은향이 은연중 내비친 그를 향한 믿음에 숨이 턱 막혀 왔다. 처음의 의도대로 완벽한 아내로서의 모습이 아닌 다른 모습을 엿볼 수 있었다.

응원하고 골에 흥분해 소릴 지르고 눈빛을 빛내며 경기에 집중하는 그녀는 그가 익히 알던 여자가 아니었다. 그처럼 그녀도 어깨에 짊어진 무거운 책임과 굴레를 벗어던지니 하얀 알맹이만 비죽 삐져나왔다.

일 년이 지나도록 남 같았던 부부 사이가 이렇게 작은 노력만으로도 가까워질 수 있다는 걸 이제야 알게 되다니. 미안하고 또 안쓰러워 어느새 그는 그녀가 하자는 대로 고개를 끄덕이고 있었다.

주거니 받거니 승부에 집착했지만 시간이 흐를수록 술에 취한 건지 분위기에 취한 건지 알 수 없었다. 누가 이기고 지는지 승부는 중요하지 않았다. 문 닫을 시간이 되었다는 점원의 통보에 비틀대며 겨우 몸을 일으킨 두 사람이었다.

쏴아아.

침대에 털썩 누워 버린 은향은 깔끔한 남편이 샤워하는 소리에 실종된 정신을 찾아가고 있었다.

흐음……. 나른하고 기분이 최고로 좋았다. 이래서 사람들이 술을 마시나 보다. 적당히 취기가 돌아 온몸이 핑크빛으로 물들어 있었다. 더불어 온몸을 휘도는 열감은 뭔가를 갈증 나도록 갈구하고 있었다.

깜박깜박 두어 번 천장을 보고 눈을 감았다 떴다를 반복한 은향이 벌떡 몸을 일으켰다. 뭐니 뭐니 해도 데이트의 하이라이트는 화끈한 밤이 아닌가.

드륵.

욕실의 문을 열고 기습적으로 욕실에 난입한 은향을 발견한 민재가 놀라 망부석이 되어 서 있었다.

"같이 샤워해요."

"……소은향."

"물도 아끼고……. 싫어요?"

알몸으로 용감하게 욕실로 들어와 가늘게 떨리는 목소리로 함께 샤워하자는 아내를 거절할 멍청이가 세상 어디에 있을까. 민재는 은향의 맘이 변할까 얼른 그녀를 당겨 안아 샤워기 아래 세웠다.

"들어올 땐 당신 마음대로였지만 나갈 땐 각오해야 할 거야."

"……음."

두려워하는 건지 후회하는 건지 은향의 몸이 굳어 있었다. 괜한 소릴 지껄인 걸까, 후회한 민재가 황급히 손을 내밀려 했다.

"뼈와 살이 타는 밤……. 콜?"

순간 이성이고 나발이고 아무것도 보이지 않는다는 말이 완벽하게 이해되는 순간이었다.

민재와 은향은 욕실에서 사랑을 나눈 뒤 침대로 옮겨 더 진하게, 새벽까지 함께 침대에서 대사가 필요 없는 밤을 보냈다.

다음 날 두 사람이 아슬아슬하게 비행기에 탑승했다는 건 아는 사람만 알고 있었다. 병든 닭처럼 내내 머리를 상대에게 기댄 채

잠에 빠진 모습은 영락없는 신혼부부의 표상이었다.

그녀의 내부엔 가시가 있다. 듬성듬성 다사한 손길과 작은 관심을 원하지 않는 듯. 그렇게 내부를 단단히 단속했는데 속절없이 감정은 줄줄 샌다. 두려움에 떨며 만들어 놓은 작은 공간에 앉아 아프다는 말도 잊고 빗장을 걸어 두었는데 함께하는 기쁨과 미주보는 즐거움을 맛보며 서서히 변해 가고 있었다. 조금씩 아주 조금씩.

24

한국으로 일상으로 돌아왔다. 재벌가 며느리, 강민재의 아내로. 남편은 여전히 바빴고 그녀는 완벽한 모습으로 이 자리에 서 있었다. 해가 뜨고 비가 와도 누구나 살아가듯 그렇게.

하늘이 먹구름을 가득 담아 흐렸다. 뭔가 내리기 직전이라 바람 내음이 텁텁했다. 목구멍으로 치밀어 오르는 뭔가를 삼키며 은향은 변화를 아프게 실감하고 있었다. 마음 깊은 곳에서 똬리를 틀기 시작한 불안을 지우려 애써 보았지만 그녀의 눈동자는 무의식적으로 벽시계를 향했다.

오후 여섯 시였다.

따르르릉.

"여보세요. 저예요."

— 뭐 하고 있었어?

"항상 하는 일이죠."

— 외출도 하지 않았다던데 답답하지 않아?

"괜찮아요."

— 오늘 늦을 거야. 저녁 약속이 있어. 유진상사 대표와 가벼운 술자리도 이어질 것 같고.

"네."

— 건너뛰지 않기.

귀신이다. 그녀가 식사를 대충 건너뛰려 한다는 걸 어떻게 눈치챘는지.

— 어머니가 걱정하시더라고. 며느리는 말라 가고 아들은 혈색이 점점 좋아진다며 타박하시더라니까. 나 원 참.

"그냥 하시는 말씀이세요."

— 알아, 아는데……. 음…… 나 때문인 것도 같아서.

"네?"

— 당신 마르는 것 말이야. 밤마다 내가 못살게 굴어서인가 싶기도 하고. 버거운가?

이 남자가 지금 무슨 소리를……. 그녀의 얼굴로 서서히 열기가 모여들었다. 버겁다니, 뭐가…….

— 은향아?

"듣고 있어요."

— 한약을 짓는다며 본가에 들르라고 하시던데, 왜 나까지 부르시는 거지?

"……죠."

— 뭐? 못 들었어.

"저야 보약일 테고 당신은 그 반대겠죠."

— 반대라니?

이럴 땐 꼭 모르는 척한다. 다 알면서. 분명 그녀가 곤란해한다는 걸 즐기고 있으리라.

심술이 났다. 없던 용기가 몽실 피어올라 단어 하나하나 콕콕 집어 일러 주었다.

"정. 력. 감. 퇴 아니겠어요?"

— ……하하 아하하하.

미친 듯 웃어 대는 강민재였다. 수화기 너머 누군가의 당황한 목소리가 들려올 때까지 마라톤 완주로 숨이 넘어갈 사람처럼 그는 껄껄댔다.

•

"사, 사장님?"

민재는 놀라 어쩔 줄 몰라 하는 비서가 내민 결재 서류에 대충 사인한 후 책상 위에 턱을 괴었다.

아내는 자신이 만나 온 사람 중 가장 독특했다. 한 번 두 번 안고 나면 질릴 법한데도 몸이 가까워지니 마음도 가지고 싶고 더한 욕심도 생겨났다. 집착하며 들러붙지 않아서 좋고 아내랍시고 이래라저래라 지나친 간섭도 하지 않는 점이 좋았다. 그리고 지금처럼 딱딱한 껍질을 깨고 한 번씩 의외의 모습을 보여 주면 가슴이 쿵쾅댔다.

◇◆◇

귀국한 후 매일 치근대며 괴롭혀도 싫다는 내색 한 번 하지 않는다. 부러 짓궂은 자세를 취하게 해 보았는데 거부는커녕 대답이 또 엉뚱했다.

"제자리에만 갖다 놔요."

"정말이야? 어디까지 수용할 수 있는데?"

"변태나 가학성이 다분한 행위가 아닐 정도?"

침대에서 친밀한 행위를 하는 중이었다. 그녀가 그를 타고 오른 자세였다.

"힘들지 않아?"

"괜찮아요. 남자만 힘들게 움직이라는 법 없잖아요."

"뭐? 하하."

곧 죽어도 힘들단 소린 하지 않으려나 보다. 가만히 두고 지켜보려다 안 되겠다 싶은 민재가 몸을 일으켜 그녀를 침대로 밀어 눕혔다. 기다리다 그가 죽을 판이었다.

"내가 한다고……."

"기다리다 날 새겠어, 부인. 내일 출근해야 하거든."

"급할 게 뭐 있어요. 아직 밤…… 헉."

갑자기 박자를 높이는 그로 인해 은향이 새된 비명을 질렀다.

"설마 내가 한 번으로 끝낸다고 생각하는 건 아니지?"

"어련하시겠어요."

체념한 듯 인정하는 대답이 만족스러웠다.

민재의 움직임이 점점 빨라지고 호흡이 가팔라졌다. 밤이 짧단 생각이 들었다.

은향은 끊긴 전화기를 내려놓고 멍하니 서 있었다. 지금 이게 뭐지? 신혼 놀이? 아니 그것보다 언제부터 그가 전화를 걸고 그녀가 기다리는 게 일상처럼 당연시된 거냐고.

머리가 뒤죽박죽이었다. 기대하고 집착하지 않으려 단련해 왔는데 남자의 웃음소리 한 번에 이렇게 설레다니. 미친 거 아냐?

"사모님?"

지척에서 들린 목소리에 화들짝 놀란 그녀가 상념에서 벗어났다. 한 씨였다.

"아, 뭐죠?"

"식사는 어떻게 할까요?"

"오늘은 하지 않아도……. 아니에요. 준비하세요."

대충 때우려던 그녀는 민재가 한 말을 떠올렸다. 건너뛰지 않기. 그건 어렵지 않았다. 그녀의 건강을 위한 조언이니까 들어도 무방하다는 생각도 들었다.

변화, 작은 변화가 하나둘 늘어 갔다. 부부라는 인연이 잔잔한 파도에 떠다니는 작은 배 위에 살포시 내려앉아 흩뿌려지는 물보라 속에서 닮은 두 마음이 하나로 합쳐졌다. 마치 처음부터 하나였듯.

◇◆◇

상도동이 시끄러웠다.

"어머니!"

민재는 청천벽력 같은 소식에 잔뜩 뿔이 솟았다. 절대 그의 편이라고 자신했던 황 여사가 이렇게 뒤통수를 칠 줄은 몰랐기 때문이다.

"내 말 들어야 한대도."

"무슨 말씀이세요. 지금이 조선 시대인 줄 아시는 겁니까! 합방일이라뇨!"

한약을 지으러 갔다던 황 여사가 폭탄을 투하했다. 아내의 몸이 기가 허해져 약을 지었다고 한다. 뭐 거기까진 좋다. 그런데 부부 관계를 삼가란다.

"손주를 보고 싶다 하셨잖아요."

"며느리 건강이 먼저다. 새아기 혈색도 안 좋고……. 할 말은 아니다만 너, 너무 괴롭히는 거 아니니?"

"……."

민재는 입을 꾹 다물었다. 다과를 주었다 뺐는 게 더 나쁘다고 생각한다. 지금이 바로 그런 상황이었다. 물고 빨아도 부족할 신혼에 절제하라니, 이게 말이 되는가. 나름 연구에 연구를 거듭해 진화하고 있건만 초를 쳐도 유분수지. 말로는 황 여사를 이길 수 없어 침묵만 지키고 있을 뿐이지만 지키지 않으면 그만 아닌가.

"넌 내가 낳아 키운 아들이야. 네 머릿속을 훤히 꿰뚫고 있다.

만약 내 말을 어길 시.”

음산한 기운마저 감돌자 민재는 불안해졌다.

“어길 때는 뭘 어떻게 하시려고요?”

“흐응. 해외에 한 번 더 나갔다 오는 것도 나쁘지 않겠지? 호훗.”

그가 아는 황 여사는 허튼소리는 하지 않았다. 농담처럼 흘려 들었지만 오싹해진 민재였다.

부친 강 회장도 절대 이기지 못하는 황 여사다. 모든 주도권은 황 여사에게로 넘어간 지 오래였다. 그럴 린 없겠지만 어머니가 그를 후계자에서 끌어내리라고 한다면 부친은 즉각 실행하고도 남을 게 틀림없었다.

은향은 거실에 얌전히 앉아 사과를 깎고 있었다. 예상대로 안방에서 나온 남편의 얼굴엔 불만이 그득했다. 이유를 알고 있기에 비죽 새어 나오려는 웃음을 겨우 참고 있었다.

“사과 드세요.”

“됐어.”

사탕을 빼앗긴 어린 소년처럼 남편이 골을 내고 있었다. 퉁퉁 부은 얼굴이 우습기도 하고 그리고…… 귀엽기도 했다.

점심 때 들렀던 한의원에서 한의사는 은향의 몸 상태를 족집게처럼 알아맞혔다.

"새댁이 힘들었나 보네."

"……아니에요."

"강 사장이야 태양인 체질에 강골이란 건 잘 알고 있고. 음, 몸이 냉하고 차가운 편인데."

삼십 분 정도 진료를 받은 뒤 잠시 나가 있으라는 시어머니의 말에 은향이 대기실에 앉아 있었다.

무슨 말이 오고 간 건지 짐작도 못 하지만 약값이 어마어마하리란 건 눈치챌 수 있었다. 아담하고 작은 한의원에 빼곡히 찬 대기 인원이 그를 증명해 주었다. 기다리는 동안 두 손 꼭 잡고 이곳 약을 지어 먹고 삼 년 만에 아이가 들어섰다, 부부 금슬이 좋아졌다, 소문을 듣고 찾아왔는데 한 달을 기다렸다는 둥 심상찮은 수다가 이어졌다.

아이라……. 피임약을 먹고 있다는 걸 밝혀야 하는지 고민되기 시작했다. 계속 비밀로 한다면 화를 낼까? 무엇보다 그도 아이를 원하고 있을까? 심란한 맘을 추스리기 힘들었다. 그녀 자신도 버거워하면서 생명을 책임질 수 있을지 자신이 없었다. 이상한 아이가 태어나기라도 하면? 동영그룹에 어울리지 않는 평범한 아이가 태어난다면? 두려웠다. 천하의 소은향이.

"이게 뭐예요?"

"합방일이다."

"네?"

"……그동안 네가 많이 힘들었을 거다. 민재가 한번 집착하면

밀어붙이는 네 시아버지를 많이 닮았거든."

"아……!"

얼굴이 붉어지는 은향을 보며 황 여사는 짐작이 제대로 들어맞았음을 확인했다. 무던히도 괴롭혀 댔는지 한의사 말에 의하면 기가 많이 쇠했다고 한다. 그녀가 보기에도 얼굴이 반쪽이었다. 그에 비해 아들은 환한 달덩이 같았다. 말리면 불이 더 붙는다는 것은 진리이기에 적당한 구실을 생각해 두었다.

"내가 오지랖이 넓지?"

"아닙니다."

"건강이 최고다. 네가 건강하고 행복해야 집안도 화목한 거야. 과유불급이라는 말 알지? 적당히 해라. 여자가 너무 잘하면 매력 없는 법이다."

"잘 알겠습니다."

며느리가 애쓰는 모습이 안쓰러웠다. 완벽하게 움직이고 빈틈없이 행동하려 용쓰는 게 다 보였다. 재벌가 며느리로 사는 건 생각만큼 즐겁고 화려하지 않았다. 구설수에 오르내리지 않도록 조심해야 했고, 항상 사람을 조심해야 했다. 나가기 싫어도 고립되지 않으려면 모임에 참석해야 했고 내키지 않아도 웃어야 했다. 그녀도 적응하기 힘든 시간이었다.

지켜보니 은향이 아들의 일상에 제 일과를 몽땅 맞추고 있었다. 아들 민재는 차갑고 매몰찬 구석이 많았다. 제 사람이 아니다 싶으면 가차 없이 칼을 휘둘렀다.

손주 보는 게 급했지만 설익은 과실을 탐내기보단 멀리 내다보자 싶어 나선 참이었다. 효과가 있었는지 그 후 가까워진 두 사람이 한마음으로 묶이고 난 다음에야 아이가 들어서면 금상첨화 아닐까 싶어 여기저기 알아보았다.

젊었을 때 어지간히 속이 탔던 황 여사였다. 자식에 집착한 이유가 지나고 보니 욕심 때문이란 것도 깨달았다. 갑자기 아이가 생겼고 순리처럼 부부 관계가 소원해졌다. 그리고 강 회장이 한눈을 팔았었다. 그때 받았던 상처는 강단인 그녀조차 휘청이게 만들었었다. 희미해지긴 했지만 그녀 가슴에 새겨진 커다란 생채기는 여전히 남아 있었다.

눈으로 보이지 않지만 결 고운 사랑, 서운함과 오해가 쌓여도 상대를 믿는 마음, 힘들고 지쳤을 때 손 내밀어 주는 따스한 존재, 상대가 희망이고 위안이 되기를, 마주 보면 설레고 기쁨일 수 있기를. 하나뿐인 아들과 하나뿐인 며느리가 그런 관계가 되기를 희망했다.

무르익고 돈독해져 어느 누구도 침범할 수 없는 단단한 결속으로 묶였을 때 아이가 생기기를 바랐다. 그래야 모두가 행복해질 테니까. 태어나는 아이도 축복받아 빛날 테니까.

해 주고 싶은 말은 많았지만 두루뭉술하게 얼버무린 황 여사는 새아기에게 불을 켜고 달려들 아들을 꼼짝 못 하게 만들 묘안을 짜느라 분주해졌다.

25

아무래도 몸이 이상한 것 같았다. 제대로 된 피임을 하지 않은 채 이루어지는 관계는 생각지도 못했던 임신으로 이어질 수 있기 때문에 각별히 신경 써 매일매일 같은 시간에 복용하고 있었다.

남편과 시어머니가 아시면 기함할 일이지만 아직은 확신이 없었다. 그런데 약 부작용으로 어지러움, 두통, 울렁거림과 같은 증상이 서서히 나타나고 있었다. 그렇다고 일반 피임약에 비해 호르몬 함량이 열 배가량 높아 여러 부작용이 우려되는 사후 피임약을 복용하는 건 더 위험했다.

탁.

은향은 노란 알약을 노려보다 결국 물 컵과 함께 내려놓고 말았다. 보기만 해도 울렁거리는 게 토할 것 같았기 때문이다. 책상 달력에 조그맣게 표시해 두고 다른 날 두 알을 챙겨 먹기로 결정했다.

밤마다 괴롭히는 누구 때문에 행복하다 비명이라도 질러야 옳겠지만 그녀의 마음은 그 어느 때보다 불안정했다. 지금이야 사이가 좋아 매일 밤이 즐겁지만 과연 그게 얼마나 지속될까. 그도 다른 남자처럼 젊은 여자에게 한눈팔지도 모르고 그녀는 아이들 때문에라도 참아 가며 결혼 생활을 유지하기 위해 노력할지도 모른다.

시어머니가 겪었던 일이 그녀의 일이 될지도 모른다. 못난 생각이란 걸 알지만 그와 가까워지면 가까워질수록 뭔가를 더 기대하는 자신의 모습이 낯설었다. 구속, 집착, 족쇄란 단어들이 머릿속을 점령하자마자 부친의 경직된 얼굴이 떠올랐다.

'은향아, 정리정돈 해야지. 물건은 쓰고 나서 같은 자리에 놓으라고 말했다.'

'은향아, 음악을 전공하는 게 네겐 어울린다.'

'은향아, 스커트 길이가 짧다. 바꿔 입어라.'

'은향아, 선 자리가 들어왔다.'

부친을 미워하거나 두려워하는 건 아니었다. 언제부턴가 멀어진 거리가 좁혀지지 않았을 뿐. 등을 돌린 채 부족한 부분을 보듬지 못하고 서로를 부담스러운 존재로 인식했다.

어머니가 돌아가시고 홀로 남은 부친이 새벽, 거실에 우두커니 앉아 사진첩을 들여다볼 때만 해도 그녀는 좋은 딸, 착한 딸이 되리라 맘먹었었다. 하지만 지나친 통제와 구속, 그리고 개성을 인정하지 않는 강압적인 교육 방식에 질릴 대로 질려 버렸다.

어머니 생전엔 부친의 간섭이 이렇게 심하진 않았었다. 학원에서 조금만 늦어도 사람을 보냈고, 학교에서 가는 수학여행은 단 한 번도 참석하지 못했다. 덕분에 그녀는 내내 재수 없는 공주마마 납시셨다는 구설수에 시달려야 했었다.

결국 다녔던 학원을 그만두게 되었고 개인 특별 과외를 받았다. 좋아하지만 전공까지 생각지 않았던 피아노 실력은 사감처럼 딱딱하기 그지없고 인정사정없는 자칭 실력파 교사의 혹독한 지도하에 일취월장했지만 그건 기술일 뿐 감정은 메말라 갔다.

벗어나고 싶었다. 숨 막히도록 답답한 그 공간에서 탈출할 길은 대학 합격밖에 없었다. 하지만 대학에 입학했어도 과정에서 겪은 고단함은 말로 설명할 수 없을 정도이다. 외국의 학교이다 보니 넘치는 음악 영재들에 치이고 동양인이라는 편견에 시달려야 했다. 실력까지 못 따라가니 늘 무시당했었다.

이를 악물고 견뎌서 결국엔 학점을 이수해 졸업할 수 있었다. 그곳에서 그녀는 안개 같은 존재로 떠돌았었다. 집이라는 공간을 벗어나면 자유로울 줄 알았지만 아니었다. 사람과 사람의 인연 맺기는 냉소적인 그녀의 독특한 성격 때문에 쉽지 않았다.

그리고 한국으로 돌아와 얼마 후 그들을 만났다. 우연처럼 필연처럼.

'우연, 필연은 무슨.'

순간 그녀의 눈동자가 광폭해졌다.

똑똑.
"저, 사모님."
서재 문을 조심스레 두드리는 소리에 은향이 고개를 들었다.
"무슨 일이죠?"
"저…… 한서제지 소 사장님이세요."
은향의 부친이었다.
"기다리세요."
웬만하면 문자로 주고받는 편인데 전화를 걸어 오다니 별일이었다.
"저예요. 무슨 일 있으세요?"
— 일이 있어야 통화하는 거냐? 무심한 녀석 같으니라고. 이래서 딸은 시집보내면 그만이라는 소리가 나오는 거다.
"죄송해요."
영혼 없이 내뱉은 말이었다.
— 강 서방과 집에 한번 들러라.
"왜요?"
— 왜라니. 하나밖에 없는 딸 얼굴 잊어버릴 것 같아 그런다.
"그 사람 요새 바빠요. 시간 되는지 물어보고 안 되면 저 혼자 갈게요."
— 쯧쯧. 나도 시간 남아도는 사람 아니다. 바쁜 사람이야. 너만 올 거라면 올 필요 없다.
"……함께 갈게요."
가겠다는 말에 화가 누그러졌는지 들려오는 목소리가 한풀 꺾여 있었다.

— 생일이 다가오기도 하고 다음 주 외국에 나갈 예정이라서 말이다.

"네."

— 은향아.

"말씀하세요."

— 별일 없는 거냐?

"무슨 일이요?"

— ……아니다, 아무것도.

느낌이 묘했다. 직감으로 뭔가 이상하다는 걸 느꼈지만 입을 다물었다. 굳이 전화까지 해 만나자 하시다니. 왜.

나중에 안 사실이지만 부친은 그녀가 미국에 가 있을 때도 감시하는 사람을 늘 곁에 붙여 두었단다. 한국에 있을 때처럼. 자유를 만끽하며 드디어 혼자가 되었다고 생각한 것 자체가 착각이었다.

설마 지금도 그러시진 않겠지만 동영그룹 경호 팀이 외출 시 따라붙는 건 알고 있었다. 하지만 어디까지나 지켜보고 있는 수준일 뿐, 밀착 경호는 아니었으므로 그들을 따돌리는 건 쉬웠다. 부친이 심어 둔 경호 팀도 감쪽같이 속일 정도의 실력인 그녀가 동영그룹 경호 팀 눈을 가리는 건 누워 떡 먹기 수준이었다.

'그땐 그랬어……. 그랬지. 스릴도 있었고…….'

어깨동무하고 밤거리를 활보하던 당시엔 세상이 아름다웠다. 별빛이 아름답다 한들 서로를 마주 보고 믿어 주는 눈빛보다 빛

날까. 함께했던 시간이 동화보다 순수했고 달콤한 사랑의 고백은 세상 어디에도 없는 벅찬 감동이었다. 그랬었는데…….

열 시가 넘어 귀가한 민재였다.

"장인어른이?"

"네, 시간 내기 어렵죠?"

넥타이를 풀고 와이셔츠를 벗던 민재가 의외라는 듯 은향을 돌아보았다.

"어려워도 시간 내야지."

"미안해요."

"……소은향."

"네?"

"가끔 서운해지려고 해."

"무슨 뜻이에요?"

"부부야. 우린 부부라고. 가끔 잊어버리는 거 같아서 말해 두는데 난 당신 남편이고 당신 아버진 내 장인이고."

그걸 누가 모르나? 왜 이런 말을 심각한 표정으로 하는 것인지 그녀는 이해할 수 없었다.

"직역해서 다시 말할게. 당신 일이 내 일이라는 뜻이야. 장인어른은 혼자 계시잖아. 그동안 찾아뵙지 않은 것에 대해 죄송하게 생각하던 중이야. 함께 가자."

평범한 말이었다. 그런데 그녀는 말문이 막혀 대답할 수 없었다. 거절하면 순순히 수용할 거고 바쁘다고 한다면 이해하려 했다. 그런데 고작 친정에 함께 가겠다는 말에 왜 가슴이 아리는지 알 수 없었다.

"바쁘다면 굳이……."

"소. 은. 향."

거칠어진 민재의 목소리에 고개를 드니 검은 눈동자가 그녀의 눈앞에 있었다. 저런 눈빛으로 바라보면 꼼짝도 할 수 없었다. 온몸을 칭칭 옭아매 제 몸이 의지를 벗어났다.

민재는 눈에 띄게 긴장하는 은향의 어깨를 살며시 양손으로 잡아 그에게로 온전히 몸을 틀게 만들었다.

"혼자가 편하다는 거 알아. 함께하는 게 익숙하지 않다는 것도 알아. 하지만 언제까지 그렇게 살 수는 없어. 어른이니까, 당신과 난 결혼한 부부니까. 내 말뜻 이해해?"

"……."

"당신이 우리 집안에 들어와 힘들게 맞춰 주는 거 알고 있어. 모르는 거 아냐. 힘들겠지. 힘들 거야. 노력은 혼자 하는 게 아니잖아. 나도 당신을 위해 맞춰야 공평한 거잖아. 결혼 후 본가에 혼자 갈 때마다 느꼈던 괴리감을 알기 때문에라도 처가에 홀로 보내는 거 싫어. 내 말 틀려? 정말 혼자라도 가고 싶은 거야?"

"난…… 나는."

흔들렸다. 뭐라고 말해야 할지 몰라 머릿속이 하얘졌다.

"하여튼 끝까지 인정 안 하지. 고집불통."

"내가 뭘…… 꺄악! 뭐 하는 거예요!"

"신혼 풀코스 만찬 시식하려고."

"내려놔요. 어서요."

"협조 부탁해. 어허, 그렇게 발버둥 치면 내가 더 힘들어."

민재가 은향을 안아 들어 욕실로 향했다. 얼굴이 벌게진 그녀가 발버둥 치면 칠수록 그녀를 옥죄는 그의 팔 힘이 강해졌다.

"앗, 차거."

"큭큭."

"하지 마요!"

"이래도?"

"……민재 씨."

"은향아……."

쏟아지는 물소리에 부끄러운 신음 소리가 묻혔다. 뜨거운 두 젊은 육체가 수증기로 자욱한 욕실에서 형체를 모르게 어그러지며 하나로 합쳐졌다.

민재는 타일에 밀쳐진 은향의 목덜미부터 시작해 허리, 엉덩이로 입술을 미끄러뜨리고 두 손은 부지런히 가슴 양쪽을 점령했다. 민재 때문에 정신을 못 차린 그녀가 색색 숨만 몰아쉬자 민재가 기습 공격을 감행했다.

"헉."

귓가에 속삭이는 남편의 나직한 속삭임에 온몸이 사시나무처럼 떨려 왔다.

"이제부터 시작이야. 비싼 약 효험이 어느 정도인지 궁금하지 않아?"

◇◆◇

새벽에 어김없이 잠이 깬 은향이 조심히 일어나 앉았다. 온몸이 쑤시고 아팠다. 안 그래도 에너지가 넘치는 사람인데 한약까지 챙겨 먹더니 펄펄 날았다. 한 번으론 서운하지 않겠냐며 침대에서 또 한 번 얼크러졌다.

힘이 없어 네글리제를 챙겨 입는 것도 포기한 채 축 늘어진 그녀를 능글거리는 미소로 그가 끌어안는 통에 숨 막혀 죽을 뻔했다.

부부라…….

부부…….

동영그룹 강민재와의 결혼 생활은 평범하지 않을 거라고 넘겨짚었다. 선 자리에 불려 나온 그의 첫인상이 그랬고, 결혼식 내내 손 한 번 내민 적 없고 따스한 눈길 한 번 준 적 없기에 냉랭한 생활이 되겠구나, 마음 단단히 먹었었다. 상처받지 않도록 스스로를 단속하고 주지 않는 것을 내놓으라 소유권을 주장하지 않을 작정이었다.

하지만 함께 시간을 보내고 몸을 나누다 보니 감정 단속이 어려워졌다. 절로 눈길이 향했고 관심받고 싶어졌다. 무엇보다 달라진 건 그의 말 한마디에 기쁨과 좌절 그리고 감동을 받게 된 것이다. 혼자가 편하다, 괜찮다며 위장했지만 실상은 그와 함께 가고 싶었다. 잘 사는 모습을 보여 드리고 싶은 게 본심이었다.

바닥에 떨어진 네글리제를 집어 입은 은향이 헝클어진 주위를 정돈하고 깊이 잠에 빠진 민재를 가만히 내려다보는 입가엔 좀처럼 보기 힘든 미소가 살포시 걸려 있었다.

하지만…….

"알았어요."

사흘 뒤 친정 가는 날, 준비를 마친 은향은 십 분 전 김 비서와의 통화 후 넋이 나간 사람처럼 정원 한가운데 그대로 멈춰 서 있었다.

'사장님은 실무진과 급히 인천으로 내려가셨습니다.'

사고가 있었단다. 선적이 어쩌고저쩌고 무슨 말인지 전부 이해하진 못했지만 기다리고 있던 그녀에게 연락도 못 하고 갈 만큼 다급한 일이 일어난 게 분명했다.

"사모님?"

김 기사의 재촉으로 대기한 차에 올라탄 은향은 가방을 가슴으로 당겨 안았다. 머리로는 백번이고 이해하는데 가슴으론 찬바람이 지나갔다. 마치 가슴 한복판에 구멍이 뚫린 것만 같았다. 친정으로 가는 길이 멀고 아득하기만 했다.

'사업하는 사람이니까 그럴 수도 있지. 전화 한 통 하지 못할 만큼 중요한 일이겠지. 이럴 줄 모르고 결혼한 거 아니잖아. 소은

향, 너 이렇게 속 좁은 여자였어? 이런 일에 상심할 만큼 바보였어? 응?'

기대했었나 보다. 자신은 남들과 다를 거라고. 우습게도.

"훗."

은향은 가방의 손잡이를 꼭 움켜쥐었다. 완벽한 아내로 돌아갈 시간이었다. 더불어 흠잡을 데 없는 딸로.

26

친정으로 가는 길이 멀게만 느껴졌다.

답답함이 그녀를 무겁게 짓눌렀다. 혼자 계신 부친을 자주 찾아가 뵙지 않는 것에 대한 미안함과 어머니가 살아 계셨더라면 좋았을 텐데, 라는 생각이 뒤엉켰다. 가슴이 빈 깡통처럼 허전하기만 했다.

어디서부터 풀어야 할지 실타래가 엉켜 풀 방법 없이 꼬여 버린 부친과의 거리, 목숨처럼 사랑했던 사람이 하루아침에 떠났었던 그날처럼 막연하고 막막하기만 했다. 은향, 그녀의 얼굴이 아무것도 그려지지 않은 하얀 도화지처럼 창백했다.

식탁 위의 맛깔스러운 음식들이 입맛을 돋우었지만 마주 보고 앉아 식사하는 소 사장과 은향 사이엔 침묵만이 흐르고 있었다.

쇠젓가락이 내는 미미한 소리조차 크게 들릴 지경이었다. 숨 막힐 듯 조용한 분위기에 일하는 아주머니가 외려 이쪽저쪽 눈치만 보며 안절부절못하고 있었다.

현관에서 혼자 들어서는 은향을 보고 부친은 아무 말도 묻지 않았지만 눈썹이 찌푸려지는 걸 그녀는 분명하게 목도했다. 회사에 급한 일이 생겨 오지 못하게 되어 죄송하다는 말이 입 안으로 삼켜졌다. 변명처럼 들릴 게 분명한 탓이었다.

"강 서방은 바쁜가 보구나."

"……네."

재영은 입 안에서 겉도는 쌀알을 겨우 삼키고 젓가락을 가지런히 내려 두었다.

"아주머니."

"네, 사장님."

"물 좀 주세요."

"사장님 말씀대로 현미로 넣어 지었는데 입에 맞지 않으세요?"

"아닙니다."

기대한 뒤라 허탈감이 더 컸다. 살뜰한 사위는 아닐지라도 두 사람이 함께 잘 사는 모습을 눈으로 직접 확인하고 싶었다.

그를 닮아도 너무 닮은 딸은 목석이 아닌가 생각될 정도로 딱딱했다. 예의범절과 규율에 각별히 신경 쓰며 키운 탓인가 싶어 부모로서 자괴감도 들었다. 은향의 어미가 일찍 세상을 뜬 이유도 있지만 귀한 자식일수록 엄하게 키워야 한다고 생각했다.

그런데 결혼하고 나서 친정 나들이에 늘 혼자 오는 딸이 은근히 걱정되기 시작했다. 누가 보더라도 평범한 모습은 아니었으니까. 살피니 낯빛도 어두워 보였다.

'음식이 입에 맞지 않으면 그만 먹어라. 억지로 먹으면 탈 난다.' 라고 표현하면 될 일인데 그의 입에서 나온 말은 마음과는 달리 냉정했다.

"음식을 앞에 두고 그러는 거 아니다. 복 달아나겠다."

깨작거리던 젓가락질을 허공에서 멈춘 은향이 결국 공기 옆에 젓가락을 내려놓는 걸로 식사 시간은 끝이 났다.

"입에 맞지 않으세요?"

"아니에요. 속이 좋지 않아서요. 음식 만드시느라 수고하셨어요."

"……네."

음식이 거의 그대로인 모양새를 훑어본 김 씨는 순간 당황했다. 원래 소식하는 소 사장이야 그렇다지만 은향도 반 공기만 채웠는데 밥이 절반은 족히 남아 있었다.

"아주머니, 과일과 차 좀 준비해 주세요."

"네, 알겠습니다."

숨이 턱 막혔다. 몇 십 년 동안 나고 자란 곳인데 낯설고 불안했다.

정원이 훤히 내다보이는 곳에 위치한 이곳은 시야가 확 트여 있었다. 가구도 전체적으로 군더더기 없이 깔끔한 이미지를 풍겼다. 흔한 장식장도, 벽에 서화를 걸어 두지도 않았다. 실내 장식이 야단스러운 건 좋아하지 않지만 여백이 많은 공간은 안정감과 아늑함과는 거리가 멀었다.

사람이 살다 보면 바뀌거나 늘어나는 살림도 있으련만 수십 년 동안 똑같은 환경과 변함없는 사람이 오늘따라 거슬렸다.

"회사에 무슨 일이 있는 거냐?"

"네. 급히 지방에 내려가게 되었나 봐요. 저도 출발 직전에 연락받았어요."

팔은 안으로 굽는다라는 말을 실감하며 은향은 저도 모르게 민재를 옹호하고 나섰다. 믿든 안 믿든 그 사람에 관해 싫은 말은 듣고 싶지 않았다.

"그래?"

온전히 믿는 눈치는 아니라는 걸 직감으로 알 수 있었다.

"그건 그렇고 아직 소식은 없고?"

"네?"

무슨 말인가 싶어 고개를 든 은향의 눈과 재영의 눈이 맞부딪쳤다.

"아이 말이다."

"……."

절로 주먹이 꽉 쥐어졌다. 난데없이 아이라니. 확신이 없기에 피임을 하고 있던 은향은 알 수 없는 화기가 치밀어 올랐다. 친정아버지로서 걱정되어 할 수 있는 말인데도 심사가 편치 않은 은향은 배배 꼬이고 말았다.

"때가 되면 생기겠죠. 아니면 말고요."

"그게 무슨 말이냐!"

"아이 문제, 저 혼자 노력한다고 되는 게 아니잖아요. 그런 뜻으로 말씀드린 거예요."

"부부 사이에 문제가 있냐."

"없어요."

"그럼?"

"아직 결혼한 지 이 년밖에 안 됐어요."

"벌써 이 년째다. 결혼을 했으면 그 집안의 대를 이어야……."

또 이 모양이다. 오랜만에 만난 부녀가 화기애애한 대화를 나누어야 옳은데 기 싸움을 하고 있었다. 평소 같으면 네, 하고 귀 닫고 입 닫으면 그만이었다. 그런데 못된 심보가 발동했는지 따박따박 말대꾸를 하는 은향이였다.

"요새 아이 없이도 잘 사는 부부 많아요. 뭐 칠거지악 운운하며 내치면 어쩔 수 없고요."

"은향아!"

사춘기에도 하지 않던 반항을 하고 있었다. 부부 사이에 문제가 있는 게 틀림없었다. 그가 지레짐작하며 운을 떼려 하는데 은향이 먼저였다.

"아버진 재혼하지 않으세요?"

"뭐?"

"저도 결혼했고 이젠 재혼 생각 하실 때도 됐잖아요."

금기를 건드린 은향이였다. 어머니가 그렇게 허무하게 삶을 놓아 버린 후 꺼내지 않았던 무거운 주제이기도 했다. 혼자 꿋꿋이 버티시는 부친이 이해되지 않았다. 그녀의 결혼을 염두에 두신 건가 싫었지만 결혼하고서도 별반 달라지지 않으셨다. 도대체 왜.

"이제 와 무슨."

"아직 젊으세요."

돈과 명예 그리고 인품을 가진 부친이 맘만 먹으면 당장 내일이라도 재혼이 가능했다.

"난 한 번으로 족하다."

"왜……. 아니에요."

새삼 궁금해졌다. 재혼을 생각하지 않을 만큼 어머니를 사랑하셨는지, 아님 단순히 혼자가 편해서인지. 그 이유가 아니라면 다른 이유가 있는 건지. 하지만 표정이 어두워진 재영을 보곤 날카롭게 추궁하려던 그녀의 입이 절로 다물어졌다.

'어디서 뺨 맞고 어디다 분풀이하려는 거냐, 너.'

의도한 게 아니었지만 서로를 할퀴던 두 사람의 대화가 일단락되고 침묵이라는 당연한 수순이 뒤따랐다. 결국 친정에 온 지 세 시간 만에 자리에서 일어난 은향이였다.

"다음엔 강 서방과 함께 들러라."

"아버지도 잘 다녀오세요."

"……은향아."

"네?"

"……연락 없었지?"

"네? 누가요?"

"아니, 아니다. 아무것도."

기시감이 들었다. 부친의 머뭇거림에 신발을 신던 그녀가 뒤를 돌아보았다.

"아버지?"

"아무것도 아니래도 그런다. 어서 가 봐라."

아버지가 외국에서 사위에게 주려고 사 온 양주와 넥타이를 손에 든 은향이 차에 올라 떠나는 모습을 살피던 재영은 그제야 담배를 꺼내 입에 물었다.

'그래 기우일 테지. 그럴 거야.'

무슨 일이냐고 묻는 딸아이에게선 아무것도 발견하지 못했다. 이상한 낌새도 없었다. 그의 지나친 걱정이었나 보다. 길게 연기를 뿜는 그의 얼굴에 피곤한 기색이 스치고 지나갔다.

'재혼이라니…….'

은향의 입에서 재혼이라는 말이 나오다니. 철이 든 건지 아니면 늙은 아비 혼자 사는 게 부담되는 건지. 어느 쪽이든 그는 재혼할 생각은 손톱만큼도 없었다.

미안한 말이지만 은향의 엄마를 너무 사랑해서도 아니었고 잊지 못해서도 아니었다. 젊을 적 학자가 되고 싶었던 그는 결국 부친의 뜻에 따라 한서제지를 이어받았고 지금에 이르렀다.

은향의 엄마를 맞선으로 만나 결혼했고 가정을 꾸렸다. 무용을 전공한 그녀는 영국 국립 발레단 입학을 앞두었지만 집안의 강권으로 꿈을 접은 채 그와 결혼해야 했다. 그리고 성격적으로 너무나 다른 두 사람이 화합하기란 쉽지 않았다. 다정다감하고는 거리가 먼 그와 감성이 풍부하다 못해 넘치는 그녀는 상극이었다.

하지만 은향이 태어났고 다른 부부처럼 세월이 그들을 삼켜 갔다. 자유롭게 날아올라 비상하고픈 아내에게 뭘 어찌해 줘야 할지 모른 채 그저 아껴 주고 한눈팔지 않으면 되겠지 안일하게 생각하며 외로움을 외면했었다.

결국 심장 마비로 세상을 뜨고 유품으로 남겨진 아내의 일기장을 읽고 나서야 그는 후회로 가슴을 쳐야 했다.

그도 행복하기만 한 건 아니었다. 좋아하는 책을 읽으며 평범하게 살고 싶었지만 현실에서 책임져야 하는 것들에 대한 무게는 막중했다. 뒤를 돌아볼 시간도 없었다. 그라고 왜 유혹이 없었겠는가.

하지만 한 남자의 남편으로 아이의 아빠로 무책임한 짓은 하지 않겠다고 생각하며 스스로를 채찍질했다. 자신에게 엄격했고 어쩌면…… 아내에게도 딸에게도 그랬던 것 같다. 그녀가 힘들어한다는 걸 알면서도 생활 패턴을 바꿀 수 없었다. 모두가 그에게 맞추길 원했다. 거슬리면 고치라고 말해야 직성이 풀렸고 물건이 제자리에 있지 않으면 짜증부터 났다.

어느 날 즐겨 입는 와이셔츠가 없다고 집 안에서 살림을 어떻게 하느냐 화를 내며 출근했던 적이 있었다. 그러고 나서 한 시간 후 회사로 도착한 셔츠. 처음엔 새로 샀나 싶었지만 그 짧은 시간엔 불가능한 일이었다.

알고 보니 이른 아침 세탁소에 빗속을 뚫고 달려가 찾아왔다고 한다. 비바람이 심한 날이었다. 요령 없기는……. 일종의 시위였을 것이다. 아내는 그 후 몸살로 일주일을 내내 앓아야 했다.

'왜 미련을 떨어?'

'보기 싫어서요.'

'뭐?'

'흠 잡히기 싫었어요. 당신이 그걸 원하니까. 내가 맞춰야겠죠. 그래야 조용할 테니.'

'여보.'

'당신은 잘못한 거 없어요. 내가 당신 닮아 가나 보죠. 이젠 내가 완벽하지 않으면 참을 수 없네요.'

열이 끓어 끙끙대는 아내의 발간 얼굴과 체념 어린 목소리가 그의 가슴을 후려쳤다. 미안하다는 말이 입 안에서 맴돌았지만 차마 뱉어지지 않았다.

"후우."

다 타 버린 꽁초를 비벼 끈 그의 입에서 긴 한숨이 흘러나왔다.

누군가와 맞춰 산다는 것, 그것이 얼마나 어려운 일인지 안다. 행복하게 만들 자신이 없다면, 자기애가 강하다면 혼자 살아야 한다고 생각했다.

은향이 자식을 낳고 사랑받고 행복해지면 그도 사업을 내려놓을 생각이었다. 그가 가장 소원했던 일, 커다란 책장과 수천 권의 책들에 쌓여 잠들고 싶었다.

민재가 호텔에 들어선 건 새벽 두 시였다. 하마터면 대형 사고

로 이어질 뻔한 일을 겨우 수습하고 간단한 샤워 후 침대에 쓰러지듯 누웠다. 내일을 위해 자야 한다는 비서진의 강권에 쪽잠이라도 자기 위해 호텔로 들어왔다.

'전화라도 해야…….'

경황이 없을 정도로 바빴다. 실무진이 내내 곁에 붙어 따라다녀서 전화를 걸 수도 없었다. 오너인데 뭐 어떠느냐 할 수도 있겠지만 흠 잡힐 일은 만들지 말아야 했다.

오 분만 더 누워 있은 후에 연락해 보자 했지만, 민재는 그대로 깊은 잠에 빠져 일어나지 못했다.

민재는 잠에서 깨어나자마자 은향에게 전화를 걸었다.

"별일 없지?"

— 네.

"장인어른은?"

— 잘 계세요.

"……다른 말씀은 없으셔?"

— 네. 당신 급한 일이 생겨 인천으로 내려갔다고 말씀드렸어요. 신경 쓰지 마세요.

"겨우 한시름 내려 둔 참이야. 일이 마무리되려면 좀 더 있어야 해. 사흘 뒤 올라갈 거야."

— 네.

"미안해. 혼자 가게 해서. 사정이……."

"사장님. 서두르셔야 합니다."

김 비서의 재촉하는 목소리에 민재는 말을 다 잇지 못했다.

— 괜찮다고 했잖아요. 바쁠 텐데 이만 끊어요.

건조하고 메마른 분위기였다. 은향의 목소리는 예의 바르지만 냉했다.

"사장님?"

"김 비서, 여자가 화났을 때 풀어 주는 방법이 있나?"

"네? 아, 사모님 말씀이세요?"

"응."

"사람마다 다르다고 생각합니다. 사모님은 선물이나 웬만한 립 서비스에 반응하지 않으실 분 같아요."

"그럼?"

유나는 심각한 얼굴로 고민 상담을 하는 상사를 바라보았다. 처음엔 정략이었지만 지금은 진심이라는 걸 곁에서 모시기 때문에 누구보다 빨리 알아챘다.

"우선 미팅부터 참여하시고 답은 조금 후에 말씀드릴게요."

"아, 그래. 나가지."

그제야 인천 공장 실무진들과 중요한 미팅이 있다는 것을 상기한 민재가 성큼성큼 앞으로 걸어 나갔다. 목에 가시가 걸린 것처럼 마음이 답답했다. 하지만 섭섭한 표현을 내비칠 만큼 이젠 그를 남이 아니라 생각하는 것 같아 기껍기도 했다. 상대방에게 어리광이나 화를 낸다는 것은 그만큼 애정이 있다는 말도 되지 않는가. 꿈보다 해몽이 좋은 강민재였다.

◇◆◇

탁.

은향이 수화기를 내려놓았다.

미안하단다. 그래, 빈말이라도 미안하다고 했으니 속 좁게 화내지 않아야 옳았다. 그게 옳은데…….

요즘 그녀도 본인이 맘에 들지 않았다. 이렇게 자신이 감정적이고 충동적이었다니. 친정에 다녀와서도 내내 맘이 불편했다. 나이를 어디로 먹었는지 혼자인 부친에게 살뜰하진 못할망정 짐을 얹어 주고 온 모양새였다.

몸과 마음, 이성과 가슴이 따로 놀았다. 중대한 일을 처리하고 짬을 내어 전화를 걸었을 텐데 이해한다는 말은 못할망정……. 눈치 빠른 사람이니 그녀의 비틀린 심사를 알아챘을 것이다.

골치가 아팠다. 이마를 문지르던 그녀는 문득 걱정으로 물들었던 부친의 까만 눈동자를 떠올렸다.

"그 눈, 분명 본 적이 있는데……."

떠올리기 싫은 기억이 수면 위로 차고 오르자 급히 고개를 저은 은향이였다. 하지만…….

'누구라고요?'

'나야, 오랜만이다.'

잠시 소리 없는 침묵이 흘렀다.

높고 파란 하늘, 푸른 혈맥이 뛰며 펄펄 날아 생동하는 6월을 기억하게 하는 맑고 낭랑한 목소리가 인사를 건넨다. 아무 일도 없었다는 듯. 가슴에 시퍼런 멍 도장을 찍어 놓고 잘 사냐며 한번 만나고 싶다며. 시간이 흘렀으니 잊혔다 믿으며.

27

재능은 하늘이 내려 주는 것, 특히 예체능은 아무리 노력해도 오를 수 있는 한계가 있었다. 명예롭지 않은 졸업, 자괴감과 죄의식에 도망치듯 한국으로 돌아온 은향은 말 그대로 사춘기에도 하지 않았던 방황을 하고 있었다.

커피숍 창가 자리에 앉아 멍 때리는 여자는 은향이였다. 물질은 넘치는데 맘 둘 곳을 찾지 못해 외로움 속에서 휘청이고 있었다. 6월의 푸른 하늘 아래 시간이 흘러가든지 말든지 관심조차 없었다. 그때 다가온 사람이 미라, 그녀였다.

한 손엔 아이스커피를 들고 자리를 찾지 못해 두리번대다 혼자 앉아 있는 그녀에게 옆에 앉아도 괜찮겠냐며 눈부신 미소를 지었다. 선글라스로 가려져 있었지만 웃고 있다는 확신이 들었다.

낯선 사람에게 서슴없이 다가서는 당당함이 맘에 들었다. 늘씬한 키와 몸매를 자랑하는 보기 드문 서구형 미인이었다. 나른하고 지루한 일상에 스며든 귀한 인연이었다. 처음엔 그렇다고 믿었다. 우연이었다고.

달그락.

얼음이 녹아 물이 되기까지 어떤 이야기를 나누었는지 기억나지 않지만 햇살처럼 따스한 미소로 응대해 주는 그녀가 반갑고 신기했다. 혼자 있을 때보다 시간은 훨씬 빨리 지나갔다. 소소한 즐거움이란 이런 걸 두고 말하는 거겠지. 사람을 만나고 내 이야기를 들려주고. 따스하고 달콤한 미소, 해맑은 웃음으로 그녀는 은향을 매료시켰다.

그렇게 몇 번 만나다 보니 두 사람이 고등학교 동창이었다는 걸 알게 되었다. 이래서 세상은 좁다고 하나 보다. 미라가 2학년 때 전학 왔기 때문에 그녀를 알아보지 못했을 거라고 한다. 꼭 그 이유 때문이 아니더라도 은향은 그녀를 기억할 수 없었다. 늘 학교에선 걸을 때도 땅만 보고 다녔고 점심도 늘 혼자 먹었으니까.

"학교에서 한 번쯤 마주치지 않았을까?"

"그랬겠지."

"너, 정말 집과 학교만 다니는 범생이였구나."

"응……. 그렇지."

"난 경제학과 졸업했어. 오늘 친구들 부를 건데, 괜찮지?"

"하지만 나는……."

"대학 동문이야. 너도 친구들이 맘에 들 거야. 가자."

미라와의 인연으로 은향은 경영학과 백준기와 전자공학과 김규한, 그들을 만났다. 금방 친해진 그들은 서로 의기투합해 사총사 처럼 늘 붙어 다녔다.

지금 생각해 보면 이상했던 점이 한두 가지가 아닌데 왜 그땐 전혀 눈치채지 못했을까. 이해되지 않았다. 검은 천으로 눈을 가리지 않고서야.

은향과 준기는 연인이 되었다. 그가 주는 배려와 자상함에 푹 빠져 간과 쓸개까지 빼 줄 만큼 그렇게 믿고 의지했다.

네 명이 의기투합해 공동 소유주이자 창립 멤버가 되어 작은 회사를 차렸고, 새로운 첨단 소재인 기능성 백판지 개발에 주력했다. 현재 한국 점유 회사가 판지 제조업의 매출액 중 총 95%가량을 차지하고 있지만 제지업 중 산업 포장재 시장은 가격 탄력성이 비교적 낮아 인터넷 사업 활성화로 확대되는 추세라는 점을 충분히 고려한 선택이었다.

일에 미치고 사랑에 미치고 사람에 미치고 사는 것에 환장하도록 미쳐 버렸다. 하지만 개발과 시장의 판로 개척은 호기와 젊음으로 극복되는 문제가 아니었다. 그렇게 지쳐 가고 현실에 굴복하고 타협하기 시작했다. 하지만 이겨 낼 수 있다고 굳게 믿어 의심치 않았다.

제 어디에 그런 용기가 숨어 있었는지 모르겠지만 은향이 발 벗고 뛰어다니며 기술 개발의 투자자를 찾아다녔다. 세 명의 생각이 그녀와 다른 것도 모르고. 파국은 얼마 지나지 않아 찾아왔다.

“이럴 순 없어. 이럴 수는 없는 거야.”

“이게 최선이야.”

"최선이라고? 이게 말이 되니? 규한아, 꿀 먹은 벙어리처럼 입 다물고 있지 말고 말 좀 해 봐."

"……."

"인정할 수 없어. 성공이 눈앞에 있는데 조금만 고생하면 돼, 버티면 돼. 왜……. 난 동의 못 해!"

목이 터져라 소리치는 그녀를 바라보는 미라의 눈빛이 매섭다.

"네가 잊었을까 봐 다시 상기해 줄게. 과반수의 동의가 있을 땐 결정지을 권리가 있다고 명시한 거 기억나지?"

"미라야, 이러지 마. 장난이지? 너희들 날 놀리려고 그러는 거지? 오늘이 4월 1일이잖아! 맞지?"

"은향아. 이게 현실이야. 우린 이미 결정 내렸다."

믿었고 마음까지 내주었던 연인마저 냉정하게 그녀를 뿌리치고 사무실을 나가 버리자 은향은 다리에 힘이 풀려 철퍼덕 바닥에 주저앉아 버렸다.

다음 날 책상이 트럭에 실려 사라졌다.

그다음 날은 공동 명의 폐업 신고서에 서명을 요구받았다.

다다음 날엔 먼지만 폴폴 날리는 커다란 사무실에서 혼자 펑펑 눈물을 흘렸다.

한 달 후 그들과의 연락이 끊겼다.

동업이 끝나면 친구 관계도 무너지나? 연락을 끊고 다시는 보지 않는 거야? 사람이 먼저였고 돈이 나중 아니었나? 이건 뭐지? 대체 이게 뭐야? 돈을 벌지 못해 힘이 빠졌다. 사람을 잃어 아팠다. 사랑을 놓아 슬펐다. 친구를 놓쳐 아렸다.

그리고 그들에게 이렇게 하루아침에 버림받을 정도로 하찮은 존재였다는 게 그녀를 미치게 했다. 믿었던 모든 것들이 물거품이 되어 버린 거다. 허상이었던 거다.

"이러지 마. 조금만 버티면 돼."

"……한계야. 이러다 빚더미에 앉을 판이라고."

"미라야."

"그만하자. 미안하다."

"규한아 너는 아니지? 미라와 같은 생각하고 있는 거 아니지? 그렇지?"

외면하는 몸짓에 그동안 쌓아 온 믿음이 와르르 무너져 내리는 것 같았다.

"이 정도밖에 안 돼? 그래? 너희들 뭐야! 대체 뭐야!"

"……넌 잃을 게 없잖아. 우리처럼 절박하지 않잖아. 돌아갈 곳이 있잖아. 비빌 언덕이라도 있잖아."

"이럴 거면 왜 시작하자고 했어. 이렇게 쉽게 포기하고 주저앉을 거면 왜!"

"우리 탓만 하지 마. 세상일 뜻대로 되는 건 아니잖아. 물러설 줄도 알아야지. 밑 빠진 독에 물 붓기라고. 그게 더 멍청한 짓이야."

가시를 세운 미란이 은향을 정면으로 공격했다. 언제부터인지 모르겠지만 미라는 은향에게 예민하게 굴기 시작했다. 은향은 이유를 알지 못했기에 더 답답했다. 아니, 어쩌면 눈치채고 있었는지도 모른다. 미란이 준기를 맘에 품고 있다는 것을.

하지만 은향은 사랑도 우정도 놓고 싶지 않았다. 그게 욕심일지라도.

"그만해."

규한이 보다 못해 미리를 데리고 밖으로 나갔다. 미안하다는 말도 사과도 없었다. 제 값을 받았으니 뿔뿔이 흩어진 세 사람은 아쉬움이나 미련의 찌꺼기조차 없이 오히려 속 시원한 듯 보였다.

우정, 사랑, 함께한 시간 따위 개나 주라지. 돈 앞에서 그것들은 아무것도 아니지 않은가. 우리라는 테두리 안에 자신은 처음부터 포함되지 않았다는 걸 깨달은 은향은 그 자리에 서서 허탈한 모습으로 웃고 있었다. 모든 게 허망하고 분하고 그리고 억울하고 서러웠다.

사랑했던 사람들이 미워지는 밤이면 몹시 괴로웠다. 별들이 뜨고 지고 시간이 지나도 마음이 아팠다. 믿었던 연인, 끝까지 함께하리라 마음먹던 밤이 떠올랐다. 세상 모두가 내 편에 선 기분이 들었고 행복의 정상에서 내게 주어진 모든 것들에게 감사했었다.

그렇게 마음 주고 정을 주었던 그들이 미워지는 밤. 충만했고 행복했던 만큼 미움을 알아 버려서, 내 하찮은 마음이 어리석어서 괴로웠다.

하지만 은향이 알고 있는 사실은 일부에 지나지 않았다.

완벽한 정장을 갖춰 입고 표정을 감추기 위해 평소보다 진한

화장을 했다.

"오랜만이야."

반갑다고 빈말이라도 하고 싶었지만 얼어붙은 마음은 움직이지 않았다. 시간이 은향에게만 흐른 건 아니었는지 눈부시도록 아름다웠던 미라의 얼굴에도 고단함이 묻어났다.

"재벌 사모님이 되더니 신수가 훤해졌네? 신문 봤어. 너도 참, 초대해 줬으면 좋았잖아."

웃기는 코미디다. 아무렇지도 않은 듯 마주 앉아 오랜 친구에게 투정하듯 나불대는 저 입을 양옆으로 쫙 찢어 버리고 싶다는 잔인한 생각을 품은 채 은향은 뜨거운 라테 한 모금을 억지로 넘겼다.

"무슨 일이지?"

"어머. 만나자마자 용건부터 이야기하라 이거니? 예전에도 그랬지만 차가운 건 여전하구나?"

사과를 하기 위해 찾아온 건 아닌 게 분명했다. 하얗게 떡칠한 얼굴에 오선지를 그려 놓고 싶었다. 네가 헌신짝처럼 신의고 우정이고 길바닥에 버리고 난 뒤 널브러진 마음을 주워 담고 수백 번이나 불면의 밤을 보낸 걸 알까? 넌?

"맞아. 누구 때문에 차가워졌어. 그러니 용건만 말해. 오랜 친구가 찾아왔을 땐 딱 두 가지 경우라고 들었어. 보험 가입 아니면 돈이 급할 때."

"……."

급격히 어두워지는 미라의 안색과 바르르 떠는 입술을 보니 정곡을 찔렀나 보다.

"소은향."
"말해."
"넌 네가 세상에서 가장 잘나고 똑똑한 줄 알지?"
"그런 적 없어."
"아니. 넌 항상 그랬어. 모른 척하지 마. 그게 더 나빠."
미라의 태도는 적반하장이었다. 그동안 쌓은 내공의 힘으로 은향은 평정을 유지하고 있었다.
"네가 짐작한 대로 돈이 급해서 왔어."
"번지수 잘못 찾았어."
"아니, 맞아."
"무슨 말이야?"
"나도 이렇게까진 하고 싶지 않았지만, 사정이 급해. 오죽하면……."
"요점만 간단히 말해."
"그래. 한서제지 소재영 사장님."
갑자기 튀어나온 부친의 이름에 은향은 의자에 기댄 몸을 일으켰다.
"나도 이렇게 밝히고 싶진 않았지만 네가 오해한 부분이 있어 말하는 거야. 물론 결정은 우리가 했지만 당시 개발한 기술을 넘기라고 요구한 쪽이 바로 한서제지였어."
"말도 안 돼! 아버지가 왜!"
"글쎄, 그건 네가 알아봐야 하지 않겠어? 나는 급한 불부터 꺼야 했거든. 헐값에 넘겼던 기술 덕을 톡톡히 본 걸로 알고 있어.

배당금 같은 거창한 걸 요구하는 게 아냐. 다만 도의라는 게 있다고 생각해."

멀리서 웅웅대는 소리가 점점 가까워졌다.

"……향. 소은향."

"뭐……."

"나도 너 만나는 거 비밀로 하고 나온 거야. 그 사람은 몰라. 맘에 내켜 하지 않았거든."

"비밀이라니? 누구?"

"……너 정말 아무것도 모르는구나. 나 결혼했어. 준기 씨와."

쿠웅.

덜컥 내려앉은 가슴 때문에 은향은 흔들리는 발끝에 힘을 주었다. 아니라고 부정해 온 것들 중에서 그래도 사랑은 온전했노라고 믿고 싶었는데……. 헤어지고 나서 어떤 인연으로 맺어졌든 그들을 비난할 자격이 없단 걸 알지만 그래도 허탈한 마음을 감출 수 없었다.

"준기 씨는……."

"바쁘게 지내. IT 사업을 시작했는데 무리한 사업 확장으로 지금은 자금이 문제야."

돌고 돌아 결국 돈 문제로 귀착되었다. 입 안이 썼다. 미라는 돈이 필요해 자신을 만나러 나왔다는 말이었다. 그래도 준기 씨는 다를 거라고 믿었었다. 헤어질 때 그가 뭐라고 했었더라?

'미안하다. 감당하기 벅차다. 아니 네 집안 배경이 부담스럽

다고 해야 맞겠지.'

'이러지 마. 실패는 누구나 해. 다시 도전하면 돼. 내가 도와줄게.'

'그건 아니라고 생각해. 여기서 끝내자.'

자존심이 세서 그래서 실패를 인정하지 않고 그녀와 헤어질 결심을 한 거라 믿었다. 하지만 그것마저 순수한 바람에 지나지 않았던 걸까.

의외였다. 미라는 생각 외로 덤덤한 표정을 하고 자신을 상대하는 은향을 바라보고 있었다. 하지만 찰나 흔들리던 눈빛을 포착한 그녀는 회심의 미소를 머금었다.

'온실의 화초인 네가 그럼 그렇지.'

언제부터인지 준기의 눈빛이 변하기 시작했다. 은향 그녀를 물어다 주고 유혹하라 시킨 게 저인데도 못마땅했다. 공과 사를 구분하지 못하고 감히 그녀와 은향을 저울질하고 있었다. 나쁜 놈.

하지만 그와 그녀는 절대 헤어질 수 없는 특별한 이유가 있었다. 바로 준기와 그녀의 딸이 있었던 탓이었다. 허점 투성이에 어수룩한 아이템 개발 사업을 팔아넘기고 두둑이 챙긴 돈으로 결혼식도 올렸다. 소은향과의 인연은 여기까지라고 생각했다.

"은향이를 만나기로 했다고요. 소은향."

"만나서?"

"결혼 축하 인사도 하고. 우리 결혼도 알리고. 그때 그럴 수밖에 없었다는 사정도 흘리고요."

"뭐?"

"그렇잖아요. 아이템을 넘기라고 제안한 사람이 누군지 이젠 은향이가 알아도 된다고 생각해요. 우리만 나쁜 사람 될 필요는 없잖아요?"

"그렇지만 그건 그녀를 속인 우리……."

"이제 와 과정을 따지는 건 우습지 않나요? 결과가 중요한 거지. 만나지 말까요?"

준기는 넥타이를 매던 손을 멈추었다. 하루하루 피가 말랐다. 은행 대출도 더 이상 해 줄 수 없다는 말에 사채라도 쓸까 고민하던 중이었다. 집도 담보로 잡힌 지 오래였고 물려받은 시골 땅을 팔아 사업 자금으로 댄 뒤엔 부친과 사이도 소원해졌다.

"결과적으로 한서제지에게 큰 이득을 준 건 사실이잖아요?"

"난 잘 모르겠어. 당신이 알아서 해."

"네."

줄담배를 피우며 엘리베이터가 아닌 계단을 이용해 내려가는 준기의 얼굴이 어두웠다. 그도 사람인지라 양심에 찔리지 않는다면 거짓말이었다. 하지만 산재한 문제가 코앞이었다. 궁지에 몰린 그로선 선택의 여지가 없었다. 아니, 오히려 나서 준 아내의 용기에 박수를 쳐 주고 싶었다. 눈빛 형형했던 은향의 부친을 떠올리며 준기는 작게 몸을 떨었다.

'내 딸에게서 멀어진다고 약속한 거, 잊지 말게.'

'알겠습니다.'

'벌여 놓은 사업 아이템 때문이라고 변명하든 다른 이유로 변명하든 깨끗하게 마무리 지어야 할 거야. 알겠나?'

'……네.'

일이 틀어졌다. 순풍에 돛 단 듯 순항하던 계획은 은향의 부친 소 사장이라는 암초에 부딪쳐 산산이 와해되기 직전이었다. 처음부터 그들을 조사하고 지켜보고 있었다니. 미라와 그가 동거하는 사이라는 것도 그들 사이에 이미 숨겨 놓은 딸이 있다는 것도 죄 알고 있었다.

'미련을 남겨 두거나 여지를 남긴다면 나도 가만있지 않을 거야. 이건 겁박이 아냐.'

'제가 따님을 좋아…….'

'은향의 은 자도 꺼내지 마. 첫 만남부터 우연을 가장한 접근이었다는 것도 알고 있으니까. 아니라 부정할 텐가?'

소름이 끼쳤다. 안경 너머 자신을 바라보는 눈매가 빙설보다 차가웠다. 인정에 호소하며 받을 액수를 부풀리고 싶었지만 여기까지가 한계라고 판단했다.

연인 관계였던 미라의 제안, 황당했지만 도전 가치가 있어 보였다. 시나리오대로 쉽게 은향은 속아 넘어갔고 그들이 쳐 놓은 그물에 걸려들어 허우적댔다. 홀딱 빠져들도록 그녀가 좋아하는 짓만 골라 했고 모든 여자들이 원하는 남자 주인공 역을 충실히 했다.

잘하면 재벌 사위가 될 수 있겠다고 여길 무렵, 불안을 느낀 미라의 초조한 움직임과 그의 성급함이 일을 그르치고 말았다. 영리한 머리를 십분 발휘해 받아 챙길 만큼 챙겨 은향을 떠났다.

그리고 지금이었다. 하지만 사업이 어디 머리만으로 되는 것인가. 그는 역량 부족을 절감하며 한계에 부딪쳤다. 사업을 할 만한 그릇이 안 된다던 부친의 엄한 충고가 자꾸만 그를 괴롭혀 댔다.

"까짓것 한 번 나쁜 놈인 거 두 번이라고 달라져? 이번 일만 잘 해결되면……."

뻔뻔한 미라와 인면수심 준기는 닮아도 너무 닮아 있었다.

쥐 죽은 듯한 고요 속 응접실 안 분위기가 험악했다.

아닐 거라고 믿었지만 부친의 입에서 너무나 쉽게 긍정의 대답이 흘러나왔다.

"맞다. 내가 그랬다."

"왜…… 대체 왜 그러셨어요?"

"너와 어울리지 않았어."

"그래서 그러셨어요? 도와주시지는 못할망정 벼랑으로 내모셨어요? 네?"

"그때 어린 너희들이 뭘 어떻게 할 수 있었겠냐. 가만 놔두면 빚더미에 올라앉았을 거다."

"제가 망하든 감옥에 가든 그건 제 인생이잖아요. 왜 아버지가……."

"사채가 얼마나 위험한지 몰라서 그런 소릴 지껄이는 거다. 장기까지 팔아야 하는 최악의 상황이 올 수 있었어. 그걸 두고 보라고?"

"아버지!"

밉다 미워. 이렇게 얄미울 수가 없었다. 부친의 말에서 조금의 반박할 틈조차 찾지 못했다. 약 오르고 분해서 가슴에 천불이 난 그녀는 벌떡 일어나 현관으로 달려 나갔다.

"사장님 괜찮으세요?"

"아, 네."

보다 못한 김 씨가 말을 걸자 재영은 한숨을 길게 내쉬고 자리에서 일어나 창밖을 바라보았다. 우려하던 대로 그 인간들이 딸을 찾아갔나 보다. 설마가 사람 잡는다더니 회사로 몇 번 전화가 걸려 왔다고 전달받았지만 무시했다.

이제 와 잘한 선택이었는지 아닌지 중요하진 않지만 당시 그는 최선이라고 생각했다. 거짓과 위선으로 똘똘 뭉친 아귀 같은 무리들을 딸 주위에서 빨리 몰아내야 했다. 허망하게 아내를 잃고 딸마저 잃을 수 없었다. 방관과 무관심으로 병든 아내에 대한 죄책감이 그를 짓눌렀다.

그들은 조사를 하면 할수록 가관이었다. 윤미라는 의도적으로 딸에게 접근했으며 백준기와 깊은 사이로 딸까지 낳아 숨겨 둔 상황이었다. 그 자식이 은향을 대놓고 홀리고 있었다.

방법을 궁리하는데 의외로 기회가 찾아왔다. 아이템이 탐이 나서가 아니었다. 인재라면 회사에 치일 정도로 많았고 획기적인 기술 개발은 빛도 보지 못하고 사라지기 일쑤였다. 그가 뭐가 아쉬워 증명도 되지 않은 그들의 아이템을 사들이려 했겠는가. 그는 바보가 아니었다.

그리고 그들은 너무나 쉽게 영혼과 우정을 팔았다. 마치 준비된 사람들처럼. 소재영, 그가 내민 손을 덥석 붙들었고 자존심을 바닥에 패대기쳤다. 사랑을 부정했고 양심을 팔았다. 그의 걱정이 맞아떨어진 것이다. 거액이었지만 아깝지 않았다.

이미 피멍 든 아이에게 모든 걸 사실대로 밝힐 수 없었다. 그렇게 진실을 밝히지 못하고 악역을 맡은 부친의 진심을 그녀만 까맣게 모르고 있었다.

대체 무슨 생각을 하고 있는 건지 알 수 없는 이상한 여자, 은향의 모습을 두고만 보던 민재가 말문을 열었다. 남남 같던 사이로 되돌아갈 수 없었다. 이제 겨우 가까워진 아내라는 이름의 그녀는 그의 인생에 중요한 위치를 차지하는 사람이었다.

"날 좀 내버려 둬요!"

"소은향. 이틀째야. 대체 장인어른과 무슨 일이 있었던 거지?"

"알 필요 없어요. 아버진…… 내가 지금까지 생각해 왔던 분이 아니었어요. 그 이상은 말하기 싫어요."

"흐음. 남자와 여자는 근본적으로 달라. 장인어른이 너에게 무슨 잘못을 어떻게 한 건지 모르겠지만 그렇게 하신 이유가 있다고 생각하지 않아?"

"지금 내가 괜한 히스테리를 부린다, 이 말이에요?"

"그런 뜻이 아니잖아."

"됐어요. 내일 출장이라면서요. 캐리어는 정리해 두었어요. 난 좀 이따 잘게요."

서재로 도망치듯 들어간 은향이였다. 부친에 이어 잘난 남편이 그녀를 훈육하려 든다. 듣기 싫었다. 이유는 무슨 이유. 정형화된 틀에서 벗어나 자유롭게 비상하려는 그녀가 맘에 들지 않아 날개를 꺾은 거겠지.

머리가 지끈거리고 속이 메스꺼웠다. 속이 빤히 보이는 미라의 재등장이 역겨웠고 단정하고 올바르다 믿어 온 부친도 실망스러웠다.

아무 일도 아니다. 아무 일도 없었다. 별일 아니다. 수십 번이나 뇌에 새기고 새겨도 아득했던 기억은 좀처럼 잊히지 않았다. 죽었다가 살아나는 좀비처럼 그녀의 뇌를 야금야금 갉아먹었다.

28

하필 이때 출장이 잡혔다. 빡빡한 일정에 쫓기듯 움직인 민재는 시간이 흐를수록 불안하고 착잡했다. 떠나온 후 은향과 연락이 좀처럼 닿지 않았다. 아니, 부러 연락을 하지 않는다는 것이 맞을 것이다. 가만히 두어야 옳았다. 충고든 조언이든 그 어떤 이야기를 하든지 고깝게 들릴 게 분명했다.

그는 무리하게 일정을 소화하며 한국 귀국을 서두르고 있었다. 가진 정보력을 총동원해 은향의 주변 인물들을 조사했고 재빠른 판단으로 장인이 감추고자 하는 의도를 어느 정도 파악했다.

'헛똑똑이 소은향. 잘난 척은 있는 대로 하더니.'

말은 그렇게 해도 걱정이 태산이었다. 여우같이 영리하다 믿었던 여자는 곰처럼 아둔한 면도 동시에 지니고 있었다.

주룩주룩 내리는 비를 바라보며 민재는 버번을 한 잔 들이켰다. 잠시간의 휴식. 비 때문에 어긋난 미팅으로 호사를 누리며 아내를 떠올렸다.

언제부터 그녀가 이렇게 제 인생의 중심으로 파고들었는지 모르겠다. 귀엽고 적당히 애교 있고 나긋한 여자를 이상형이라 생각해 왔는데 그녀는 완전 정반대였다. 그의 취향이 이렇게나 독특했었는지 지금까지 알지 못했다.

가랑비에 옷 젖는다고 쌀쌀맞은 목소리와 매섭게 쏘아보는 눈매가 보고 싶었다. 그는 자신이 변태인가 싶었다. 결과적으론 현명하신 어머니 황 여사의 바람대로 되고 말았다.

어렵게 입수한 사진들 속엔 그가 모르는 그녀의 다양한 표정들이 담겨 있었다. 지금과 크게 차이가 나진 않지만 좀 더 생동감 있고 사람다운 얼굴이었다. 그는 어렵게 맘 준 사람들에게 배신당한 적이 없기에 완벽하게 그녀를 이해할 수 없지만 그들 때문에 스스로를 가둬 버린 그녀가 안타깝고 안쓰러웠다.

"맘 같아선 그 작자들을 쓸어 쓰레기차에 실려 보내고 싶군."

왜 장인이 사실을 밝히지 않았는지 사랑하는 사람을 보호해야 할 입장이기에 이해할 수 있었다. 아마 더 큰 상처를 받지 않길 바라서였을 것이다. 하루아침에 등 돌린 그들에 대한 깨진 신의로 절망의 늪에서 허우적거리는 딸에게 만남부터가 위선이었노라 어떻게 밝힐 수 있었을까. 표현하는 방식이 고리타분했지만 나름 장인다운 선택이었다고 생각했다.

술기운 탓일까. 결국 보고 싶은 마음을 참지 못한 그가 전화를 걸었다.

— 여보세요.

"나야."

— 네.

"이르면 모레 귀국할 수 있을 거야."

— 무리하지 마세요.

"공항에……. 아냐, 아무것도."

— 마중 나갈까요?

"응? 그래 주면 고맙고."

— 나갈게요.

대화가 어색하고 말이 꼬였다. 그녀가 화가 난 상태라 분위기는 딱딱했지만 떨어져 있으니 이성이 자리를 찾나 싶었다.

"필요한 거 없어?"

— 없어요.

"생각해 봐. 남자가 돈을 버는 이유가 뭐라고 생각해? 이곳은 보석이 유명하던데. 터키석?"

— 아뇨. 악마의 구슬이요.

"뭐?"

— 장식 고리예요. 나쁜 기운을 막아 준다고 들었어요. 강한 악마가 구슬 안에 있어서 주변의 악한 기운들이 피한대요.

"그런 건 어디서 들어 알고 있는 거야? 알았어."

애교라고는 눈을 씻고 찾아봐도 없는 무뚝뚝한 아내가 그에게 처음 요구하는 건데 뭔들 사 주지 못할까. 그는 점점 팔불출이 돼 가는 제 모습이 낯설었지만 나쁘지 않다고 생각했다. 져 주는 것이 이긴다는 말, 베품이 받는 것보다 행복하다는 말을 요새 실감하고 있었다.

이틀 후.

터키 최대 도시 이스탄불의 아타튀르크 국제공항에서 두 건의 폭발이 발생했다. 올해 들어 벌써 네 번째 테러였다. 속보로 뜬 뉴스 보도에선 대부분의 사진이 공항 1층을 보여 주고 있었다. 입국장에 비하여 출국장은 검열이 심하지 않아 접근이 용이한 이유로 공항 검색대를 통과하지 못한 테러범이…….

귀국한다고……. 오늘 도착……. 분명 이스탄불을 경유한다 하지 않았었나? 은향은 혼란스러운 마음에 정신이 없었다.

"정신 차려라."

"아버지 그이와 연락이 안 돼요. 무슨 일이 생긴 게 틀림없어요."

"은향아."

뉴스를 보고 달려온 딸의 얼굴은 하얀 밀랍 인형 같았다.

"아버지가 비행기 티켓 좀 얼른 구해 주세요. 네?"

"침착해야지. 섣불리 움직였다 길이 엇갈리기라도 하면 낭패다. 그러니까……."

"연락이 안 된다니까요. 느긋하게 기다릴 여유가 없어요!"

절박하게 매달리며 비행기 표를 구해 달라는 딸의 모습은 사랑에 빠진 여인의 얼굴이었다. 아이러니하게도 재영은 은향의 모습에 안도감이 들었다. 그리고 그를 그토록 억압해 왔던 죄의식을 조금은 내려 둘 수 있을 것 같았다.

"아비 말 들어라. 아무 일 없을 거다. 그러니 조금 더 기다려 보자."

"정말 그럴까요? 정말요?"

"그래, 분명 그럴 거다."

은향은 피가 마른다는 말을 몸소 체험하고 있었다. 통신 장애 복구가 늦어졌고 직항 노선 긴급 수송 비행기에 탑승하기까지 우여곡절이 많았다고 들었다. 일을 수습하고 기절하듯 잠들어 쪽잠을 잔다는 그를 깨울 수 없었다. 궁금해 미칠 것 같았지만 도착까지 그저 두 손만 아프게 맞잡고 있어야 했다. 눈으로 확인할 때까지 안심할 수 없었다. 확인할 때까지.

아무리 그래도 전화라도 주면 어디 덧나나? 시부모님께만……. 아니, 아니지. 이런 배부른 투정을 할 때가 아냐. 살아 있다잖아. 살아 있다고. 강민재 그가 살아서 돌아오면 되는 거야. 그래. 그럼 된 거지.

미리 공항에 나와 있던 은향의 손톱이 이로 뜯겨 너덜너덜해질 무렵, 그가 탄 비행기가 도착했다. 평소보다 많은 공항 인파 속에 은향이 있었다. 도착하기 두 시간 전부터 출국장 앞에 서 있었다. 함께 마중 나온 비서진들이 식은땀을 흘리며 그녀의 눈치를 보고 있었다.

"몇 시 도착이라고 했죠?"

"열한 시입니다."

"……무사히 도착하겠죠? 변수는 없는 거겠죠?"

"탑승했다고 연락 왔습니다. 사모님, 아직 두 시간이나 남았으니 앉아서 기다리시……."

"그런데 왜 그 사람이 직접 간 거죠?"

원망이 가득 실린 은향의 질문에 그들은 더 이상 아무런 말도 하지 못했다.

그때 전광판에 불이 들어왔다.

"안내 말씀 드립니다. ……터키의 현지 사정과 기상 악화로 인해 한국 시각 오전 열한 시 도착 예정입니다. 긴급 수송기로 대처한 만큼 서비스 면에서 만족하지 못하……."

입국장이 단박에 활기를 띠었다. 은향처럼 속을 끓인 사람들이 우르르 한 번에 입국장 앞으로 몰려들었다.

온몸의 피가 이제야 도는 것 같았다. 입 안이 바싹 마르고 목이 칼칼했다. 소식을 전해 들은 직후부터 지금까지 물 한 모금 넘기지 못하고 있었다. 남남처럼 살았던 시간이 길었고 부부로 함께한 건 얼마 되지 않았는데 시간은 감정에 비례하지 않았다.

사랑해야 한다면 사랑할 대상을 선택하라면 당신이 적합할 것 같다. 아니, 당신이어야 한다. 자존심 지키느라 원한다는 말 한 번 못 했지만 늦지 않았다면 당신이 좋다고 말해 주고 싶다. 그가 기쁨에 취해 승리감을 만끽하는 고까운 장면을 연출할지라도. 혼자라는 것에 이골이 났지만 당신이라면 시간을 공유하고 함께 살아 보고 싶다. 눈 맞추고 입 맞추고 몸도 맞추고.

부부로 묶인 인연의 끈이 소중하다던 황 여사의 말과 두 눈에 관심과 사랑을 한가득 담아 그녈 바라보며 응답을 원하던 민재의 눈빛이 떠올랐다. 그녀는 맞잡은 두 손에 힘을 주었다.

남은 인생을 함께하고 싶은 사람이 당신일까, 온 세상이 다 나를 버려도 끝까지 날 믿어 줄 사람이 당신일까. 확신은 어디에도 없지만 가지고 있는 모든 것을 망설임 없이 내놓고 그의 목숨을 살려 달라 빈 순간만은 진실이었다.

곧이어 피곤한 기색이 역력한 민재가 시야에 들어왔다. 날듯이 달려간 은향이 그의 앞에 서자 기뻐하는 얼굴을 하는 그였다. 왜 가슴이 무너지는 기분이 드는 건지 이유를 찾지 못하겠다. 안심이 되자 다리에 힘이 풀리고 울컥 눈물이 쏟아져 내릴 것 같았다.

"은향아?"

"괜찮은 거예요?"

"음…… 가자. 박 비서가 나머진 알아서 정리해요."

대답도 듣지 않고 민재는 그녀의 허리에 팔을 감아 힘 있게 품 안으로 당겨 안았다. 핼쑥해진 아내의 얼굴이 마뜩잖으면서도 절 걱정한 건가 싶어 비튼 미소를 지은 채 차에 올랐다.

"은향아?"

"잠깐만요."

뒷좌석에 오르자마자 뭐 하는 짓인지 그의 팔을 쓸어내리고 얼굴을 만져 대는 모습이 낯설었다.

"왜……."

"확인하게요. 다친 데 없는 거죠? 네?"

은향의 말 한마디로 그동안 얼마나 그녀가 맘 졸였는지 알 것 같았다. 걱정으로 수척해진 볼을 쓸어내리던 그도 격정을 이기지 못하고 그녀를 가슴에 품어 안았다.

위험한 그 순간에도 소은향 그녀가 먼저 떠올랐다. 만약 그녀가 혼자 남게 된다면……. 겨우겨우 마음 내준 그에게 무슨 일이 생긴다면 그녀는 고립된 생활로 돌아갈 게 분명했다.

"괜찮아. 당신 남편 머리카락 한 올도 다치지 않았어. 떠날 때 그대로야. 증명해 줄까?"

"뭘…… 흡."

마치 영화 속 뜨거운 연인 사이처럼 입술을 밀어붙이는 그의 행동에 그녀도 조금씩 물들어 갔다. 상도동에 도착할 때까지 그렇게 두 사람은 서로를 확인하고 있었다.

상도동에 도착해 인사를 드리고 그들만의 보금자리로 돌아와 기절하듯 잠에 취했던 두 사람은 새벽에 잠이 깨고 나서도 안고 있는 자세를 풀지 않았다. 말이 필요 없었다. 그저 서로를 느끼며 온기를 나누었다.

희미한 여명에 의지해 눈을 껌벅이던 그녀가 뒤채자 작은 머리통을 가슴으로 당겨 안은 민재가 긴 한숨을 내뱉었다.

"왜 그래요?"

"안심되어서. 내 자리로 돌아온 것 같아서."

겨우 삼켰던 눈물이 그제야 흘러내렸다. 축축한 느낌, 민재가 안은 팔을 느슨하게 풀자 도리질하며 기어이 떨어지지 않고 허리를 꽉 껴안아 드는 은향이였다.

"보지 마요. 창피하니까."

"……은향아."

"고생은 당신이 다 했는데 약한 여자처럼 눈물 보이는 거 싫어요."

"걱정시켜서 미안해."

"다신 그런 곳에 가지 마요. 가려면…… 나랑 함께 가든지."

소은향, 어떻게 이렇게 예쁠 수 있을까. 함박 미소를 머금은 민재의 가슴이 행복으로 커다랗게 부풀어 올랐다.

"이거 큰일인데, 소유욕 시작. 이제 나도 품절남이 되는 건가?"

"맘대로 생각해요."

그래 이렇게 나와야 소은향이지. 그녀는 무작정 양보하고 져주고 이해해 주는 여자가 아니었다. 감정을 표현하는 데 인색하고, 작은 비밀을 커다란 비밀처럼 껴안고 사는 여자가 바로 그가 사랑하는 독특한 아내였다.

만약 그가 공항에서 그녀의 선물을 고르지 않았다면 운이 나빴을지도 몰랐다는 말은 끝까지 하지 않았다. 덜렁대는 심장을 부여안고 자신이 살아 있음을 확인하고 또 확인하는 그녀에게 근심을 더해 줄 수 없었다. 아마 그의 장인도 이런 마음이었겠지. 다치지 않게 보호해 주고 싶었으리라.

"내가 하는 말 들어 줄래?"

"무슨 말이요?"

"화내지 않기. 끝까지 듣기."

"……좋아요. 오늘은 당신 말 모두 들어 줄게요. 이렇게 살아 돌아왔으니까."

자세를 바꾸어 등 뒤에서 그녀를 껴안았다.

"장인어른 말이야, 당신이 오해하고 있는 부분이 있어."

"……."

"거짓말은 하지 않을 거야. 나도 나름 조사해 봤거든."

"당신이요?"

은향이 몸을 비틀며 그의 품 안에서 빠져나가려 들자 더욱더 가슴으로 당겨 안는 민재였다.

"들어, 들어 봐. 당신 탓을 하는 게 아냐. 사귀었다는 걸 뭐라는 것도 아냐. 사랑받은 사람이 사랑할 줄도 안다고 믿으니까."

긴장으로 굳은 어깨가 안쓰러웠지만 민재는 진실을 알려 주는 사람이 그여야 한다고 생각했다. 다른 사람도 아닌 바로 그가.

"두 가지야. 하나는 아이템을 사겠다고 먼저 제안한 건 장인이 아니라는 것, 두 번째는 처음부터 의도적으로 접근했다는 것."

침묵이 어둠을 삼켜 여명이 점차 밝아 왔다. 침실로 새어 드는 빛이 사물을 분간할 수 있을 만큼 퍼지기 시작하고 있었다.

"아니에요. 분명 우린 우연히 만나……."

"은향아. 기억을 떠올려 봐."

필름이 돌아갔다. 낡은 흑백 영상이 찰칵거리며 빠르게 스쳐 지나갔지만 우연이 아니라는 확신은 들지 않았다. 눈이 멀었던 건가 싫었지만 그건 눈이 먼 게 아니라 보고 싶은 것만 보고 기억하고 싶은 것만 기억하려는 일종의 자기방어였다.

쉽지 않을 거라 예상했지만 여전히 아내는 몸을 굳힌 채 거북이처럼 딱딱한 껍질 속으로 들어가기 직전이었다. 마지막 카드를 꺼내 들어야 했다.

"기다려. 보여 줄 게 있어."

그가 들고 온 사진들 속엔 익히 알고 있는 남녀와 치아를 드러내며 웃고 있는 어린 아이의 모습이 찍혀 있었다.

"엄마는 윤미라, 아빠는 백준기, 딸 이름은 백한별."

"두 사람이 결혼한 건 알지만, 아이 나이가……."

"입양한 거 아냐. 봐, 둘을 꼭 닮았잖아. 의심도 못 할 만큼. 두 사람은 동거 중이었어. 당신을 만나기 훨씬 전부터."

"그럴 리 없어요……."

"은향아."

참고 참은 울음보가 기어이 터져 버렸다. 막았던 둑이 무너져 내린 것처럼 인정하기 싫은 사실과 다른 누구도 아닌 강민재, 그에게 치부를 들킨 수치스러움까지 더해져 울음소리는 더욱 커져 갔다.

"어어엉. 흑흑."

"쉬이. 그만, 그만해. 이러다 탈진하겠다. 뚝!"

전부 토해 낼 때까지 기다리려다 도무지 멈출 줄 모르는 그녀의 통곡에 달랠 방법을 찾아야 했다. 아이처럼 목 놓아 우는데 어찌나 애잔한지.

"흐으…… 으."

"받아들이기 힘든 거 알아. 그래도 기억해. 충성을 맹세한 아군이 두 명이나 있다는 걸. 장인어른과 강민재. 그걸로 위안 삼으면 안 될까?"

"그래도 사람이라면 이러는 거 아녜요……. 흑."

"복수해 줄까?"

"……."

"원하면 말해. 내 와이프 눈물 뺀 놈들 가만두지 않을 테니."

그러곤 그의 입에서 거친 욕설이 흘러나오자 놀란 그녀는 눈꼬리에 눈물을 매단 채 그를 올려다보았다.

"당신 남편 한번 믿어 봐. 본때를 보여 줄 테니까."

"폭력은 안 돼요."

"하하. 걱정돼?"

사람 좋게 웃어 젖히는 그가 미더웠다. 그의 말대로 그녀가 나이를 먹은 탓인지 시간이 흐른 탓인지 아니면 부친과 그가 든든해서인지 충격의 여파는 그리 크지 않았다. 미워하고 외면했던 자신의 용렬함을 반성했다. 헛똑똑이에 허당이 바로 그녀였다.

"고마워요."

그녀의 말에 민재가 가슴속에 숨겨 둔 말을 토해 내듯 꺼냈다.

"공항에서 후회했어. 단 한 번도 당신에게 내 진심을 말하지 않은 거. 내가 당신을 사랑하고 있다는 거."

"민재 씨."

"기다릴게. 당장 답을 들려 달라는 거 아냐. 당신은 내가 아니니까. 그래도 너무 늦지 않았으면 해."

"……네. 그럴게요."

이미 사랑하고 있다고 기다리지 않아도 된다 말해 주고 싶었지만 뜨거운 눈으로 온몸을 훑는 시선에 뇌는 녹아들었다. 은밀한 부부만의 시간이었다. 서로를 갈구하는 손짓과 발짓이 아침이 밝아 올 때까지 멈출 줄 몰랐다.

복수하고 싶은 맘이 없는 건 아니었다. 그럴 힘이 있었으니까. 하지만 금수보다 못한 인간을 상대해 뭘 얻을 수 있을까. 알량한 승리감을 느끼기 위해 같은 인간이 될 수는 없었다. 그렇다면…….

전보다 화색이 도는 미라였다. 아마 준기가 운영하는 회사 자금의 압박이 풀린 탓인가 보다.

"고마워. 역시 친구가 좋아."

"한미라."

"응?"

"네가 인간이라면, 적어도 날 친구라고 생각한 적 있다면 오늘 이후 연락하지 마."

"뭐?"

미라의 얼굴이 눈에 띄게 경직되었다. 모든 사실을 알았다는 걸 눈치챈 것 같았다.

"지난 일이야 나도 어렸고 네게 미안하다고 생각한……."

"네가 착각할까 봐 말해 둘게. 은행장들을 만나 자금 압박과 원금 상환을 미뤄 달라고 했어. 아버지가 움직이셨어. 내가 부탁드렸거든."

은향이 미라의 말을 도중에 뚝 잘라 버렸다. 변명도 미안하다는 말도 구차할 뿐이었다. 계산으로 맺어진 인연의 고리를 끊어야 했다. 인생에 해가 되는 사람을 다시는 만나지 않기를 바랐다.

"기억해. 너와 내가 얼굴 맞대는 일은 오늘이 마지막이란 걸. 만약 다시 연락하거나 만남을 시도한다면 가만두지 않을 거야."

"무슨 뜻이야?"

"말 그대로야. 난 누구처럼 음험하고 계산적이지 못해. 남편의 힘을 이용해서라도 너와 준기 씨 다시 일어서지 못할 만큼 밟아 버릴 거라고."

놀랐는지 미라의 얼굴이 백지장처럼 허옇게 바랬다.

"알았어. ……여하튼 도와줘서 고마워."

"과연 그럴까?"

"무슨?"

"독일지 약일지 훗날 알게 되겠지."

알 수 없는 말을 중얼거리더니 은향이 남은 주스를 한입에 털어 넣고 자리에서 일어났다.

"계산은 네가 해. 그동안 날 속이고 등 처먹은 돈, 이걸로 대신하자."

호수 산책길을 따라 걸으며 은향은 속울음을 삼켰다. 귀한 인연이 악연으로 매듭지어진 지금, 홀가분하다기보다 허탈했다. 미라에게 남긴 묘한 말은 독이 될까, 약이 될까.

부친의 말을 빌리자면 준기가 벌여 둔 사업이 끝이 보인다 한다. 밑 빠진 독에 물 붓기였다. 차라리 파산 신고 하고 살길 찾으면 건질 거라도 있겠지만 대출받아 빚을 늘여 가며 무리한 사업 확장을 하다간 결국……. 그는 역량이 되지 않는 그릇이었다. 작은 그릇에 넘치도록 욕심을 내니 따라올 결과는 불을 보듯 뻔하다 하셨다.

"그래도 잘 살아. 아이를 위해서라도. 백준기, 한미라."

벤치에 앉아 있던 그녀는 모여든 오리 떼에게 눈길을 빼앗겼다. 청둥오리 가족이 꽥꽥 사람 주위로 모여들고 있었다. 불어오는 미풍과 다사한 햇빛 속에 평온해 보이는 오리 가족과 먹이를 던져 주는 어린아이가 어우러져 한 폭의 그림을 이룬다.

미웠던 마음도 분했던 마음도 고마운 대자연 앞에서 흐물흐물 스러져 갔다.

소은향, 그녀의 선택은 가지 자르기였다. 악연을 악연으로 되갚아 인연을 잇기보다 아예 싹을 잘라 없던 것으로 만들었다.

저녁에 일찍 퇴근한 민재가 은향을 좇아다니며 보채고 있었다.

"도와주었으니 이젠 내 말 들어줄 차례."

소심한 복수를 하겠다는 은향의 요청으로 주거래 은행장과 점심 한 번 한 걸 가지고 저렇게 생색을 낸다.

"원하는 게 뭐예요?"

"아들."

"네?"

"당신과 내가 낳을 합작품."

"이보세요."

"아들이 필요해. 응? 응? 여보."

"딸이면요? 첫째가 아들이라는 법이 어딨어요?"

"그럼 낳을 때까지."

"뭐라고요!"

"당신은 누워 있기만 해. 힘은 내가 쓸게. 아들 낳는 법 관련 책도 모두 섭렵했어. 아들 셋인 본부장에게 비법도 들어 두었고."

"강민재 씨!"

"하나면 돼. 약속."

"난…… 자신이 없어요. 날 닮으면 어떡해요."

"그것도 그렇긴 해."

"뭐예요?"

"하지만 장인어른이나 날 닮을지도 모르잖아."

그녀를 닮은 리틀 소은향이라니. 은향은 생각만 해도 골이 지근거렸다.

"당신이 작가라는 것도 비밀로 할게."

"……!"

"세상에 비밀은 없어. 안 그래? 김 작가님?"

김규리, 그녀의 필명이었다. 철저히 비밀로 부치고 서재에서만 집필해 왔는데 그가 어떻게 알지? 어떻게? 그래서였다. 개인 서재가 필요했던 절박한 이유가.

"작가 마누라. 그러니까 아들 하나만, 응?"

"첫째가 아들이면 그걸로 끝이에요. 약속한 거죠?"

"바로 그거야. 어머니 말씀이 당신과 난 환상의 궁합이라잖아. 하하하."

얄밉게 웃는 민재의 얼굴을 흘겨보는 은향은 미소 짓고 있었다. 당분간 집필하던 소설을 마무리 지어야 하기 때문에 임신할 생각이 없었다. 피임약도 꾸준히 먹을 생각이었다. 김칫국을 마시든지 말든지. 생기지 않는 아이를 어쩌란 말인가.

하지만.

"후훗. 과연 당신 생각대로 될까?"

뛰는 놈 위에 나는 놈 있었다. 아내의 일거수일투족을 감시하던 그의 눈에 피임약이 들어왔다. 아니나 다를까. 앙큼한 아내가 약을 먹고 있었다. 당장 그녀를 추궁하고 싶었지만 그러면 청개구리 습성이 발휘될 게 분명했다. 그는 위기를 기회로 만들 줄 아는 노련한 지략가이자 수완가였다.

"이게 뭐야. 이럴 리 없는데?"

임신테스트기 두 줄이 선명하다. 단 하루도 빠짐없이 챙겨 먹었는데 임신이 되다니. 이런 경우도 있나? 콘돔이야 100% 피임이 되지 않겠지만 약은 그렇지 않다고 산부인과 의사가 분명 말했었지 않은가. 하루가 멀다 하고 달려드는 남편 때문에 더욱 심혈을 기울여 챙겨 먹었건만.

그러고 나서 몇 달 뒤 그녀는 아들 강재환을 출산했다. 얼굴 빨개지도록 울어 젖히는 아들을 안고 민재가 어르며 하는 말이 가관이었다.

"야, 인마. 너 이 아빠에게 절해야 해. 하마터면 빛 못 볼 뻔했으니까. 아빠가 피임약을 몰래 비타민제로 바꿔치기해 놨거든. 네 엄마 알면 난 축 사망이다. 하하하, 그러니까 꼭 생명의 은인인 이 아빠에게 효도해야 한다. 알았냐?"

"네?"

아이를 되받아 안던 간호사가 영문을 모르겠다는 얼굴로 쳐다보자 급히 입을 다물고 표정을 바꾸었다.

최악의 경우와 변수라는 게 존재한다는 걸 잊었더랬다.

부친 강민재와 모친 소은향의 아들 강재환은 외모는 민재를 성격은 은향을 닮아 버렸다.

epilogue

하루가 24시간이라는 걸 잊고 살 만큼 바빴다. 도우미와 남편이 물심양면으로 도와주었지만 해야 할 일은 산더미였다.

이제 다섯 살, 만 나이로 세 살인 강재환은 그녀를 닮다 못해 뛰어넘은 지 오래였다.

"은향아, 여보."

"안. 돼. 요."

"하나만 더 낳자, 응?"

"안 된다잖아요! 당신, 약속 잊은 거예요? 이럼 곤란해요."

"재환이 생각도 해 줘야지. 그놈, 아니 아들 별난 거 당신도 인정하잖아. 혹 알아? 예쁜 여동생 보면 달라질지."

별난 게 아니라 유별나다 못해 이가 갈렸다. 말대꾸는 기본이요, 따지는 건 옵션. 거기다 어려도 남자라고 불의를 보면 참지 못했다. 참지 않고 나이가 많은 어른들에게도 따박따박 따지고 들었다. 그러니 그녀는 늘 주변 사람들에게 미안하다 연신 고개를 조아려야 했다. 이런저런 이유로 그녀는 아들을 데리고 나갈 때 대중교통을 이용하지 않았다.

잘 참던 남편이 둘째를 조르는 이유는 며칠 전 유치원에서 일어난 일 때문이었다. 유치원 원장님이 한번 뵙자는 말에 덜컥거리는 가슴을 부여안고 찾아갔다.

'저…… 재환이 어머님. 제가 먼저 사과드려야 할 것 같아요.'

'네?'

'요새 수족구가 번지는 거 아시죠?'

'네.'

'예방 차원에서 유치원을 다니는 아이들에게 일일이 신체검사를 실시했어요. 그런데…….'

'설마 재환이도 옮았나요?'

'아니, 그건 아니고…… 음……. 햇살반 담당 선생님이 실수를 하셨나 봐요.'

'무슨…….'

'손과 발 엉덩이에 나타나는 좁쌀 모양 발진을 확인하느라 바지를 벗겼는데, 그만…….'

무슨 말인지 알 것 같았다. 유난히 깔끔을 떠는 강재환은 엄마인 그녀도 옷을 함부로 벗기지 못하게 했다. 그런데 새로 들어온 신입 선생님이 다짜고짜 바지를 벗겼다니, 다음은 말하지 않아도 짐작 가능했다.

'선생님께서도 놀라셨겠어요.'

'네, 조금…….'

요약하자면 한 시간을 구석에 앉아 말없이 선생님을 노려보았다고 한다. 할 말 못 할 말이 따로 있지 쪼그마한 게 뭐라고 했다더라? 선생님은 절 뭘로 보느냐 했다던가, 존중해 달라고 했다던가? 벙해진 선생님은 말문이 막혔을 것이다.

'제가 잘 훈육하겠습니다.'

'아닙니다. 요새 성추행 문제로 시끄러워서 혹시나 하는 마음에 뵙자 했습니다.'

'……네.'

심각하다는 생각이 들었다. 외아들이라서 그런가? 아님 그녀를 닮아서 그런 걸까? 평범하지 않은 아이를 양육하는 게 이토록 힘든 일일 줄 꿈에도 몰랐었다. 새삼 자신의 부친이 존경스러웠다.

재환이가 두 살 무렵일 때, 부친은 사업을 내려놓고 시골에 집을 옮긴 후 여행을 다니고 있었다.

어제 걸려 온 전화는 독일에서였다. 작가란 타이틀과 필명을 밝히자 기뻐하시던 그 목소리를 평생 잊지 못할 것 같았다. 그녀의 글재주는 부친에게 물려받았나 보다. 한번 둑이 무너지고 나니 부녀 사이는 더없이 다정하고 돈독해졌다.

부친의 생각에 빠져 있는 은향의 옆에서 그가 다시 졸라 댔다.

"은향아 딱 하나만 더. 응?"

"아들이면요?"

"딸 낳을 때까지."

"강민재 씨!"

"약속할게."

정말이지 웃기는 코미디다. 아들만 낳아 달랄 땐 언제고 이젠 딸 낳을 때까지란다. 이 남자가 정말. 하루하루 능글맞아지는 민재 때문에 정신을 차릴 수 없었다. 남자 둘이 혼을 쏘옥 빼 가는 것 같았다.

그나저나 저 녀석 모난 성격이 걱정이긴 한데……. 귀여운 여동생이 있으면 균형이 맞지 않을까? 음…….

고민에 빠진 듯한 은향의 표정을 보곤 민재는 이를 닦으며 킥킥거리고 있었다. 역시 황 여사, 어머니가 최고였다. 여자의 심리는 여자가 가장 잘 안다더니. 어머니의 지시대로 하니 바위처럼 꼼짝도 안 하던 아내가 흔들리고 있었다.

'그 아이는 가만두어야 해. 해라 마라 하면 잘하다가도 다른 방향으로 튀지. 원하는 게 있다면 윽박지르지 말고 살살 달래 봐라. 필요하다면 불쌍하고 가련한 척하고.'

'어머니, 그 방법이 통할까요?'

'원래 똑똑한 사람이 제 꾀에 넘어가는 법이지. 너도 눈치챘을 텐데, 모르는 척하긴.'

민재는 황 여사와 은밀한 눈짓을 주고받았다. 모전자전. 답을 구하면 즉시 내놓는 황 여사가 그렇게 미더울 수 없었다.

측은지심 건드리기 작전, 의외로 은향이 쭈뼛대며 반응을 보였다. 아들이면 하나 더 낳으면 되고 딸이면 다시 방법을 모색하면 되지 않는가. 어머니 말씀대로라면 3남 1녀를 갖기 위해선 더욱 분발해야겠다. 오늘부터.

열 달 뒤, 둘째 강이환 출생.

강민재 — 하나 더 낳아 달라 말할 필요도 없었다. 딸을 낳을 때까지 Go, Go!

소은향 — 혹 떼려다 혹 붙이다.

—The end

완벽한 아내

초판 1쇄 찍음 2016년 9월 23일
초판 1쇄 펴냄 2016년 9월 30일

지은이 | 박은하
펴낸이 | 정 필
펴낸곳 | **(주)뿔미디어**

기획 · 편집 | 이영은

출판등록 | 2002년 9월 11일 (제1081-1-132호)
주소 | 경기도 부천시 원미구 소향로 17, 303(두성프라자)
전화 | 032)651-6513 / 팩스 | 032)651-6094
E-mail | dahyangs@naver.com
블로그 | http://blog.naver.com/dahyangs
홈페이지 | http://bbulmedia.com

값 9,000원

ISBN 979-11-315-7371-6 03810

www.bbulmedia.com

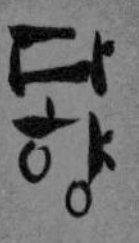